Ashitaka ——— 著

长江出版社

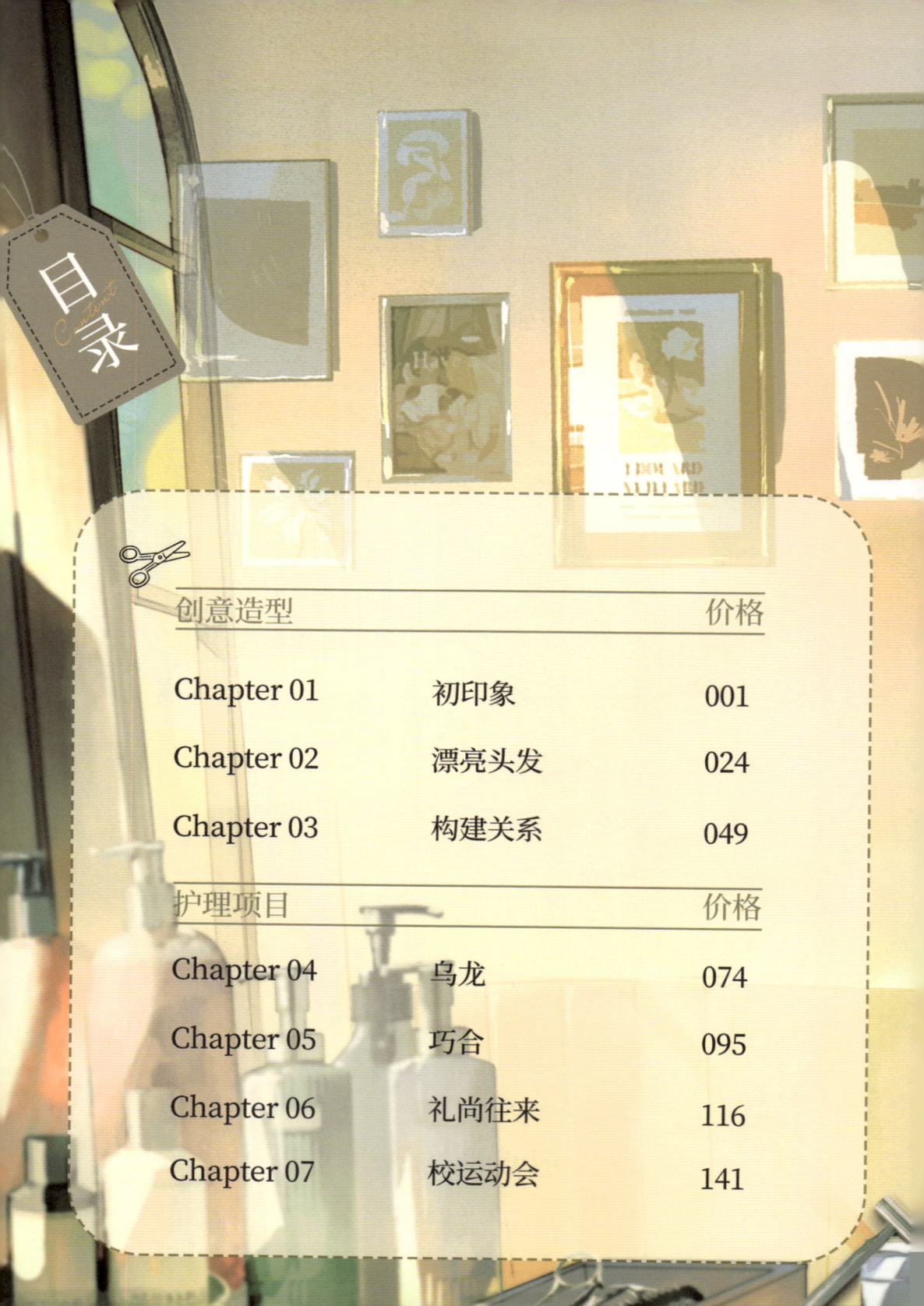

# 目录 Content

## 创意造型       价格

Chapter 01      初印象      001

Chapter 02      漂亮头发      024

Chapter 03      构建关系      049

## 护理项目       价格

Chapter 04      乌龙      074

Chapter 05      巧合      095

Chapter 06      礼尚往来      116

Chapter 07      校运动会      141

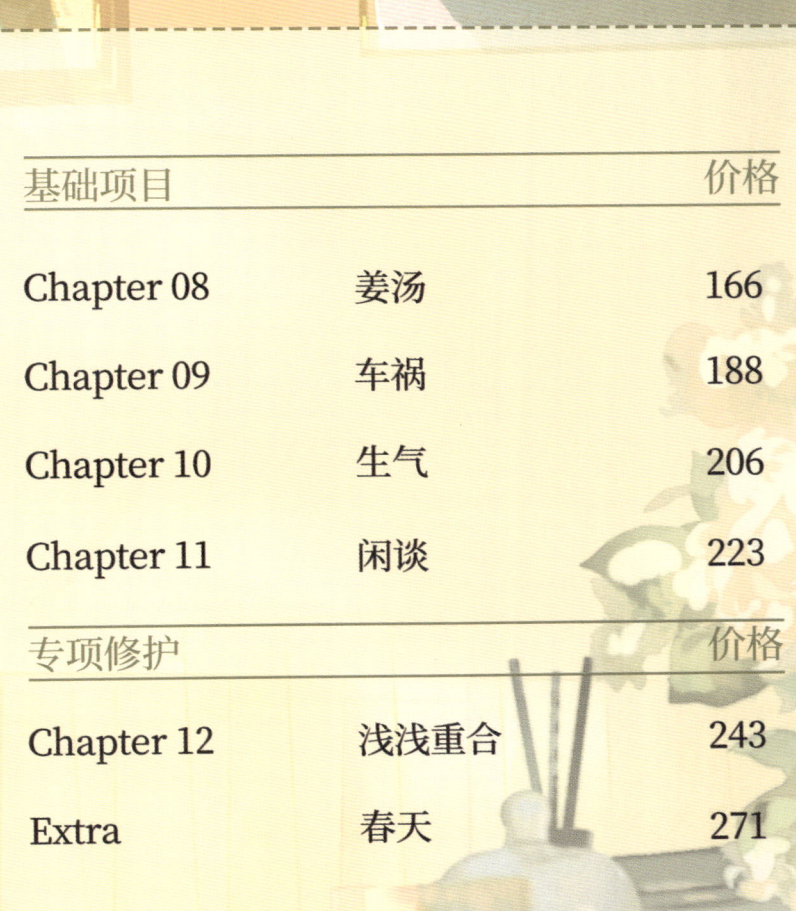

| 基础项目 | | 价格 |
|---|---|---|
| Chapter 08 | 姜汤 | 166 |
| Chapter 09 | 车祸 | 188 |
| Chapter 10 | 生气 | 206 |
| Chapter 11 | 闲谈 | 223 |

| 专项修护 | | 价格 |
|---|---|---|
| Chapter 12 | 浅浅重合 | 243 |
| Extra | 春天 | 271 |

*Mirabilis Jalapa*

《窥》

郑斯琦对乔奉天是好奇的,
这种好奇又是没法儿明说的。

spring

Mirabilis Jalapa

## Chapter 01
# 初印象

大雪方霁,晚星极亮,撒在黛蓝色的天空上。

乔奉天赶着去鹿耳镇,独自走着夜路。极长的一截山道上,参差堆着绵软的脏雪,路面泥泞湿滑,风刮得又凶猛,人在道上走三步歪两步,难以前进。

乔奉天顿了顿脚步,觉得脚指头像被针扎了似的刺痛,这才察觉鞋袜早被浸得湿透。他狠狠地跺了跺脚,恨不得立刻甩了鞋,赤着脚走回去得了。

他低头,又按了按脸上的掌印,轻轻地骂了一声。

一束明亮的光在乔奉天的身后由远及近地照来,伴着嘟嘟两声锐利的鸣笛。他不耐烦地靠右躲开,让出宽阔的空地来。谁知来车不走,反而稳稳地停在了他的脚边。是一辆溅满了泥点的破摩托车。

"赌什么气啊?天挺黑的,跟我回去。"就着一点儿牙白的星光,乔梁摘了脑袋上的那顶破头盔,微皱着眉心,看着偏过脸去的乔奉天。

"我犯不着跟她赌气。"

"那就先跟我回去。"

"她都把话说到那份儿上了,还让我回去?显得我多卑微啊?"乔奉天抬头，接着自嘲似的把眉毛一挑，手插在口袋里，踩着积雪自顾自地向前走，"要回你自己回，我才不回。"

"哎！"乔梁又按了下喇叭，"又跟我倔！又不听大哥的话！"

乔奉天一听这话就犯怵，老实地乖乖停下了脚步，给乔梁留了一个笔挺又单薄的背影。

乔梁用脚撑着摩托车向前走了两步，和乔奉天并肩，低头看向他被浸湿的短靴，又伸手摸了摸他被冻得冰凉的耳朵，轻叹了一口气。

"不回就不回吧。上来，我送你去客运站，不然等你走到那儿都要被冻成小冰人儿咯……你个不听话的傻小子。"

山林中传来的簌簌声在白日微弱得无法察觉，却在夜色中明晰起来。

"嗯。"乔奉天顿了半晌，还是冲乔梁点了点头，将两只手熟门熟路地揣进暖烘烘的衣兜里，翻身跨上了摩托车，冲着乔梁的后脑勺儿哈了口白气，利落地说道，"稳了，走着。"

说起来，这么些年，林双玉一直叨叨乔奉天，管他叫她命里的劫数。鹿耳镇边上的郎溪村里，老一代人总把玄之又玄的命理劫难和牛鬼蛇神……乌糟糟的一齐挂在嘴边。乔奉天听不懂也不愿听。

说白了就是说他乔奉天是败坏他们老乔家门风、遗臭万年的孽种；说他轻佻浅薄、无视人伦、勾三搭四、心理变态、活不明白；说他就是一个人渣。

什么难听话都有，说什么的都有。

鹿耳山的峰上有峰，谷下有谷，夜里寒风凛冽，吹得人眼睛干涩。乔奉天咽了口唾沫润了润干涩的喉咙，一张口就被灌了一嘴刀片似的寒气。

"什么？"乔梁偏着点儿头，同时留神着车下并不平坦的山路，问，"说什么？听不清。"

"我说——小五子上小学的事你别急。"

"我什么急？"

乔奉天气得抱着他哥的脖子就往后一顿猛扳。

"哎，别乱动……"

"我说——小五子——升小学的事——别急！我找着'利大附小'的主任啦！交择校费就能上学！"

这回对方倒是听清楚了，但车也溜进了一个隐秘的沟壑里，两个人跟着车身，颠簸着向上一蹦。

小五子的大名叫乔善知，是乔梁的儿子，林双玉的宝贝大孙子，乔奉天的亲侄子，一家人捧在手里怕摔了、含在嘴里怕化了的宝贝疙瘩。

"小五子"这个名字其实没有什么特别含义。

"五"连着"福"，彩头好，林双玉又巴巴儿地盼着夫妻俩生五个大胖小子，索性就拿"五"做了乖孙的乳名。可谁知道，她儿媳妇拍拍屁股，卷铺盖跟人跑路了。

钱是一毛没被拿走——本来也没存几个子儿，对方连儿子都撒手不要了。

林双玉哭天抢地地号了半个月的"人苦命贱"，顺嘴把李小镜家祖坟里叫得上名的、叫不上名的，里里外外车轱辘似的挨着骂了个遍，又跑到那女人的娘家把锅碗瓢盆砸了个稀烂，就差上房拆梁、逼着亲家磕头认罪了。

几家人好说歹说，求爷爷告奶奶，让她老人家不看僧面看佛面，怎么也别让小五子没成人就在郎溪村难做。这么着，林双玉才紧咬牙关，生吞了这口恶气。

后来她又是半宿半宿地不睡觉，张口闭口就骂人，给乔父折腾得白了半条眉毛，又血压连升了，她这才吓得闭口不再提。

乔奉天原先就不待见他那个满脸精明样、脑门儿上写着刁钻算计的亲嫂子，只是心疼闷不吭声的他哥，心疼小小的、还不及他的腿高的小五子。

小五子其实长得不大像乔梁，五官倒是更像乔奉天一些，尤其是那双刚出生就非常醒目的剑眉，像用炭笔在白净的脸上抹了两道上挑的线条，像莹雪里深深的车辙，又像朗月下的一抹剑光，显得人清冷凛然，不好相与。

故而，乔奉天下意识地比林双玉还要疼他的这个小侄子，有什么好吃的、好玩的、好看的东西，都想着给孩子留一份。小五子长这么大了，身上穿着和城里孩子一样的好衣服、好鞋，全是他这个当小叔的给置备的。

孩子缺了亲生母亲疼，乔奉天就老想着，从哪儿能给他悄悄地补回来，别让他受委屈。

过了年,小五子要上小学一年级了。与别家的孩子相比,他入学已经算是晚了一年。

林双玉和乔梁都觉得鹿耳镇上的小学不好,教学环境差,教育水平也低,培育不出什么有大学问的学生,不愿送小五子去念。可利南市里的公办小学的门槛比天高,哪里能随便进去,到底还得按着乔奉天的想法来。

"择校费不便宜,不过我那儿有点儿钱,还够,这个你别担心,年前就让小五子去参加入学考试吧。"乔奉天把脸埋进大哥背上的衣服里,拈去他旧外套上摩擦出的一个绒球,闷声说话。

摩托车驰进鹿耳镇,周围渐渐多了人气,多了灯火市声,路边开始有了一顶顶笼着烧烤摊的红布帐篷。

"哪儿能要你的钱?!我有,我够!你的钱留着过你自己的日子!"

乔奉天吸了口气,灌进一鼻子的冷气:"得了吧,我哪儿有自己的日子……"

鹿耳镇的客运总站一百平方米左右,零星的几辆中巴车攒成一团停着。戴着腰包的售票员个个都是破锣嗓子,手上托着茶杯,耳上夹着香烟,也不问问人去哪儿,恨不得先把你拖上他的车再说。

乔奉天跨下摩托车,和乔梁道别:"放心吧,我有事会给你打电话。过年我就回去,家里的豆浆机坏了就算了,我回头带个新的回去。阿爸的药我也一道带着,别去卫生所买那八块钱一盒的,嗯?"

乔梁没说话,只是心疼地按了按他的脸颊上凸出的掌印,又捏了捏他的头发梢。

乔奉天的发长及颈,厚而柔顺,檀棕色里夹杂着嚣张的亚麻金,但有些褪色了,在夜色里隐隐泛着青灰。

"你看,都肿了……阿妈今天过分了。"

"喊。"乔奉天听完把头一转,双手抱胸,嗤笑出声,"她?女侠掌下有风!掰苞谷一手掰一个,半天不带停……没给我扇得吐血算给我留面子了。"

"怪你拿话激她，故意惹她上火。"

"怪她自己到现在还接受不了事实，万事想不开！"

乔梁揉了揉乔奉天的肩："怪我没拦住阿妈，平常也没多劝劝。"

乔奉天最怕乔梁大包大揽，最怕他说万事都是他的错。他这么一说，自己再大的火，也要顺着唾沫一咕噜咽回到肚子里。

"行了……我走了，你回去的时候路上小心。"乔奉天又上下看了几眼乔梁，转身往那几辆中巴车的方向走去。

"好好吃饭，注意保暖！你看你又瘦了吧。哎！你那个头发也少染染，对身体不好。店里不忙就多休息休息，多跟朋友出去玩玩，别想东想西，开开心心的，啊！"临了，乔梁又着急忙慌地嘱咐了乔奉天一大通话，活像个远嫁女儿的老妈子。

乔奉天听了憋不住地咧嘴一乐，舒展开眉头，回头冲他摆了摆手："得了，得了啊，一个大男人唠叨死了。"

乔梁停在原地，仰头看乔奉天上了一辆去利南的白色中巴车。从窗子的缝隙里，他看到乔奉天瘦窄的身影穿过椅座间逼仄的过道，在靠窗的角落坐下了。

乔梁这才舒了口气，把头盔往头上一套，骑着摩托车嗡嗡地回去了。

乔奉天一落座，连忙从包的小侧袋里掏出一个巴掌大的粉饼盒，打开是一块用旧了的粉饼，里头压了一只淡黄色的椭圆粉扑。他把粉饼盒里自带的方镜举到眼前，对准自己的左脸，盯着那块通红的巴掌印。得，跟浮雕似的。

他伸出舌头顶了顶口腔内壁，皮筋弹肉似的疼。这巴掌印红肿过后肯定得变成青紫。

乔奉天抿着嘴把粉饼盒吧嗒一声扣住，往包里丢去，又掏了一支护手霜往手背上挤了点儿。他正漫不经心地把护手霜慢慢揉开，抬起头却看见坐在对面的一个戴着线帽、穿着布袄的短发婶子，正在意味不明地探视着他，目光中的惊讶、鄙夷、不屑和轻蔑糅成混沌一团，深深地嵌在她那对被松弛皮肉半裹住的眼睛里。她像是怕沾了什么易传染的流感病毒一般，连忙伸出胳膊把靠在乔奉天脚边的笸箩往自己的怀里揽揽，嘴里嘟囔着听不清的话，毫不留情地甩给了乔奉天两个白眼。

乔奉天揉搓的双手稍稍一滞，随即他又微微地笑了笑，示威似的把脚往前凑了凑，碰到对方的小腿时，还故意贴着绕了个弧。

对方瞪大了眼睛，不甚灵活地连连往后挪着屁股，嫌弃地数落："哎哟，要死啦！搞什么哟，占人便宜哟……"

乔奉天收回脚，将左腿搭到右腿上，笑得挺灿烂："误会了，误会了，腿活动不开，我抻一抻。碍着您了？"

"哦哟，什么厚脸皮的东西哟……"那婶子把笸箩搂起，抬起屁股弓着腰换了一个远点儿的位子，坐下便把窗子大大地敞开，难听的话随着风声传到了乔奉天耳边，"都什么乌烟瘴气的人妖东西哟……"

"人妖"这个词乔奉天一年能听八百遍，早免疫了。

时间刚过午夜，他把羽绒服的帽子往头上一兜，打了个哈欠，额头挨着蒙着一层水雾的冰凉的玻璃窗，慢慢地合上了眼皮。

等中巴车晃晃悠悠地开到利南，天刚破晓。乔奉天觉得自己要被颠出了轻度脑震荡，刚一下车就找了个收费的公厕，在隔间里抱着马桶大吐特吐了一通，吐得涕泗横流、腿肚子发软。

嗡嗡两声响起。

他靠着公厕的洗手池，一只手往脸上拍凉水，另一只手去摸手机："喂，冬瓜。"

"哎哟，瞧你这被'雨打风吹'的嗓子，昨晚干啥了？"

乔奉天拧紧了水龙头，拨了拨刘海儿，冲电话那头的杜冬狠狠地啐了一口，骂了一声。

"哎，我开玩笑，你别上来就骂人啊。"杜冬连忙打哈哈，还打了一个响亮的喷嚏，"你小子放假回家倒落了个轻松，我一个人在店里忙得跟小陀螺似的连轴转，给人吹头发吹得肩周炎都要犯了。"

"少来啊。"乔奉天对着镜子把微乱的头发用手捋得整整齐齐的，回嘴道，

"你怎么不说你陪李荔去里上陵西玩的时候,我一个人烫五个人的头发?你就告诉我,联系上吕知春了没?"

杜冬"啧"了一声:"没,哪儿有那么容易。"

"行,我晚上回店里,先挂了。"乔奉天把手机塞进牛仔裤的后兜里,擦干净了脸上的水渍,掏了一个口罩戴在脸上。

吕知春是利南大学后门、阳光天街东头的一家理发店里的洗头小弟。当初乔奉天和杜冬聘用他的时候没有多问,看他是个本分干净的小男孩儿,要了一份身份证复印件就留用了。

乔奉天只知道他租住在城南的鲁家洼里,其余的都不清楚。

鲁家洼是利南市没来得及改造的城中村,跟蝼蚁窝似的,里面住的多是赌徒、酒鬼和无业游民,还有顺手牵羊的"三只手"。利南人素来不待见那儿,颇有偏见,没有必要的事从不往那一带跑,说是进了鲁家洼,莫名其妙地丢了东西都不清楚是什么时候让人偷了去的。

乔奉天直接打车去了城南。

等他到了城南,往鲁家洼那儿一站,才知道什么样的建筑才能称得上吊诡。

违章建筑上面再盖违章建筑,两个违章建筑的缝隙里见缝插针似的又塞了个违章建筑,这些建筑密密匝匝地挤在一块儿,风雨吹不进,阳光射不入,看着岌岌可危,可实际上又成了个无端和谐、可以御敌似的统一整体。

鲁家洼的里巷深而狭窄,黢黑曲折,地上酒瓶四散,积水遍布,还有不知道从哪儿来的冰凉水滴突然砸在鼻尖上。一大早的,巷子里安安静静,没有什么人。

乔奉天把口罩往鼻梁上提提,下意识地清了清嗓子,接着往里拐了三个弯,隐隐看见点儿亮光,那里有个并不四方的天井。借着一点儿天光,他看见靠墙的位置支了个灶台,一个胸大肚鼓的矮个儿女人正在灶边煮着一锅沸水,手里还攥着一小把挂面。她的边上有一个齐膝高的小孩儿,睡眼惺忪,攀着一截生锈的铁梯,脚上穿的小皮鞋一跑起来就咕叽咕叽地乱响。

乔奉天走上前去朝女人打探消息,刚要开口,小孩儿就像瞧见新鲜玩意儿似的，扑过来搂住乔奉天。

"哎，小心点儿。"乔奉天拉着小孩儿身上的口水垫，扶稳了他摇晃的小身子，问，"你好，请问……吕知春在这儿住吗？"

"吕什么春？豆豆过来！"矮个儿女人伸手把小孩儿往身后一带，抹了一把灶台，手心上沾了一团煤灰脏污，在围裙上揩了，"这儿就住着一个叫吕九春的人，瘦得跟竹竿似的，红头发，是不是你要找的人啊？"

"九春？"得，"吕知春"还是一个假名字。

"差不多吧……麻烦问问您他在哪间住呢？"

女人指了指楼上。天井里横七竖八地挂着衣架，内裤如层峦，衬衣似叠嶂，正往下滴着小水珠子。

"二楼拐角放煤球的那个房间，门上贴了张'旺仔'。三四天没见着那小子出门了，我当他失恋或是丢饭碗了呢，正好你也去瞅瞅。"

"哎，谢谢您。"

等七拐八绕地找着了吕知春住的房间，乔奉天没先急着敲门，而是凑到一扇四方的窗户前，扒开一束早就枯黄了的艾草，将头往里探了探。隔着一层磨砂的毛玻璃，他只能看清里头一小团黄色的亮光。

咚咚咚——乔奉天屈着指头，轻轻地叩了叩门。

"谁……谁啊？"吕知春在里头喊了一句。

乔奉天闭着嘴没应，顿了两秒又不急不缓地叩了两下门。

吕知春磨磨蹭蹭地下了床，趿着拖鞋挪到门边："哎，来了，来了，别敲了。"

门一开，看见是乔奉天，吕知春怔了怔，下意识地就想关门。谁知道乔奉天把脚一伸，往门缝里一卡，胳膊借着门框发力，一用劲，整个人就轻松地侧身挤进了屋里，灵活得像只兔子。

"你躲什么？"

"没……没躲啊……谁躲了？"阻拦未遂，吕知春不敢说实话。

吕知春穿着件被洗变形了的羊绒毛线衣，套了条水洗的牛仔裤，顶着头蓬乱的头发。他故作轻松地耸了耸肩，往后退了两步坐回床沿上，低头拿起了枕边那台吱哇乱响的山寨掌上游戏机，干巴巴地说："你……随便坐吧。"

乔奉天环视了一圈出租屋，不由得皱眉。

屋子里只有一张小腿高的破床、一个门上丢了拉环的简易立柜、一张吃饭用的圆角方桌，以及一个在吕知春脚边亮着的"小太阳"取暖器。桌子上堆满了没扔的外卖盒以及喝剩的饮料瓶，落灰的杂志和报纸拥着两盆由根至叶腐败了的铁线蕨。屋里晦暗，弥漫着一股说不上来的霉味，有种半个月没见光似的潮湿气息。

他要坐只能坐天花板上。

"哎。"乔奉天抬手按开了墙上的壁灯开关，"合着你当初给我看的身份证是假的是吧？你牛啊，吕九春。"

吕知春眯了一下眼，按着遥感手柄的指头微微一顿，低头小声地嘟囔："谁是吕九春……"

"谁跟我搭腔谁是吕九春。"乔奉天用脚一勾，哐啷一声带上了房门。

"我不叫吕九春，我叫吕知春，知——春！"吕知春不情不愿地又强调了一遍。

"所以呢？"

吕知春瞪着眼睛，咽了口唾沫，搔了搔颇具后现代风的酒红色乱发，没一会儿又低下脑袋，缩着脖子说："九春……听着真是没文化，又俗又土……"

乔奉天随手抄起一本花里胡哨的杂志甩过去，往他的脑袋上就是一盖！

"你以为改了个什么'知春''道春'就牛了，就有格调了？就算翻出花来改个'春眠不觉晓'，你也就是个初中毕业的人，跟我装什么？！"

吕知春急眼了，张嘴就来："你不也就是个职高……"

"滚啊！说你的事呢，别往我身上扯！不吭声就给我旷工四天，你当我的店是游乐场呢，说不来就不来？当我和冬瓜给你做慈善呢？小子，你就不怕这个月的工资我一毛钱都不给你结？"

"我……"

"'我'什么？！"

其实乔奉天素来对人不错。他不把自己当老板，拿员工当小兄弟，只要不鼓捣出大麻烦，怎么着都行。

吕知春算是乔奉天颇看重的一个员工，一是因为吕知春的岁数小，二是因为他勤快活泼，三是他和自己的情况相似，都早早离家出来闯荡。

背井离乡这条孤零零的路，走起来总是曲折泥泞，荆棘遍布；这么个社会，亦是鱼龙混杂，泥沙俱下。乔奉天自诩过来人，总要多看着点儿吕知春。谁知他两三眼没看住，对方就给他来了这么一出。

乔奉天走到床边坐下，掸了掸膝上的薄灰，突然开口："那人是'利大'人文学院的，住新区29栋，叫詹正星，没错吧？"

闻言，吕知春手里的游戏机吧嗒一声就脱手掉在地上了，他像冷不丁地被人拆穿了什么，神情尴尬。

"别问我怎么知道的，你哥我在'利大'的交际圈比你广多了。"乔奉天看着他瞬间变得苍白的脸，缓和了语气，"你老老实实地说，到底怎么回事？"

吕知春没想到乔奉天能知道这件事，结结巴巴地说道："你……你别问我……这个……我不知道……"

他重新捡起游戏机，局促地按着手里游戏机的按键，执拗地不肯再抬头，还有点儿慌乱地往边上躲，试图避开乔奉天家长似的审视目光。

乔奉天的眉目浓得似乎被一再描画过，他认真看人的时候，总能显出几分善恶不明，又似乎能洞见人心的凌厉劲儿来。他严肃地说："那我再问你，身上是不是伤了？这几个问题你必须给我挑一个回答，不然我立刻开除了你。"

吕知春的肩膀一颤，他审时度势后点了点头："伤……伤了……吧。"

乔奉天踢了一脚床脚，伸长胳膊从床上拽了一件跑毛的羽绒服往吕知春的肩上一披，沉声道："走，上医院。"

吕知春立刻慌了，嗓音也大了："我不去医院！我不跟你去！"

"没让你出钱。"乔奉天伸手去抓吕知春瘦削的胳膊。

"我不去！我不去！乔哥！哎哟，乔哥！哥！我的亲哥！"吕知春蜷缩着身体，半躺在床上像活泥鳅似的扭着、避着、耍赖着。他不敢蹬脚踹乔奉天，就只能去强抠乔奉天那双虎钳似的手，床板被碾得吱呀作响。

"你这是什么破床板？"

吕知春愣了一刻，接着推搡道："你管这个干吗？哎，别拽我！乔哥！"

乔奉天松了手，挣脱束缚的吕知春慌忙收回手，转了转被掐疼的手腕。没等乔奉天继续开口发难，他突然往前一弯腰，上下唇轻微地翕动，整个人蜷成弓形，一声压抑的痛吟没留神就溢出了嘴边。等他反应过来想捂嘴自然来不及了，乔奉天听得清清楚楚的。

见这状况，乔奉天立刻坐回吕知春的身边，手抚上对方的肩背。

吕知春的瘦超出了乔奉天的想象，俨然不能再以单薄来形容。他的脊线深凹，胛骨高凸，分明是瘦骨嶙峋。

"怎么了？哪儿难受？我伤到你了？"乔奉天蹙起眉头，上一秒还高昂急促的声音不由得放缓放低，"是不是哪里疼？嗯？你跟我说。"

吕知春难受得紧了，手护着小腹，依旧执拗地摇头。

"是肚子疼？"乔奉天提了提口罩，试图伸手去按他的肚子。

"呃——别按！"吕知春忍着疼痛感往后挪了半米，慌乱地阻止他，"你别按我，求你别按……"

"确定是肚子疼？"

"是。"

"哪种疼？"乔奉天猜他是吃多了外卖，又作息颠倒，弄坏了胃肠。

吕知春整个人往后仰，手覆在眼睛上，突然哭出了声。

乔奉天趁机把他的衣服撩开，看清他的肚子、腰肌上布满了斑驳的瘀青。

吕知春和詹正星的事，是杜冬的女朋友李荔透露给乔奉天的。

杜冬是先天性斑秃，只能理个光头，再加上长着一双吊梢眼，乍看显得极为凶恶，但其实人好心善。李荔婀娜俏丽，芙蓉如面柳如眉，可惜人穷志短，靠杜冬接济度日，成天就知道谈论些街长巷短的八卦。

这两个人凑在一起，他早就见怪不怪了。

011

李荔住在临街一间网咖的二楼。网咖的二当家是李荔的三舅，成日脚不沾地似的忙活，顺手腾了一间几平方米见方的屋子容李荔无限期地借住。

　　每回杜冬他们中午一订饭，这姑娘闻着味就能溜来理发店里恬不知耻地蹭上两口，时间掐得奇准。

　　"哎，我跟你们说。"李荔拢了拢脖子上的一圈假貂毛，手疾眼快地拣了外卖盒里最大的一只烧河虾，往嘴里塞去，嘟囔道，"你们店里的小吕，我瞧见他被人堵在巷子里了，堵他的那个男的看着像'利大'学生。"

　　说完，她嘬了嘬手指头。

　　"哈？"杜冬和乔奉天同时偏头出声，像是不信。

　　"哈什么哈？"李荔说着去摸放在高仿小香包里的手机，撇嘴道，"又没蒙你们，我都瞧见他和那个男的好几回了。来，来，来，这儿，我拍了照，睁大眼睛给我瞅，是不是吕知春？"

　　手机屏里映着两个瘦高侧影。虽然照片因为李荔拍的时候手抖跑了焦，但其中一个人的红发异常扎眼，再加上那副微微佝着背的单薄身段，确实是吕知春无疑。

　　"还不信？"李荔挺嘚瑟。

　　"看见过好几回？你之前怎么不说？"杜冬掰开并着的一副卫生筷，往她的后脑勺儿上轻轻地拍了一掌。

　　"滚，滚，滚。"李荔闪避开来，将手敲在台面上，传出一声脆响，"我什么都得跟你汇报啊？我是那种碎嘴子吗？再说之前他们看着关系还行，也不像要打架的样子，我是看他这回哭哭啼啼的，瞅着不对劲才跟你们知会一声的好吗？"

　　李荔刚说完就捂了下嘴，压低了嗓子："他不在店里吧？别给他听着了……"

　　乔奉天擦擦手，低头夹了一口肉末茄子："没事。"

　　杜冬咂了下嘴，冲李荔耸了耸肩："那小子两天没来上班了。"

　　这日无风无雪，一辆汽车疾驶到利南市医院的正大门处。乔奉天拖着吕知春径直奔去了门诊大楼，本想挂一个外科的专家号，仔细琢磨了两下，还是掏钱挂了一个急诊号。

"身份证。"乔奉天对着吕知春瞪了一眼，伸手。

吕知春从外套口袋里掏出身份证，低头嗫嚅。

"去，去，去！去那边的椅子上坐着！"

利南市医院是利南市内最大的公立三甲医院，在西南地区声誉极好，整形外科的技术尤为精湛，网红圈内众所周知。

正逢政府拨款，医院前年才翻新了老式砖楼，又腾出数亩闲地盖了一栋急诊大楼，两侧种了两排南洋杉。

天气湿寒，早上的人少，急诊大厅冷寂空荡，泛着一股消毒水的刺鼻气味。乔奉天三下五除二地把吕知春拖进了急诊室，又把情况细细地说明。

坐诊的年轻医生听完就差把桌案掀了个对穿，摘了近视眼镜，指着乔奉天的鼻梁劈头盖脸地一顿臭骂："胡闹！你们这些家人怎么做的？不第一时间就医，还等着休克了再往医院送吗？！都有内出血了！"

"对不起，对不起。是我没注意，没往心上放……"

"我觉得你们还是谨慎点儿吧，必要的话，还是报警好。"

医生没再多说什么，摇了摇头，转身走了。

治疗费、医药费等费用加起来交了几千块，乔奉天自掏腰包全给垫上了。

三人间的病房里只睡了吕知春一个人。乔奉天站在床边，替吕知春调慢了点滴的滴速。

"我觉着……这辈子的脸都丢尽了……"雪白的被子掩住了吕知春的半截儿下巴，他的心里大约舒坦了，虽然眼睛还微微肿着，脸上却挂了点儿轻松的笑意。

这孩子不丑，皮肤雪白，脸上嵌着乌溜溜的一对眼珠，看着其实分外干净。乔奉天给他接了一杯温开水，坐下说："活该，叫你自己不吭声，没钱你不会说啊？挨欺负了你不会说啊？"

乔奉天帮吕知春整了整被沿，停了两秒才问："说说吧，你是怎么认识詹正星的？"

吕知春瞬间抬头，望着乔奉天眨眼。

"你大胆说。"

吕知春把被子往上拽了拽，遮到鼻梁，才垂眼轻声说道："之前帮他洗过头发，聊过几次天，有空也约着吃过饭。后来有一次他过来洗头发时戴了一个耳机，我没见过，就……说了几句羡慕什么的……"

乔奉天问："别我问一点儿你挤一点儿，然后呢？"

"给他洗头发就摘下来了，但我发誓，我根本就没拿！他明明就拿走了，是他自己弄丢的！"

时值正午，利南天气晴好，病房外的温煦阳光投射进屋内，洒在吕知春瘦削的半边脸上。

"那时候我以为他真的想跟我这种人做朋友，现在才发现他就是拿我开涮，看我这种没见过世面的人屁颠颠的样子觉得可笑。我根本……我根本就没拿过他的东西……"

"有那小子的照片吗？"乔奉天倒是看过李荔偷拍的照片，可看了等于没看。

吕知春先是摇摇头，随后又点点头，顺手掏出了自己的手机："他在社交平台上发过自拍，我给你……啊，他把我从好友列表里删了。"他不甘心地飞快戳着手机屏幕，很快又说，"找到了，这儿有。"

乔奉天往屏幕前凑去，一眼就看清了这个詹正星——长相中等偏上，浓眉细眼，唇周还养了一圈深青色的细小胡楂。

乔奉天隐约觉得这个人不眼生，对方确实来店里理过发。没记错的话，对方还不开眼地调侃过自己。

"乔哥，"吕知春按黑了屏幕，低头笑了一下，语气低落，"我是没见过好东西，但不会去偷，难道我这种人看着就像小偷吗？"

乔奉天一愣，也不知道怎么安慰他，于是转移话题，换了个方向："小春，能问问吗？你年纪不大，为什么在外面打工不回家？"

吕知春微小的笑容立刻消失了，他沉默地把视线移向了光秃秃的天花板。

乔奉天见他不答，也闭口不再多问，侧头看输液瓶里的药液往下滴着，已经滴完了半瓶。

三瓶水输完，吕知春噘着嘴巴睡沉了，还剩三瓶水，得缓几个小时再输。乔奉天蹑手蹑脚地合上病房门，去厕所里给脸上了一层粉底盖住脸上的手掌印，重新戴回口罩。

他下楼走到利南市医院的正大门处，伸手拦了今天的第三辆出租车："师傅，去利南大学。"

利南大学是利南市人骨子里的底气。这所学校是重点大学，有百年校史，名满全国，挤破头想考进去的学生数不胜数。

但读书的头脑和人品绝非必然成正比，乔奉天现在比谁都相信。

乔奉天的目的精准明确——不抬杠，不闹事，抓着詹正星教训一通。他怕之前学的几年柔道镇不住场子、压不住台面，还发短信嘱咐杜冬候场，随时准备增援。

出租车绕着听雨湖转了一个大圈，直接开去了新校区的侧门口。乔奉天付钱下车，一时觉得他头脑发热，火烧天灵盖才会决定过来，可他在原地转了两圈，想起吕知春病恹恹的模样，还是气得牙根痒痒。

詹正星可能也是一个出门不瞧皇历的倒霉货色，打了饭菜正和室友说笑着结伴回寝室，脚步一顿，就和径直去找29栋楼的乔奉天正好打了个照面。

"成。"两个人隔着不过十步的间距，乔奉天攥了攥拳头，一下子就乐了，"得来全不费工夫？"

乔奉天戴着口罩，詹正星认不清来人的面容，但认得清来人的身材和发色。本就心虚了几天的他迅速"心领神会"地知晓了乔奉天的意图，把外卖盒往室友的怀里推去："帮……帮我拿一下！"紧接着后撤两步，转身撒腿就往听雨湖的方向跑。

"跑？！"乔奉天立马跟上。

余下不明就里的室友们面面相觑，原地瞻望那一前一后的背影。

其中一个室友皱眉问:"什么玩意儿?猫逮耗子?"

"谁知道。"另一个室友掂了掂外卖盒,笑得意味不明,"又犯事了呗,活该。"

詹正星单纯就想跑路,想到哪儿窜到哪儿,不讲究战略性。乔奉天跟着他一路穿过了听雨湖的凉亭,又看他七拐八绕地躲去喷泉广场,两个人极默契地只跑不言。一路上遇到的学生不免投来惊异不解的目光,两个人也皆腾不出时间在意或是遮掩。

乔奉天抿嘴加速,眼看就要伸手攥到詹正星的衣领,但脚跟一颤,一恍神,居然又让他溜了,只好抬了抬眼皮,提了提口罩,跟着他跑进了行政楼。

行政楼的大理石路面跑起来吱吱作响,脚底的摩擦力不够,一不留神人就跟花样滑冰似的向前溜。詹正星觉得自己实在是没办法了,全然不顾行政楼里的一群校领导,闭着眼睛就往里面躲。

即使这样他逃命的步子也不敢停顿半秒,毕竟身后可是"山雨欲来风满楼"。

乔奉天跑出了一额头的薄汗,手撑着墙面猛咳了一声,刚一抬头就见楼梯口闪出了一个颀长的身影。那身影在詹正星的前方,是个男人,他像听到了嘈杂的脚步声响,正侧头往走廊这头看。

"哎!给我让让!"詹正星的脚步刹不住,来不及转弯。

男人下意识地侧身躲让,不料詹正星的重心猛地向前倾,来不及伸手扶住扶梯,就飞身扑跪在楼梯口,霎时痛呼出声。

乔奉天喘着粗气,两步跨上前,往詹正星的身上一压,按着他的脖子翻手一拧,扬手就是一巴掌。

"让你跑!"这是乔奉天追到詹正星后的第一句话。

挨了一巴掌的詹正星迅速回神,看着压在身上的乔奉天,惊觉大事不妙,护着头和脸就冲边上的男人挣扎着呼救:"哎!救命!打人了!这人要揍我!"

"詹正星?"男人在一旁出声。

詹正星这才认真地瞧了一眼男人,只一眼就让他嘴角下撇,如同逮住了一根救命稻草:"班……班主任!快救我!这人要揍我!他不是我们学校的!"

班主任?

乔奉天倏地松开了钳颈的虎口。

他倒不是怵了,而是按詹正星话里的意思,边上的这个人想必是学校里的管事老师。但乔奉天一不是利南大学的学生,二他过来不是为了公理而是私事,琢磨了一下觉得闹大不好。

乔奉天停了半刻,这才咂了一下嘴,慢吞吞地撑着膝盖起身。

"怎么样?"男人弯腰,伸手撑着詹正星的腋下,施力助他从地板上爬起来,"怎么回事?在学校里闹什么?"

他说完又转头看向乔奉天,礼貌地开口问道:"请问,你是……"

乔奉天正浅浅地喘着气,胸膛起伏不定,同时上下细细地打量对方,并不急着解释回答。

这个男人黑发、高个儿、骨肉匀停,开口时一副沉沉的嗓子。他穿着雪白衬衣,配一条绀色的领带,领带结贴着喉结,不歪不斜,不松不紧。斜纹呢子的短外套里搭着一套裁剪合身的铅灰色西装,衣料熨帖,穿着倒不显得刻板,反而还衬得人俊雅挺拔。

他往人前一站,葱秆似的鼻梁上架着一副细框眼镜,一副清俊持重、登高能赋的文化人模样。

"班……班主任,他……"詹正星欲言又止。他崴了脚,脚尖撑地不住地转动着脚脖子,微肿的脸上满是窘迫神色。

男人的脖子上挂着工牌,上面将姓名、学院和职称一条条地列了出来,旁边端端正正地贴着一枚二寸彩照。

乔奉天打小就不近视,后来更是练成了独门独派的"绝技"——距离百米远,瞄一眼就知道来的是哪路公交车。

因此就算是指甲盖大的字,他也一眼就看清楚了——郑斯琦,人文学院,讲师。

郑斯琦伺候不了盆栽,脑子里仿佛缺根种花的弦,养什么枯什么,养株仙人柱,一不留神也能由根烂到刺。

办公室窗台上的唯一一盆山地玫瑰，还是请了婚假的毛婉菁硬塞给他，嘱咐他照顾的。他对旁人托付的东西不敢怠慢，给乔奉天和詹正星一人倒了一杯白开水后，又接了一壶水往花盆里小心翼翼地浇。

"詹正星。"郑斯琦把水壶一放，松了松领带，用手支着办公桌，"别让我问了，怎么回事？"

詹正星看向乔奉天，乔奉天挑眉扫过去一记眼刀——看我干吗？等着我一气儿掀了你的腌臜老底？

詹正星眨了眨眼睛——只要别在学校里把事闹大！求您。

乔奉天脊背挺直，贴墙立着，双手抱胸冷笑了一下。

"我……我把人家店里的伙计打了。"詹正星把水杯贴上了火烧火燎的半边俊脸，给了个折中事实、模棱两可的答案。

乔奉天在心里怒骂，嘴上没说话。

"打人？"郑斯琦翻了两三页教案，镜片底下的眼皮向上抬了抬，"什么原因？"

"就……话赶话杠上了呗。"詹正星飞快地瞄了一眼乔奉天，讪讪地笑道，"我也不占理，就是纯粹想做出头鸟，和那个伙计打了一架。人家老板不乐意了，要过来把我……把我那什么一顿嘛……"他面不改色、心不跳地信口扯谎，草稿都不带打一张，半点儿不提他诬陷别人偷耳机，故意打人的事。

郑斯琦笑着指了指边上的沙发，看向乔奉天："你坐吧。"

"别了。"乔奉天摸了摸鼻梁，"刚才跑猛了，坐着气不顺，有事说事。"

詹正星也不知道突然从哪儿来的底气，歪着脑袋摸了摸脖子："那你想怎么着？"

"我想让你站直了给我揍一顿。"

"你讲不讲理？"

乔奉天跟听笑话似的："你有脸跟我讲理？"

"那就是他自找的！"

在旁边听着的郑斯琦一下子陷进了云里雾里，从两个人的一问一答、话里话外间，听得出这件事情似乎还有内情，远不是打架斗殴那么简单。

其实相较而言，高校老师很好当，他们不必劳神费力地纠结那一星半点儿的升学比率，也不至于加班加点地熬夜准备课件，多数事只要睁只眼、闭只眼就能落一身清闲。虽然他们的薪资高不成低不就，但好歹社会地位颇高。

郑斯琦就是学生极爱的那种大学老师，很少点名，不拖堂，不挂人。他在课堂上风趣生动，课后作业基本没有，期末的重点知识也整理得爽快利落，全都整合成文档，人手一份。他进利南大学工作的十余年里，每次综合素质测评，评分都在人文学院的老师里遥遥领先。

毛婉菁的评分不高，她调侃他："学生就是肤浅，就喜欢你这种长得帅、长得高的男老师。"

郑斯琦调侃回去："你一年能挂半个班的学生，迟到早退逮得比谁都紧，人家不怨你怨谁？"

今天，郑斯琦是事到眼前不得不管了。

一旁站着的乔奉天被詹正星的一句"自找"点燃了怒火。

什么叫"自找"？

这是人说的话吗？

这人是利南大学的学生怎么了？重点大学出来的人也未必不是个渣滓。

"哎，别！"郑斯琦还没来得及上前阻拦，乔奉天就把杯子往茶几上猛地一搁，上前揪着詹正星的衣领，对着他另一边脸结结实实地又来了一拳，揍得他重心侧偏，歪倒在沙发的扶手上。

乔奉天揉了揉手腕，厉声说："你狗眼看人低，以为自己多清高吗？"

他弯下腰来凑到詹正星的耳边："我不想在你的学校里把你的破事抖出来，弄得尽人皆知，但麻烦你以后学会为你的行为负责。你爱怎么招惹其他人我不管，别欺负到我身边人的头上，懂吗？"

詹正星将脸埋进肘窝里，只点头，不应答。

"对不起，郑老师。"乔奉天站直身子，舒了一口气，看向愣在了一旁的郑斯琦，"给您添麻烦了，事结了，走了。"说着，他转身走出了办公室。

郑斯琦快步走到詹正星的身旁，扶着他的肩膀让他在沙发上坐好，问："怎么样？手拿下来我看看。"

詹正星低垂着脑袋，两只手直摆："没事……没事……是我错了，是我不对，您就别问了……"

郑斯琦看他明显表现出排斥的态度，不愿谈及个中细节，便思索了片刻，起身拿了手套、围巾，再经过他的身边时，把自己的一张就诊卡塞到了他的手里，嘱咐道："你要是难受就去医务室看一下，不想去的话就在我的办公室里休息一会儿，想喝水就自己倒。这件事情你自己斟酌，不想说我就不多问了。"

阳光下，乔奉天微褪的发色依然耀眼夺目。郑斯琦开车追上他时，一眼就看到了乔奉天挺直脊背，立在马路边一株巨大的法国梧桐树下。乔奉天在伸手拦出租车，只是车流往来匆匆，空的出租车倒是没有。

乔奉天听到背后车辆破风的气流声，侧身躲让来车。可引擎声临近，后面的车反而不往前走，他不由得疑惑转头，看着停在身边的一辆香槟色的汽车。

郑斯琦摇下车窗，对他笑了一下："要去利南市医院的话，我送你吧，这个路段不太好打车。"

郑斯琦还是那副行头，只在脖子上多系了一条灰色的围巾，手上多戴了一副黑色的皮质手套。

虽然有太阳，但室外的气温也在冰点之下，呵气成霜。乔奉天缩了缩脖子，将下巴埋进羽绒服的衣领里，视线转回马路上："您用不着护犊子护成这样，我没打算再找詹正星的麻烦，您安心。"

"不是那个意思，把你送到医院门口我就走。"

"我说，"乔奉天笑了，"大学老师都像您这样，上赶着帮学生擦屁股吗？说白了这件事跟您的关系不大吧？"乔奉天是真的疑惑，只是气头刚过，话不大中听。

"老师的义务罢了，我总不能看着不管啊。"郑斯琦不怒不恼，用手扶了一下眼镜，听到后方有车鸣笛，就伸手替乔奉天打开了副驾驶座的车门，"上来吧，有车在催了。"

乔奉天仅有一张混饭吃的职高学历，学历很低，说得浅白些，他没有什么文化。虽然还到不了自卑、自厌的程度，但在和某类人相处的时候，他会不由自主地带上拘谨之情。

譬如郑斯琦这种温文有礼的大学老师。

郑斯琦的车平缓地驶在青年路上，车里温暖干燥，前排仪表台的中间端放了一只琥珀色的空心方盒，里头塞了些香料。后排的椅套却是一水儿桃粉色，上面印了几个圆脸、短腿的卡通形象，看着极其不搭。

乔奉天猜，这人应该有一个喜欢粉色的小女儿。

"你还在念书吧？"郑斯琦见乔奉天靠着椅背不说话，主动笑着打破僵局，"是在利南市念吗？"

"上学？你说我？"乔奉天弯起眼睛，把鬓边的碎头发别到耳后，扭头将脸对着他问，"你以为我多大？"

郑斯琦蒙了，向左打了一圈方向盘拐弯，转过头仔细地看了一眼乔奉天，看见他右边的耳垂上戴着一枚黑色的耳钉，猜测道："十……十九、二十岁这样。"这已经是郑斯琦往大一岁说的了。

"你这么说我还挺高兴的。"乔奉天给郑斯琦比了个大拇指，"但我已经二十九岁了，周岁，还不是虚岁。"

郑斯琦也笑了，一脸难以置信的表情，打趣道："显小也得有个度吧。"

"没辙，爹妈生的。"

一个玩笑似的误会打破了沉默的僵局，让乔奉天也不再觉得拘谨。

乔奉天发现这个人其实是很容易笑起来的，给人的感觉不是那种敷衍客套，而更类似于一种温煦的气质。他看上去也并不年轻，三十五岁左右的面貌，却带着一种不常有的简洁感，行为举止哪里看上去都很妥帖，与人之间微妙的距离感把握得刚刚好。

相较而言，自己这个人，放到哪里都让人感到跳脱。面貌也好，性格也好，薄刃似的锋利，却单薄易折。过往的经历促成品性，乔奉天也常常觉得这样不好，可又不知道怎么轻易地去改。

"郑老师。"乔奉天用手向上提了提口罩。

"叫我'郑斯琦'就行。"郑斯琦轻轻地按了一下喇叭,"你一喊'郑老师',我老想着要回答你的课后问题呢。"

"您在大学里教什么?"

"现当代文学。我也帮人代过几学期中国古代文学的课,但上得不大行,没人家老教授上课讲得详尽。"

乔奉天继续问:"那你们想没想过……你们这样的顶尖的大学,也会培养出社会败类呢?"

乔奉天看见阳光在郑斯琦的鼻梁一侧投出一道狭长的阴影。

病房里,吕知春百无聊赖地按着手机,正吊着最后一瓶水。乔奉天手上提了一碗打包好的珍珠糯米粥,怀里捧了一束亮黄色的唐菖蒲,慢悠悠地走进了病房。

"这个?"吕知春眨巴了一下眼睛,疑惑地问,"这个花儿?"

"别人送你的。"乔奉天把花束和粥碗放在桌上,"医生说你暂时只能吃点儿清淡的东西,也不能多吃,就先喝碗粥。"

"谁送的?"吕知春继续问。他知道按乔奉天的脾性,绝不会掏钱买这些华而不实的玩意儿。但他在利南市里伶仃无依,身边没有会送花来的朋友。

"那个渣滓的班主任。"

"啊?!"吕知春惊了,"你刚才去学校里找他了?!你……你把他……他……"

"他什么他。"

乔奉天把粥碗递到吕知春冰凉的手心里,又往碗里扔了一个塑料勺子,说:"旁的别管,你只记着,从今往后,你和这个人再没有半毛钱的关系。他不来骚扰你,奉劝你也别再去找他。趁热喝粥。"

吕知春瞄了两眼花束,又低头搅了搅碗里的粥:"乔哥……谢谢你。"

"哎，行了！"乔奉天摆手，"客套话少说，别恶心人，回头你把身体养好比什么都强。以后看人的时候，要长心，带脑子。"

郑斯琦没进病房，挑了一束唐菖蒲让乔奉天带给吕知春，没多说什么就走了。乔奉天坐在一边看着吕知春喝粥，心里依然想着郑斯琦的那番话。

郑斯琦扶着方向盘，看了看乔奉天，笑了笑："败类不败类的，那种小概率事件，不能拿个例去以偏概全。再者说，高考的确能筛出个人学习能力的高低，可道德品性不是我们可以控制的。一个人的人格健全与否，很大程度上无碍他入学深造。"

乔奉天的话意有所指，郑斯琦自然听得出来。

乔奉天追问："所以，你们不管个例吗？"

"不是不管，而是要分情况。看个例的影响程度和扩散范围。我们不知道这个学生该变成什么样、会变成什么样，但出了利南大学，他就再和我们无关了。"

乔奉天突然就不说话了。

这话条理分明，逻辑无误。郑斯琦把事情划分得清楚，让乔奉天不由得认为，他是一个精致的利己主义者。

"送我来医院，你其实不是闲得慌，也不是心善，纯粹就是不想在学生和旁人的嘴里留下一点儿话柄吧？"乔奉天开玩笑似的说。

郑斯琦推了推眼镜，不置可否："你一定要这么说的话，也可以。"

这人逻辑周密，智商颇高，讲话、做事滴水不漏。撇开外表不谈，这是乔奉天对郑斯琦最初的印象。

## Chapter 02
## 漂亮头发

再过一周是元旦，傍晚来理发的学生扎堆地往店里钻，染发的姑娘尤其多，专挑刁钻的色系染。吕知春调休，留杜冬和乔奉天在店里跟小陀螺似的连轴转。

乔奉天收拾完一地的"五彩"头发，对着镜子补了一层粉底。

这是乔奉天在职高时养下的习惯。最初是因为他在职高里学的就是妆发，再后来是发现这样可以盖住腮角上的那一小块豆沙色的瘢痕。

男人拿着粉扑的样子在其他人看来太过违和，甚至是不伦不类，说乔奉天女气都是轻的，更有甚者直接怀疑他是变态。

异样的探问与议论乔奉天听多了就习惯了。

别人越不能接受，越嗤之以鼻、敬而远之的事他反倒越是想做。这股子逆反劲儿，很久之前就一直扎根在乔奉天的心里。

"有人约啊？"杜冬早就习惯了，拈去密齿梳上的一缕头发，随口调侃。

"那必须的。"乔奉天阴阳怪气地开玩笑，把围巾往下巴上一兜，就推开店门，"撤了。"

"又留我一个人关门！"

何前订的是食为先饭店的二楼包间,店面坐落在理发店往前一站的水利局旁边,乔奉天走路就能到。

还没等进包间门,乔奉天就先猛地打了一串响亮的喷嚏,打得鼻尖发红,眼珠湿润。

何前过来把门打开,探出个脑袋:"哎哟,我的天,您这未见其人先闻其声的,我当是地震了呢。"

乔奉天对着他的脑门儿给了一个脑瓜嘣。

何前和乔奉天打小认识,都是郎溪村出来的,又都在利南市谋生,也就一直保持联系。但何前就职于一家上市的贸易公司,要比乔奉天混得更体面光鲜些,境况要相对轻松自在些。

这次是乔奉天做东,感谢何前帮他联系到了利南大学附属小学的招生主任,解决了小五子升小学的麻烦。

"你准备让小五子上重点班?!"何前扯了扯线衣的毛领,伸手把桌上的卤花生壳往乔奉天的头顶上丢去,"你没听叶主任说进重点班要多交一万块的择校费啊?!"

"嘁。"乔奉天偏头躲开,垂眼翻看着菜单,"少手欠啊。我知道要多交。"

"那你还交,你是不是有问题?区区一个小学,分班能分出什么好赖来啊,你有必要削尖了脑袋把小五子往里送吗?"

何前不明白乔奉天为什么要多花这不明不白的冤枉钱。

"乔梁哥能存几个子儿,就这么往水里砸?小五子以后用钱的地方还多着呢。"

乔奉天点了一份三黄鸡、一条松子鱼、一份明炉烤鸭和一盘什锦时蔬,随后又加了一瓶酒。他把菜单递到服务员的手里:"我就没打算跟我哥说。"

"没打算说什么?说你要送小五子进重点班的事?"何前瞪了瞪眼睛,"哎哟,我的天,你准备自己掏这一万块钱?!"

乔奉天用手叩了叩桌面,拣了一颗花生米放进嘴里嚼:"你说话能不能别带那么多感叹词?"

何前当他是默认了,捋了一把刘海儿,一下子咧嘴笑了,竖着大拇指给他"点赞":"行,你厉害,做小叔做到这份儿上,我真是开了眼,不知道的当小五子是你亲儿子呢。"

乔奉天往他的头上丢了一粒花生米,那粒花生米圆滚滚地顺着他的衣领溜进了衣服里面。

"行了,别废话了,找你吃饭不是听你给我上思想教育课的。"

"行,行,行,不说了,我不管,当我多愿意管。"

利南人近些年来"故步自封",靠吃改革开放的老本自大排外,名声渐差。但利南终究是地处西南的一线大城市,高楼林立,夜景极美。

乔奉天路过巢江大桥时,冷风刮得正凶猛,如墨般的巢江水面上,停岸渔船的夜灯并成一串,像连缀起天上的星光一般。船舷上的斑驳漆面在夜色里融成一团灰色方块,顺着江面微微起伏。

大桥上的天排灯照得周边亮如白昼,破风驶过的车水马龙带着喧嚣气流与锐利鸣笛。

乔奉天想到自己刚来利南市生活的那一年,带着三分向往,七分无措。他站在大桥上,对着一如今夜的江景,把自己的未来规划得比花儿还美——离开了鹿耳镇的郎溪村,他还会碍谁的眼?他有手有脚,钱自然能赚到,房子自然也会有。

吹了还没五分钟的江风,乔奉天就觉得脑袋一抽一抽地疼,连忙裹紧了围巾,低头快步往店里走去。

杜冬一抬头看见是乔奉天回来了,立刻乐得见牙不见眼:"哎哟,我的亲哥,你可太有良心了!我当你直接回家了呢,居然还能回来。"

他匆忙地把手里的平剪往镜台上放去,在半身围裙上来回擦了擦手:"李荔刚刚吵吵着让我陪她看场电影,我正愁脱不开身呢。"

乔奉天揉了揉鼻子,一边摘围巾一边乐:"赶紧的呀,我关门,你快去吧。"

杜冬从包里掏出线帽往脑袋上套,边走边指了指拐角的那张理发椅:"哎!

那个客人要洗个头、理个发，你快去给服务一下，我先走了。"

乔奉天顺着杜冬手指的方向，注意到理发台边那个正低头按着手机的男人。

"郑斯……郑老师？"

理发店开了三年，郑斯琦没来店里光顾过，至少在乔奉天的印象里，从来没有。以至于现在看到他，乔奉天一瞬间以为他是特意来找自己的。

"你……"有事？他在心里接上了后半句话。

郑斯琦不无惊异地转过头，推了推眼镜，对他微笑："你在这里工作？我都不知道。"

乔奉天一时觉得很窘："对……对啊。"

"那挺巧。"郑斯琦把手机装进衣兜里，"我刚办完了事，进来理个发。"

他这次没穿西装、打领带，而是穿了一件羊绒毛衣。毛衣是高领修身款，料子看着就很柔软，是温柔显皮肤白的藏蓝色。黑色的羽绒服外套挂在椅背上，上面又搭了一条线织的围巾。

乔奉天的两只手像冰袋似的，他怕碰到客人弄得人家不舒服，就先往喝水的马克杯里灌了一点儿开水，再把杯子焐在手掌心里捧了几分钟，让热度缓缓地浸透进皮肤里。

"想怎么剪？"乔奉天把手搭在郑斯琦的肩上，看着镜子里那张端正斯文的脸。

郑斯琦把碎头发往后捋了捋，用指头在头顶上比画了一圈："随便修短就行，简单点儿。"

乔奉天最怕客人说'随便'，一听就觉得无从下手。他举着剪子停了半晌，才说道："那行，就把前后的头发稍微修短一些。您把眼镜摘了吧。"

郑斯琦的头发蓬松乌润，发顶有个精致的旋儿。乔奉天用指关节均匀地夹出一绺头发，张开平剪顺着发尾轻轻地掠过，又分出薄薄的一部分用剪刀尖在上面分隔着修剪，动作看着轻盈灵巧，仿佛燕尾一触水面而过。他削薄了发尾密度，留了透气余地的同时，又保留了原有的梯度层次。

乔奉天抽出半身围裙兜里的一把密齿梳，顺着发丝流向由上至下地捋了捋，翻手又用齿背往上轻轻地抬了抬。从侧面看，郑斯琦的后脑勺儿部分的头发长度适中，正呈一道平滑流畅的微小弧度。

乔奉天转动椅子，让郑斯琦侧身对着镜子："差不多……这样行吗？"

其实乔奉天的技术在这一带能算得上一流。他性子倔，自尊心强，不服输，读职高的时候就比别人练得勤。之前大大小小的比赛他也参加了不少，冲着奖金去的，还拿了不少冠军。

今天对着一眼看去就知道好说话的郑斯琦，他突然就谜一般不自信了。

"挺好的。"郑斯琦戴回眼镜，眯了一下眼睛，又有些无奈地勾了勾嘴角，"按你的审美来就行，我没那么讲究。"

上到官员老板，下到平民百姓，乔奉天在他们的头上都动过剪刀，从来也没心里发虚过。该说是自己喝多了酒，脑袋暂时不怎么灵光，还是说仅仅因为坐着的这个人，乔奉天无力分辨。

"那就照着这个样子剪吧。"乔奉天不再分神，转正椅子，低头往下剪。

他剪的过程当中没再来新客，店里安静得只能听见剪刀开合的咔嚓声和音响里正放着的一首《理想三旬》。

乔奉天并不偏爱民谣，但这首他尤其喜欢。

　　你渴望的离开
　　只是无处停摆
　　…………

"那个男孩儿。"

一曲终了，换歌的间隙，郑斯琦突然开腔，让乔奉天停下了手里的剪刀："嗯？"

"被我的学生打了的那个，怎么样了？我后来一直忘了问。"他说的是吕知春。

"他啊……您把头稍微往左侧一点儿。"乔奉天弓着腰，拿电推剪细心地修理着郑斯琦一边的鬓发,"生龙活虎的,没事了,您不用搁心里惦记了。"

——本来就跟您没多大的关系。

"那就好。"

修剪完了头发大概的轮廓,乔奉天引着郑斯琦去隔间洗头。郑斯琦把毛衣的高领往下多翻了一道,乔奉天伸手将干净的毛巾往他的衣领里掖了掖。郑斯琦往洗头床上一躺,脖子倒是正好卡着凹槽,腿往前冒出去一大截。

乔奉天看着他无处安放、不知是跷还是落的两只脚,没绷住笑出了声音。

"您多高啊?床都放不下了。"

郑斯琦轻轻地咳了一声,抻了抻被压皱的衣摆,说:"去年体检量的是一米八八,今年感觉缩了点儿。"

乔奉天在手背上试了下水温,接着乐道:"没听说过身高还能往回长的。"

"岁月催人老,毕竟年纪大了。"郑斯琦合上眼皮,将手搭上肚子,笑道,"没辙。"

这话说得他像一个白胡子老头儿。

乔奉天一边淋湿郑斯琦的头发,一边打量他的脸。所幸他的两只眼睛都闭着,不至于显得乔奉天逾矩无礼。

郑斯琦确实长得端正,把五官中的随便一个单拎出来都挑不出毛病,尤其是双眉精致对称,莫名其妙地显出一股匠气。

当初店里开张前装潢时,是乔奉天着手挑的灯具,没买白炽灯,装的是暖黄光的挂扣灯。这种灯的亮度不高,胜在看着舒坦顺眼。此刻暖黄的灯光打在郑斯琦的脸上,如同落了一层蜜蜡色的温煦阳光。郑斯琦仿佛正在阳光下合眼小憩。

"头皮痒吗?"乔奉天将五指揉进郑斯琦的发里,勾起手背,用指尖的软肉在他的头皮上轻轻地摩挲。郑斯琦的发质粗密,指尖在揉抚的过程中,乔奉天能感到明显的摩擦。

"不怎么痒,昨晚才洗了一遍。"郑斯琦捏了捏眉心。

乔奉天没说话,搓干净了手上的洗发水泡沫,手贴到郑斯琦的太阳穴两侧,拇指施力顺时针打着圈揉了揉。瞧见郑斯琦的鼻梁上落了一根碎头发，乔奉天擦了擦手，没多想，伸过手去拈掉了。

郑斯琦一下子睁开了眼睛。

"怎……怎么了？"乔奉天没料到两人的眼睛能这么直直地对视上，手上一滞，连忙眨巴了一下眼睛，"洗发水流眼睛里去了？"

"你是不是感冒了？"

"啊？"

"从刚才开始，就见你的脸挺红。"

这话问得乔奉天愣住了，反应了几秒，他才轻轻地笑了一下，解释道："没生病，喝酒喝的。不过您别担心，我手稳，剪不坏您的头发。"

等剪完了头发，郑斯琦开车到家已经将近晚上九点了。

郑斯琦捧着一沓材料，一路小跑着从一楼赶到四楼，匆匆忙忙地拿钥匙开完了两道锁。他站在玄关处一边换鞋，一边开口喊："小枣？枣儿？"

他拍开了客厅的壁灯，安安静静的，没人回应。

放下资料，郑斯琦不由得皱起了眉，一边连着又喊了几声，一边步履匆匆地往里屋走。

他经过沙发时，低头一瞥，才看见郑彧的脑袋底下垫了一个大嘴猴的公仔，肚子上盖了一条小羽绒被，两只小脚伸在被子外头，一只套了袜子，另一只光溜溜的，咧着嘴巴正在睡觉。茶几上七七八八地摆了一圈凌乱的作业本，和一小盒没吃完的兔子蛋糕。

郑斯琦悬着的心终于落下。他伸手温柔地触了触郑彧暖烘烘的脸，蹲下来单膝跪在沙发边上，笑着凑在她的耳朵边，小声开口："这么睡要感冒啦，小丫头。"

郑彧压根儿没被喊醒，嘟着嘴巴软糯糯地哼哼了两声，把郑斯琦萌得心肝一颤，用手支着额头缓了好大一会儿。

实在舍不得叨扰女儿的甜梦，郑斯琦就没继续喊，低头轻手轻脚地把女儿从沙发上横抱了起来。他看郑彧偏了偏脑袋在自己的怀里靠实了，才稳着步子往小卧房里走去。

郑彧的小名是枣儿，郑斯仪随口给起的。因为郑彧出生前有暂时性缺氧的症状，生出来是猪肝色的皱皱巴巴的一小团，怎么瞧怎么丑。郑斯仪就说叫"枣儿"，反正看着也像，顺便看长开了能不能看着甜点儿。

后来两三个月过去，郑彧脸上的黄疸消了个精光，整个人一下子变得粉雕玉琢，比谁都白净漂亮。

郑彧喜欢粉红色，郑斯琦就把小卧房装饰得一水儿粉红。粉墙、粉床、粉桌、粉灯，要是不知道的人进门准要被晃花了眼睛。

郑斯琦刚弓腰要把郑彧的小脑袋往枕头上摆，小丫头的眼睫毛忽闪地向上一翻，她一下子睁眼醒了。

"醒了？"郑斯琦把声音放得低低的。

郑彧不说话，耷拉着惺忪的眼皮一头扎进郑斯琦的怀里，搂着他用力地磨蹭着不抬头。郑斯琦也不急，知道她睡醒后是要这么撒娇一会儿的，就任她用脸把自己的胸口磨得生疼。

"你说你一会儿就回来的……"

"对不起，对不起。"郑斯琦笑着摸着她毛茸茸的后脑勺儿，"爸爸剪了个头发，就回来得晚了。我做错了。"

郑彧把头抬起来，睁着水亮的眼睛盯着郑斯琦看："短了耶。"

"当然啦，剪掉了嘛。"郑斯琦温柔地说。

"好看……"

"哎？"郑斯琦笑着愣了愣。

郑彧又把脸往他的怀里埋，嘟囔："爸爸变得比出门前好看了……"

这话惹得郑斯琦的心肝又是一阵颤。

岁除逼近，乔奉天惯常地心慌，多梦，睡眠质量不好。

梦里的东西，说出来还颇玄妙而文艺。

梦里他多是俯视前行，像在脊背上安了一对羽翅，由上至下，能看清鹿耳山上苍翠一片的翘枝雪松，零散混进去的几株红松，挺拔于群木之中。

灰鸟翅尖染墨，掠过摇摆的松枝，穿梭其中。乔奉天在梦里陡然生出不可名状的焦躁之情，挣扎着追逐而去，逆风而上，躲避障碍。寂静的林间变得亮敞，惶惶不安的心跳也暂且融进了这一曲飞扬的交响乐中。

乔奉天无暇再看郎溪，再注目清池，再瞻顾鹿耳峰底矮平零星的土色旧舍。漫长的梦境犹如一次穿山越海的低空滑翔，以一头扎进灰蒙蒙的小团云翳里戛然收束。

乔奉天醒过来时发现手脚被汗浸湿，每次都是这样。直到他摸了摸枕头边的手机，看见乔梁发来的短信，才渐渐安定下来，回过神，想到他是贴着床的，床是贴着地的。

除夕当天，满街的热闹喜庆气氛。可惜郑斯琦出门忘记看一眼皇历，当他牵着郑彧在超市里给郑寒翁挑一箱牛奶时，被一通电话扰了这温情脉脉的"父慈女孝"场景。

利南大学的教务系统因为操作失误导致出现故障，让人文学院和电子通信学院的学生期末成绩全部丢失了。系主任以"怕学生查不到成绩过不好年"为由，催促各班的班主任和任课老师抓紧时间，赶紧麻利地回校重新誊分。

"加班费怎么算，是一天三倍工资不？"郑斯琦把郑彧抱起来放进购物车里，噼里啪啦地打字给系主任回消息。

对方的短信回得很快："脸比正月十五的月亮都大。快点儿来学校，少废话。"

郑斯琦理了理衣领，颇无奈地扶额："枣儿。"

郑斯琦给郑彧扎的羊角辫高低不齐，奇丑无比，但不妨碍她喜欢那朵毛茸茸的头花。郑彧把它团在手心里，一边捏，一边仰脸笑："怎么了，爸爸？"

郑斯琦弓下腰，点了点她粉红的鼻尖："爸爸的学校那边临时有点儿事，我先把你送到爷爷家好不好？"

"不好！"

"姑姑在爷爷家，哥哥也在，陪你一起玩好不好？"

"不，不，不！"郑彧拨浪鼓似的摇头，还连忙腾出一只手拽住郑斯琦，抬起屁股就要从购物车里站起来抱他，"不好，不好，我要跟爸爸一起。"

"成，成，成。"他把女儿往怀里护，"一起，一起，你老实地坐回去别动。"

其实把女儿带在身边，郑斯琦求之不得，就是怕女儿嫌吵、嫌闷。

等他们赶到人文学院的办公室里时，就听见一片哀声。办事利索、赶着回家做年夜饭的人，就紧闭着嘴，脸色阴沉沉地坐在电脑面前噼里啪啦地誊分，把一沓卷子翻得哗啦啦地响；这一时半会儿不着急回家的人，就正事不干，嘴闲不下来，捧着个茶杯从这桌侃到那桌。

后者说的就是毛婉菁。

"哎，老郑，你可……哎哟，我的枣儿！"

毛婉菁一下子咧出了一嘴白牙，两步上前蹲下来把郑彧往怀里紧紧地一抱，对着郑彧的小脸就左右各亲了一口，亲得她咯咯地笑着往后直躲。

"今儿吹的什么风把咱们小宝贝、小美女吹来了？来，来，来，让阿姨再亲亲。"

一听郑斯琦把女儿领来了，办公室里干活儿的、不干活儿的男男女女，都抻着脖子瞧了过来。

"吹的西北风。"郑斯琦把手提电脑往桌上一放，笑着用手托了托眼镜，慢悠悠地说道，"真喜欢小孩子就和章弋川也生一个，回头我给你代文案写作课。"

章弋川是毛婉菁的丈夫，两个人刚度完蜜月回来，正处于新婚期。

"得了吧，我们赚的这几个子儿供房贷就够受的了。"毛婉菁又伸手捏了捏郑彧的脸，"先别让孩子出来跟我们一块儿活受罪了，等等再说。"

毛婉菁是在利南市购买的新房。近年利南市的土地资源稀缺，房价翻涨，跟燃气表似的季季往上蹦字。年轻人累心累神，吃力得紧。

和大部分人比起来，郑斯琦房车皆备，独养个女儿还算轻松的。虽然他早早丧偶，但看着并不邋遢凄惨、力不从心。

"回头让她喝点儿水。"郑斯琦不知道从哪儿摸出了一个粉色象嘴的保温小水壶,伸手往郑彧的嘴巴上抚了抚,"出来疯半天了,我也没记着让她喝水。"

郑彧伸出半截儿舌头往嘴巴上舔了舔。

"成嘞。"毛婉菁接过水壶,"你就先忙着誊分吧,枣儿我就拐走了。"

郑彧一听就急眼了,挣扎着要从毛婉菁的怀里出来:"不走,不走,我要待在爸爸这儿!"

毛婉菁不撒手,一边把她软绵绵的身子往怀里抱,一边看着郑斯琦直乐:"哎哟,真羡慕你养了个这么黏你的闺女,拽都拽不走,等她长大嫁人了你不得哭死。"

"那我得一夜白头。"郑斯琦接着冲郑彧语气温柔地说:"枣儿听话,先跟阿姨去玩一会儿,一会儿爸爸忙完了去找你,好不好?"

郑彧噘了噘嘴:"一会儿是多久啊?"

郑斯琦蹲下来,耐心地说:"这样,你从一数到一百,数一百个一百,数完了爸爸就忙完啦。"正好郑彧的学校里才教了这个,勉强算学以致用。

"哦……"

毛婉菁简直要给郑斯琦"点赞"——不给纸不给笔,别说一个六岁的小孩儿了,华罗庚也得数乱了。

郑斯琦把小水壶挂在女儿的脖子上,看毛婉菁把手从她的腋下穿过,活像抬花盆似的把正扳指头嘟囔着数数的郑彧端了起来,两个人跟一对企鹅似的踩着小步子往其他老师那儿走。

"哎,来,来,来,大伙儿,我把老郑的闺女搬过来了!"

男女老少应声而动,把抽屉里的硬糖、水果、沙琪玛一股脑儿地全掏出来摆桌子上了。

得,她抱来的是一个得买票参观的"活猴"。

郑斯琦班里的学生严于律己的占大多数,挂科的算少的了,分数重新誊起来顺心也顺眼。郑斯琦誊到詹正星的时候,不由得减缓手上的速度,多翻看了两眼。

卷子上的字不俊逸，但胜在端正工整；答题思路明晰准确，言之有物，一言一语都能答在个中关节上。单从成绩上看，詹正星是一个勤勉而头脑聪明的好学生，所以郑斯琦并不会特别关注他。

那个人……叫什么来着？

染了头发，皮肤很白，很消瘦，先打了詹正星，又替自己理了发，还理得非常好看……那个人叫什么来着？郑斯琦盯着窗台上的一株水绿萝，把钢笔往桌上轻轻地叩了叩，才发觉他连那个人的名字都忘了问。

等郑斯琦折腾完了临时任务，窗外已经天黑，且飘着微雪了。昨天的天气预报说今晚要降温变天。老天爷闲着也是闲着，随手撒点儿白片子，给利南的正月添了些辞旧迎新的年味。

郑彧一路小跑地回到郑斯琦的腿边，脸涨得像苹果似的红，抓了满手的零食，早把"数一百"丢到九霄云外了。虽然在意料之内，但郑斯琦还是觉得有一点儿失落。

"好玩吗？"郑斯琦把鼠标丢进包里，接过她手里空了的水壶。

"嗯！"郑彧用力地点了点头，甩了甩脑袋，小辫子跟着一跳一跳的，"爸爸你看！毛毛阿姨帮我重扎了头发，他们说你扎得太丑。"

"……"

"但是爸爸扎的头发我也很喜欢。"

"嗯。"郑斯琦乐了，在女儿的头上揉了揉，"我们枣儿最喜欢爸爸了，对不对？"

"嗯！"

这话听得郑斯琦比换了辆新车还知足。

他们出了办公大楼往车库走，郑彧的外套没有帽子，郑斯琦就把自己的围巾在她的头上缠了几道，单露出她一双清亮的眼睛。郑斯琦一只手紧牵着她，另一只手接着郑斯仪的电话。

"你在哪儿呢？还不回来！鳖都熟了！"

035

"煮鳖干吗?"郑斯琦摘了落上雪的眼镜,"枣儿怕那个,枣儿不吃。"

"哎,你闺女不吃,我儿子要吃成不成?你亲爹要吃成不成?你亲姐要吃成不成?别在这儿光抬抬嘴皮子,明年你来烧这一桌子饭,再来啰唆成不成?"

郑斯琦连忙笑着回:"哎,姐,姐,姐,我说错了,我说错了成吗?今天的碗我全刷了,你看我够诚心吗?"

郑斯仪停了半晌,扑哧一声乐了:"行了,别跟我在这儿贫,赶紧回来!挂了!"说完啪的一声就挂了电话。

"是姑姑吗?"郑彧裹得像一颗球,欢快地踩着覆在地上的一层晶莹剔透的薄雪。

"对啊。"郑斯琦冲她低头挑了挑眉毛,"姑姑给你烧了一个有四条腿和一条尾巴的东西哟。"

"鸡!"

"不对,比鸡要小。"

"鹅!"

"鹅比鸡大,傻枣儿。"

"鱼!"

"鱼有腿吗?"

"那……那是……"

前方的教职工宿舍有小孩儿嬉笑着在暗处放长杆烟花筒。砰的一声,带着金色小尾巴的烟花飞蹿出去,在淡黑的夜色里陡然绽开,四散出斑斓缤纷的星星点点的火花,也在匆匆赶着回家的行人脸上映出五彩的斑驳光影。

啪——小五子在热闹的堂厅里摔破了一只瓷碗。

这一声动静吓得喝酒、吃菜、聊天瞎侃的大人俱噤了声,众人纷纷回头盯着蒙了的小五子。

林双玉的脸色登时不大好看,她犹豫了一下,举着的筷子又落回了碗边上。

"哎!碎碎平安,岁岁平安!"乔梁站起来,一边笑眯眯地解释,一边从饭桌边往下撤。

众人经过这么一句解释，才慢慢回了神，都乐呵呵地继续端酒杯、下筷子，有一搭没一搭地说着吉祥话。

林双玉及时伸手拽住乔梁，侧头低声问道："去哪儿？！大过年的不陪你舅爹多喝一杯？！"

"血压那么高，还让他多喝？"乔梁皱了皱眉，"差不多得了……我再去给奉天送点儿菜。"说完他把小五子的手一牵，扭头走了，噔噔噔地踩着木梯，上了二楼。

郎溪村有规矩，小孩儿不上主桌。

老乔家多一条，乔奉天也不能上主桌。

利南市的霜雪寒流并未迫近郎溪村。天上挂着几颗闪亮的碎星，晚风干冷，吹乱了在房顶上坐着的乔奉天半长不短的头发，分外提神。

乔奉天重新染了发色——棕色换成了紫藤色，杜冬还给精心弄了个渐变的效果——衬得人苍白单薄，看起来并不健康。

乔奉天年前前脚刚进了家门，一头发色就先惹了林双玉不高兴，嘴角括弧似的法令纹登时抿深了不少。她把锅碗瓢盆摆弄得叮当作响，嘴里还要不饶人地念叨："一会儿是精，一会儿是怪。"

乔奉天把从利南带回来的降压药、豆浆机、新衣新裤等吃的用的东西一样样地往外拿。林双玉不听、不看，闷在厨房里张罗晚饭，不愿和乔奉天多说话；乔思山捧着茶缸默默地挨着小儿子坐着，看他不言不语地低头忙活；乔梁乐呵呵地把小五子从楼上叫下来，招呼孩子来试试小叔给置备的一身衣服。

堂厅里一年到头不大热闹，如今一家人都在，也依然显得冷清而拘束。

乔奉天叹了一口气，捋了捋被压皱的衣摆，挺了挺弓着的腰杆子，把包里的一小沓钱币揣在手里，回身漫不经心地往乔思山的手里塞，说："留给家里过年的，收好了。"

乔思山不要，枯草似的眉毛一皱，反手攥着小儿子冰凉的手不撒，慢吞吞地笑着说："哎，阿爸不要你的钱，阿爸又不花钱，你自己攒着用。"

037

乔奉天不耐烦地皱了皱眉心，手撤回来揣在兜里，接着说道："不是给你的，是让你给阿妈的，多了没有，给你你就收着。"

小五子爬上房顶的时候，乔奉天正有一搭没一搭地吃着一盘五香毛豆，小平桌上的毛豆壳垒得像小山那么高，旁边锡铸的一盏热水壶也喝空了。小五子的小细胳膊挽着一截木梯，他从洞口探出脑袋，声音清冽："小叔，房里有饭。"

乔奉天回头一看，把脸上的头发拨拉开来，笑着招手让小五子过来："来！"

小五子理了个近似光头的圆寸发型，油亮的脑门儿圆鼓鼓的，眉宇平和。他整个人精瘦精瘦，大棉袄套在身上显得空荡荡的。他的眉目浓重，眼皮上的褶痕很深，皮肤不怎么白，笑起来却露出一口齐整、白净的牙。

乔奉天走过去，把小五子往身前拽拽，蹲下来替他把新买的牛仔裤裤脚往上多卷了几道："穿着挺好看的，就是买长了。"

"长了不怕，小五子能多穿几年……"小五子重心不稳，身子摇摆了几下，虚扶着乔奉天的肩，乌黑的眼珠子盯着他的浅色的头顶，没忍住就伸着小手小心翼翼地抚了抚。

乔奉天笑了，在他的屁股上拍了一巴掌："小叔不缺买一条裤子的钱，不用给我省。"

小五子低头笑了笑，没说话。

也不知道是家庭使然，应了那句"穷人的孩子早当家"，还是他天生就是这副脾性，小五子年纪不大，看着却异常温和缄默，心智成熟得不像个八岁的孩子。乔奉天回身往平桌的旁边走去，小五子不言不语地跟着。

"嫌冷就下去吧。"乔奉天往他的脸上拍了拍，"大堂多热闹啊，去，让你奶多给你包两个红包。我等等就进去吃饭。"

小五子摇了摇头不说话，也没有表现出想走的样子。

乔奉天摸了一把小五子长着一层发楂的脑袋，趁人没回神，把他拦腰一提，疾步走到桌边往椅子上坐下，顺手打横把一截短甘蔗似的小五子放在自己的膝盖上。

小五子害羞了，不太好意思让人抱着坐，就伸着胳膊在乔奉天的身上轻轻地拱着，夜色里看不清他的脸上正泛着红。

乔奉天不理，把下巴往他的肩上一搭："小五子长大了，不愿让小叔抱了。"

小五子立刻摇摇头，手贴着乔奉天的胳膊，挠挠脸蛋，眨巴眨巴眼睛，不再乱动了。

郎溪村的矮平屋舍正坐落在鹿耳山的山脚。乔家房子所处的地势平坦开阔，一开屋门正对着高耸的山峰。说起来，这里也能算得上山清水秀，鹿耳山虽然不怎么出名，却被人说灵得很，沾了半山腰古刹的光，人们掬一捧溪里的水饮，都能尝出淡淡的香火味。

利南市的政府官员心明眼慧，大前年翻修了破落的古刹，前年又在镇边建了仿古旅游区，看游客每一季只多不少，今年就又筹备着要修环山缆车。

看着工程队东一榔头、西一棒槌地干，郎溪人都捏着拳头暗暗地着急，盼着上头的人什么时候能走进村里，发那一笔填充家底的政府拆迁款。

村里有点儿闲钱的人，在仿古旅游区承包了铺面卖点儿吃食或者手工物件；像林双玉一样舍不得下本儿、不愿租铺面的人，就在政府指定的活动摊位点，卖点儿瓜子、饮料等乱七八糟的东西。

"过完年去上小学了，高兴吗？"乔奉天看着小五子又黑又翘的睫毛。

小五子低头抠了抠手指头，憨憨一笑，露出一排洁白的牙齿："高兴。"

"去市里住，人都不认识，怕不怕？"

"怕……吧。"小五子点点头，眼睛瞧着隔壁几家的零星灯火，"怕阿爸供我供得太辛苦。"

这话听得乔奉天有点儿心疼，又有点儿上火，他伸手便往小五子的脑门儿上戳了戳："别学你奶一天到晚说的十个字里有八个不离'钱'！你就安安心心地念你的书，别学大人想东想西地琢磨你不该琢磨的事，嗯？"

小五子老老实实地点了点头。

乔奉天从小到大一直最不待见的，就是把负能量拼命丢给小辈的大人。这些大人自怨自艾，长吁短叹，三句话不离自己"怎么怎么辛苦""怎么怎么不容易"，还让孩子"要懂事，要知足惜福，别不守规矩，要认命"。他听林双玉说了大半辈子了，打心眼儿里不想让小五子跟着一块儿受罪。

大人这么说话，难道要教他自卑自怯？教他始终记着自己比别人低一等？纯属有病。

乔奉天拨了拨头发，把小五子搂紧了些："我记得你刚生下来就白生生的一小团，不足月，就跟小狗崽儿那么大。"他比画出襁褓的大小，不着调地张口就拿亲侄子跟狗比。

"当时你奶奶把脸乐得跟朵大菊花似的，抱着你让我给起名。说实话，这么多年我也没瞅见她冲我笑得这么开心过。我认认真真地想了，琢磨了半天，说要不起名叫'乔峤'吧，好记。"

乔奉天牵过小五子的小手，揉揉他的手掌心，端端正正地虚写了一个"峤"字。

"一个'山'字，加一个咱家姓的那个'乔'字，也念'乔'。意思是高耸的山峰，像对面那座鹿耳山。"

小五子的手心痒得慌，他把手一缩一缩地往回抽，跟着咯咯地笑起来，觉得好玩似的连着念了几遍："乔峤，乔峤，乔峤……怎么又不叫这个呢？"

小五子收回了手还觉得痒，背着手悄悄地往裤腿上蹭。

"因为你奶奶立刻就给我挂了个驴脸。"乔奉天咂了咂嘴，提住一口气，装模作样地捏着嗓子，双手半掐腰，眯着眼睛，"哎哟，瞅瞅，瞅瞅，啊，瞧瞧？！瞧谁啊？啊？给谁瞧啊？我老乔家的宝贝大孙子就叫这么个名字？你读书都读到狗肚子里去咯，什么用都没有，起的什么破烂玩意儿！走，走，走，给我到边上待着去！"乔奉天添油加醋地又把情景重现了一遍。

"像，小叔学奶奶学得真像！"小五子弯着眼睛乐得不行，仰着小脸把乔奉天的话当戏听，"后来呢？后来呢？小叔说说呗。"

"后来？后来你奶奶就给我劈头盖脸地一顿臭骂呗，又献宝似的把你抱去给初中的老校长看，给人家塞了两包好烟，让人家从课本里给择了个'善知'。"

意思是善知善行，这也是一个不落俗的好名字。

小五子歪了歪头，挠了挠脖子，说："小五子觉得乔峤好听。"也不知道他是真的觉得好听,还是嘴巴抹蜜似的想讨乔奉天高兴。

"再好听你现在也叫乔善知,就别搁心里惦记了啊,给你奶奶听见又得抽你。"乔奉天将手轻轻地盖在他的后脑勺儿上,"刚才说的话睡一觉你就都给我忘干净了,可别学你奶奶说粗话。"

"小叔,你自己也说来着。"

"我……"乔奉天转了转眼珠子,讪讪地挑眉,"我那都是跟你奶奶学的,都怪她。"

不知道是哪家提前放了鞭炮,冷不丁地响起噼里啪啦一连串的脆响,惊得村里看门的小狗对着天空汪汪地一阵吠,暂时掩盖住了从一楼时不时传来的响亮热闹的说笑声。淡淡的硝烟味拥着凉风,弥散在除夕夜里。

乔梁托着一条双面绒的薄毯,攀着梯子上来,把毯子给叔侄俩兜头盖住,裹了起来。

"也不看看这是什么天气,还搁房顶上坐着。"乔梁蹲在房檐边,拣了个毛豆吃,"怕冻不死啊?"

"哟。"乔奉天把毛毯往上拉拉,露出眼睛,放小五子从身上下来,"阿妈能放你从席上撤了?"

"和他们聊不来,都是些一瓶子不满半瓶子乱晃的,手伸得老长,什么都想插一脚。"乔梁边说边从兜里掏出一盒烟,从中抽了一根叼进嘴里。

乔奉天乐了:"保准都忙着给小五子说后妈了。"

"小五子,去你小叔房里玩吧。"乔梁转头摆了摆手,随口把小五子支走,才对着乔奉天长叹了一口气:"谁说不是?"

"那完了。"乔奉天用手支着额角,"阿妈那么好面子的人,大过年的跟她提这个,凭她那针尖大的心眼儿能搁心里堵一年。"

乔梁迎风吸了一口烟,没说话。乔奉天盯着那忽明忽暗的红色光点,被一阵冷风吹得打了个激灵。

年夜饭散了场,众人趁着兴致正浓,都一窝蜂地去了小偏厅里,打算打两圈麻将。堂厅里剩了一桌的残羹冷炙和一地的瓜子壳屑,来不及收拾。

乔奉天看人都不在,悄没声儿地下楼,烧上一壶水,给乔梁搭手把桌面收拾干净了。小五子举着一个比他人还高的竹扫帚唰唰地扫地,看着有模有样的。小厨房里,乔梁清理盘子,乔奉天洗碗。

把开水倒进盆里,蒸腾出来的热气缓缓地向四下弥散,遮掩住了乔奉天的眉目。他挽高衣袖,松了松衣领,往水里挤了一泵洗洁精。

乔奉天的手指修长而骨节突出,手上根根脉络分明的血管埋在皮肤下像一条条蜿蜒的乌青小龙。这会儿沾了烫人的热水,他苍白的手掌才浮出层难得的红润之色。

在乔奉天小时候就有人说他阳虚、畏寒,眼下容易发淡青色,要多吃温性的东西调养。

乔梁将一支脏筷子丢进水池里,合上碗橱的油腻纱门。

"我来刷碗,你先去吃饭,一晚上光喝风了。"他的表情看起来像笑,又不像笑,停顿了一下,他才说道,"阿妈特意给你留了鸡汤,加了沙参煨的。"

"特意"他说得太着重了,反而不大自然。

这鸡汤不管是不是特意给乔奉天留的,都不能看作是林双玉的妥协表现。其实很多事情都是这样——再如履薄冰的关系,也总会藕断丝连;再不和睦的亲情,也可能在特殊的某一刻,有所缓和。靠着这么点儿指甲盖大的默契,他知道林双玉做事不给情面但又能留有转圜的余地。

乔奉天还是不大习惯林双玉有一搭没一搭并且不知何意的"示好"行为,先搓了搓手,又挑了挑眉,随后才小声应道:"哦。"

这时候,偏厅里突然传出来了一句听不大清的模糊男声,那人带着三分玩笑似的问林双玉:"怎么不让你家老二给你领个城里的老婆回来过年?"

这话声音不大,但不偏不倚地刚好让乔奉天听到,他手上的动作不由得顿了一下。

林双玉没说话,是旁边的不知道哪一个闲得嘴痒的亲戚接的话茬儿:"哎哟,这事急不来……"再往后的话,就全湮在推倒麻将的哗啦声响中了。

大年三十，就着震天响的鞭炮声，乔思山早早地钻进被窝儿里睡觉，林双玉陪人搓麻将，乔梁陪着儿子看了大半晚上的春晚，乔奉天则抱着被子，回了一晚上的拜年短信。

正月初一，乔家人按惯例要早起煮饺子。

乔思山要急着吃降压药，不能耽误，就先下了一盘饺子端给他。随后他们又煮了四五盘饺子摞在四方桌上，还各切了一盘酸萝卜、酸泡椒，盛了几小碟香油掺醋的蘸料。

林双玉拾掇完门口一地破碎的鞭炮皮子，一边解着腰上的围裙，一边准备着要放到腰包里的零钱。乔奉天和乔梁一看，登时愣住了，把筷子撂下。

"大年初一您往哪儿跑？"乔梁皱了皱眉头，把她的胳膊拽住。

林双玉拿围裙掸了掸鞋面上的灰："上哪儿？上仿古街。"

"大年初一的您出什么摊？！"

寒冬腊月要下雪的天气，有几个人不在家里待着要出门去买你的瓜子、饮料？再说他们家又不是真缺那仨瓜俩枣的钱。乔梁弄不懂林双玉的心思，连忙把她往桌边牵："老实在家待着！"

林双玉把他揉开，又起身去拿鞋："仨瓜俩枣的也是钱，咱们乔家不少这一口也不多这一口，你不赚就留给别人赚了。"

说罢，她又往耳后别了别头发，叹了一句："这个家，我不撑谁撑？"

乔奉天坐在长凳的一边，拿筷子默不作声地点着醋碟里的油花，分明觉得林双玉话里夹枪带棒，明里暗里都在给人难堪，戳人脑门儿。

"您大过年的说这个干吗？"

"过了年过的就不是日子了，张着嘴就喝风了？"林双玉的声音陡然高亢起来，她指了指桌子，"一个不立业，一个不成家，都不知道别人怎么骂我这个当妈的没把你们教好！"

乔思山把筷子往桌面上猛地掷去，吓得小五子的饺子骨碌碌掉到了地上："大过年的说这个干吗？！"

"嫌我说话不中听就别听，怨你四十多年前瞎了眼，讨了我这么个不长脑子的婆娘！怨你命里没福，这婆娘没本事，给你生了个留不住媳妇又没本事的大儿子！又给你生了个不着四六的脑子不正常的精怪！"

林双玉越说越怒，越说越尖刻，像是被点着了引线，一路燃到了濒临爆炸的临界点。她黝黑的面庞微微涨红，胸脯上下起伏，一屁股坐回长凳上，偏着头。

乔思山狠狠地叹了一口气，把面前余了几只饺子的瓷盘往远处推去。

趁着众人沉默，乔奉天起身把愣在一边的小五子拦腰一抱，把他带上了楼。

小五子坐在床边，看乔奉天往包里装着洗漱的东西，嘴巴一撇，心里一揪，连忙站起来，两步上前攥着乔奉天的衣袖，焦急地小声说道："小叔别走。"

乔奉天摸了摸他浓浓的眉毛，欣慰这孩子在表达激烈情绪的时候，看着也是温和的、克制的，并不像他的奶奶，也不像自己。

"小叔还有点儿工作，得先回去忙。你先在这儿待着别下去，等到晚上你再去找你奶聊天，别让她又闷着一天不开口，好不好？"

小五子知道留不住乔奉天，虽然脸上不见丝毫高兴的神情，但依然乖乖地点了点头。

乔奉天提着包下楼，站在堂厅里。乔思山依旧佝偻着背不言不语，林双玉也偏着脸不吭声，只有乔梁站起来，看他手里拎着行李，走过来伸手要抢："干吗？你又要上哪儿去？！"

"不上哪儿，我回利南。"

"不许走！"乔梁急了，"大过年的一个人像话吗？！"

乔奉天其实很不喜欢别人说什么"大过年的"，对他而言，一年三百六十五天，如同指针滑过表盘，周而复始，每一格都是相同的。痛苦的日子会一直痛苦，快活的日子也不会变得更快活，没必要非把"过年"强行划出范围之内，好像什么事都可以为它破例。

如果不是还对"家"这个概念怀有依恋，他过不过这个年，吃不吃这顿饭，并不重要。他一年都可以不回来碍林双玉的眼，这天也一样。

乔思山闻言也撑着桌子缓缓地站起来，两瓣嘴唇翕动："奉天啊……别走，别走，好好待着。"

"药不够就跟我说，我去市里给您买。"

"你……"

乔梁回头，着急上火地捣了捣林双玉："阿妈，说话啊，奉天要走你也不拦着！"

"走？要走就走呗，利南天大地大，郎溪村羊屎大的犄角旮旯地可拘不住他这尊大佛……"

听了这么一句话，乔奉天的心里不可遏制地生出酸涩之感——说他不期待她有一星半点儿的挽留之意是假的，不盼着她说哪怕一句的温言好语也是假的。再小的希望落了空，摔下来也是会疼的。

乔奉天笑着摸了摸鼻子："我确实有事忙，不诓你们。有时间我再回来，反正距离近，交通也方便，缺什么东西就打电话跟我说。"

他这是铁了心要走，谁拦也不好使。

郑斯琦握着方向盘，关了车里的暖气，给后座上的枣儿递了一盒洗好的草莓、一袋牛奶。他开车是往鹿耳山去的，目的地是月潭寺，特意起了个大早。

说起来，郑斯琦一家都不信佛，若不是郑斯仪给他塞了单位赠的两张门票，郑彧又吵着闹着要出门玩，他倒是宁愿在家里闷头儿睡觉。大老远地从利南开车到鹿耳，沿途的风景就够小丫头折腾掉大半精力。

车子驶上一截不甚平坦的山路，郑斯琦踩紧离合器，换了低速挡。透过玻璃遥望天穹，灰蒙蒙的，发青发暗。广播里也说，今日大范围有雪，他们来得其实不大是时候。

"爸爸吃草莓。"郑彧举了一个红艳艳的、个头儿最大的草莓放在郑斯琦的嘴边。

郑斯琦张嘴咬住，含糊地道："谢谢枣儿。"

城镇的小路四通八达，交错繁多，一进鹿耳镇，郑斯琦的导航就不大好使了。左拐，左拐是棵梧桐树啊；右转，右转是堵红砖墙啊。等费了挺大功夫找到了上山的入口，他又寻不到指路的标识了。

瞧见有人影由远及近地走过来，深谙"路长在嘴上"的郑斯琦靠边停车，准备过去问路。

他隔着几米远就冲人礼貌地微笑："您好，麻烦请问一下，知道去月潭寺怎么走吗？"

乔奉天正眉头微皱，心绪不宁，听见有人走过来问路，脸色也不见和缓，嘴巴"啧"了一声，手往后指："顺着这条路……怎么又是你？"没过脑子、不大礼貌的一句话就这么脱口而出。

郑斯琦推了推眼镜，又走近了几步，睁大眼睛，忽地笑开了："你……你的头发换了颜色，我都没认出来。你……你……你……"

"你，你，你"了半天，一句话僵在嘴边，郑斯琦反应过来，自己不知道他叫什么。

在乔奉天看来，郑斯琦每次的穿衣打扮都搭配得极为简洁合理，尤其在看惯了利南大学的老师把皮带高高地扎在啤酒肚上的打扮后，乍看郑斯琦，更觉得舒心大方。

今天他外面穿的是双面绒的深驼色大衣，面料厚重而硬挺，长至膝盖；里面上身穿着一件纯黑的圆领羊绒衣搭米色的衬衣领，衬衣领平整妥帖地翻出来；下身穿着直筒黑裤，搭一双磨砂的牛皮短靴。细框眼镜稳稳地落在他高耸的鼻梁骨上，顺眼得让人没脾气。

"你这是……"乔奉天问。

郑斯琦往车里指了指："带女儿出来玩，怕走岔了路。"

乔奉天忍不住往车里瞧，车窗反光，什么人影也瞧不清。

"你呢，怎么这么巧能在这儿碰着？"

"我家是郎溪的……就边上的一个小村子，很小，你可能没听说过。"乔奉天微微一笑，拨弄了一下浅色的刘海儿。

"见花忆郎面的'郎'，分家渡越溪的'溪'？"郑斯琦说完顿觉自己是在卖弄，连忙又笑了笑接着说，"你家乡的名字很好听。"他的语调平和，不徐不疾，也不刻意造作，是一句令人舒心的夸赞。

乔奉天是第一次听人这么说。

"爸爸！爸爸！"郑彧径自开了车门，踩着锃亮的粉红色小皮鞋，甩着依旧一高一矮、一歪一正的辫子，一路小跑过来，用柳枝似的柔韧纤细的胳膊将郑斯琦环腰抱住，"你聊太久啦！我等急了。"

看着突然跑出来一个年龄不大的孩子，乔奉天愣了一下神，一瞬间又迅速地反应过来，这是郑斯琦的女儿。

"枣儿。"郑斯琦摸了摸她的脑袋，"叫声好。"

"哥哥好……"

乔奉天立刻笑了，看了一眼也勾起嘴角的郑斯琦，走过去牵了牵她软乎乎的小手："叫得不大对，要叫叔叔。"

"叔叔？"

"对，叫叔叔。"

郑彧眨巴了一下眼睛，盯着乔奉天的头发笑起来："叔叔的头发好漂亮。"

几年后，等郑彧再长大些，初见乔奉天的情景在她的记忆中已经很模糊了。乔奉天当时的眉目，当时的衣着，当时说过的话，她都不记得了。唯独那一头漂亮头发，成了她第一次、最直观准确的对美的认知。哪怕在平常人看来，那是稍有偏差的审美，也没办法改变她的这个认知。

郑彧踮了踮脚，伸手想摸一下乔奉天的头发，郑斯琦就牵着她的手轻轻地往身后拉："枣儿，不能没礼貌。"

枣儿？大红枣儿的那个"枣儿"？

乔奉天挑眉，心道：不从古诗词里摘文择句也就算了，文化人起名是这种"剑走偏锋"的路数吗？

乔奉天去看郑彧的眉眼。她的年纪很小，五官的轮廓只是初显，但看着精致周正，皮肤润泽而粉嫩，一眼就能瞧出是郑斯琦的孩子。

"没关系。"乔奉天走过去蹲下来，低着头，把发顶暴露在郑彧的面前，"想摸就摸一下吧。"反正他也不会掉块肉。

郑彧有点儿怯，抬头望了一眼郑斯琦，见他没有阻拦的意思，就分外欢喜地伸出了手去摸乔奉天的头发。那小心翼翼的模样，就像在抚弄密林里的小兽的柔软腹部，觉得喜欢又害怕失手惊跑它。

郑彧的手在乔奉天的发顶摩挲了两下，继而顺着发丝走向往刘海儿的发梢顺去。温软的小手轻贴着头发，如同柳枝拂动粼粼水面。

丝绸一样的手感舒服得让人不愿离开，郑彧很是艰难地缩了一下指头，又耍赖似的反复用掌背贴了贴头发，才收回手："谢谢哥……谢谢叔叔。"

"不客气，小美女。"乔奉天说完就觉得不对劲，有点儿轻佻，他有点儿尴尬地摸了摸鼻子，手往郑彧的脸上温柔地勾了勾，"不客气，枣儿。"

郑斯琦紧了紧牵着郑彧的手，问："你是要回利南？"

"对。"乔奉天站起来，"去镇上的客运站坐车。"

"你走着去吗？"照郑斯琦一路开车过来的印象，乔奉天单凭两条腿走，没有个把小时是走不到那儿的，何况将有大雪到来。

"嗯。"不然你看我是能飞还是怎么的？

"不介意的话，你和我们一起吧。上完香我们就回利南，很顺路。"

乔奉天愣了一下。

他和郑斯琦虽说不是陌生人，但也算不上熟识，勉强算是见面了可以打招呼但又不知道如何打招呼的尴尬阶段。他们一路同行，看起来并不是很合理。

"不用了吧，我自己走去就——"

"我的意思是，"郑斯琦推了推眼镜，笑了笑，"你在车上可以帮我们指指路。"他又露出那副看起来滴水不漏的温和微笑。

## Chapter 03
# 构建关系

　　月潭寺这座古刹，翻修至今，乔奉天还没有来过。一是他不信这个，二是他回郎溪村的时间也的确不多。

　　乔奉天坐在车的后座上，透过车窗看着四周高大而茂密的一片香樟树林。香樟树的树冠像一朵硕大的蘑菇，向四下里伸展，绿叶常青。车子行入窄路上时，让人陡然生出一种误闯密林的错觉。临近清溪，在这里修建一座古刹，不得不说，之前的信徒熟稔关于"静隐雅朴"的禅意。

　　"啊！"郑彧猛地喊了一嗓子，吓得乔奉天和郑斯琦同时偏头看去，齐声问道："怎么了？"

　　"牛奶漏了……"郑彧皱着苹果似的脸，颇为懊恼地低头看着自己被牛奶浸湿的外套，手里还紧攥着奶盒不放。

　　乔奉天连忙接过奶盒塞到旁边的纸袋子里。郑斯琦从副驾驶座上拿了一盒抽取式的面巾纸，语气里带了几分歉意："能不能麻烦你帮枣儿擦一下？我腾不开手，谢谢了。"

　　"行了，拿来吧。"乔奉天把纸巾盒接过来，利索地抽了七八张纸，先是往郑彧的衣服上贴狗皮膏药似的啪啪啪地贴了三四张纸，又把一张纸折成方正的小块，轻轻地往郑彧的嘴巴上抚去："抬一点儿头，我帮你把下巴擦一擦。"

郑彧很配合地乖巧抬头，被乔奉天的手指给冰了一下，嘴里"嘶"了一声，身子轻轻地颤了颤。

"冰到你了？对不起，对不起。"乔奉天将手递回自己的嘴边哈了一口薄薄的热气，又伸手拿掉了郑彧衣服上沾满牛奶的纸巾，"我小心点儿，碰不到你的。"

郑彧笑着摇了摇脑袋："没关系，没关系。"

她是个漂亮可人的好孩子。

她应该有个温柔善良而善解人意的好母亲。乔奉天突然无比跳脱地想着。

郑彧忽然伸过来两只手把乔奉天的一只手牢牢地包住，说："我给叔叔焐一焐。"

他们到了月潭寺的门口，意外地发现大年初一的香火客居然不少，这些人大约都是上赶着来讨新的一年的好彩头的。

寺庙的正门古朴方正，周边青瓦红墙，门前一左一右地摆了两只白玉小狮子，嘴里叼着锦绣球。正中的大门门槛约有成人小腿高，从门外往里看，四方的天井下端放着一只有一人高的香鼎。鼎里的香插得密密实实的，几乎不留空隙，不熄的紫檀香还在飘着缕缕青烟。

郑斯琦把票给了乔奉天，让他先领郑彧进去，自己去找位子停车。

等乔奉天看见一个寺庙工作人员撕下了两张票的票根，才突然想起来什么，低头问牵着他的手的郑彧："你是不是和你爸爸一人一张票？"

"对呀。"

"他把他的票给我了……"

"啊？那我爸爸不进来了吗？"郑彧一下子有点儿着急。

"不会，不会。"乔奉天连忙安抚她，"就是……就是要掏钱了呗……"

月潭寺内的风景倒是真的不负这一路上的舟车劳顿。

寺内的院子虽然不是很大，但胜在格局规整，宝殿清静幽雅，来往的香火客也是诚心实意的，安安静静地上香，安安静静地叩拜，几乎没有人吵闹。

回廊边植了一株高大的银杏树，时令过了，已经秃了；边上又植了一株几个人围在一起都难以合抱起的菩提树，郁郁葱葱。最引人注目的是，上面密密匝匝地挂了很多红绸，红绸上写着黑色的小字。

乔奉天被这一幕吸引了，站在原地，仰头看着红绸迎风舞动。

"给。"郑斯琦进来了，接过郑彧的手，递给乔奉天一根红烛、一炷香，"来都来了，信不信都拜一拜吧。"

乔奉天看看红烛和香，又看看郑斯琦，迟疑地说："我……我没拜过，我不会。"

他开理发店连关公都没供过，更别提菩萨、大佛这些了。

"我教你。"郑斯琦指了指红烛，"你在香鼎那里取火，点上你的蜡烛，再用蜡烛点燃你的香，拿香对着天井东南西北四个方向各拜三下，再把香插进鼎里，就可以进去拜菩萨了，但进门不要踩到门槛，拜的时候也要手心朝上。"

听郑斯琦七拐八绕地说了一通，乔奉天觉得分外复杂："你怎么这么熟练？"

"从书里看的。"郑斯琦笑了笑，"纸上谈兵，还真没实际操练过。"

因为烧香，寺里蒙着一层稀薄的淡紫色烟雾。人的轮廓在这样的环境下，既显得无端肃穆，又显得模糊缥缈，带了一层空幻的色彩。

郑斯琦并没有烧香，而是把香交给了郑彧，看她小心翼翼地把香捏在手心里，谨慎地跨过高高的门槛，他扶着她俯身叩在圆圆的蒲团上。乔奉天倒是真的想拜一拜，可等到真的叩下去，脑子里又一片空白，不知道许什么愿好。

谋财谋爱，求子求福？

每一个都是再正常不过又合情合理的心愿，乔奉天却觉得奢侈。

他叩头叩到觉得自己快要脑出血了，也没想起来求什么，涨红着脸从蒲团上站起来，揉了揉膝盖，才觉得这钱是白花了。

乔奉天转身往外走了两步，回头瞄了一眼淡金色的菩萨脸，又是一阵懊恼——好歹求个双亲平安，至少不算浪费啊！

等他掸着衣上的香灰从宝殿里出来的时候，看见郑斯琦正站在那棵菩提树下和一个面善的年轻僧人交谈。那僧人剃度了，却没戴菩萨巾，露着头顶的青皮，穿着一身海青衣。郑彧正乖乖地坐在一边的石凳上。

"你这是……"乔奉天搓了搓手，走过去。

"在红绸上写字，系在菩提树上，许愿。"郑斯琦往头顶上指了指。

"你还要许？"你刚才不是拜了菩萨了吗？

"刚才是枣儿许的，这回是我自己许的。"

年轻僧人从房里拿了两条红绸、两支毛笔，递给郑斯琦。郑斯琦把其中一条红绸递给乔奉天："Plan A（A 计划）许完了，你可以再许一个 Plan B（B 计划）。"

倚贴着石凳，郑斯琦提笔写下一排端正俊逸的小字——修身齐家。简单凝练的四个字，看起来既不入俗流，又开阔大气。署名的"郑斯琦"三个字一笔而下，更是方圆兼备，藏锋处却微露锋芒。

一手好字让乔奉天看傻了眼。

乔奉天打小写字就像"鳖爬"，字丑到作业都没人抄。要是用水笔、钢笔写也就算了，真拿支毛笔写，简直是自己给自己难堪。

"你能不能帮我写？"乔奉天问得很心虚。

"可以吗？你要求的东西被我看见？"

乔奉天摆了摆手："不是什么见不得人的东西，没关系。"

"那你说。"郑斯琦换了一根红绸。

"就写……"乔奉天撑着膝盖，思索了一会儿，"家人平安。"也是简简单单的四个字。

"署名？"

"乔奉天，乔丹的'乔'，奉天承运的'奉天'。"

郑斯琦轻轻落笔，正巧有一片菩提青叶落在了字上。

年轻的小僧人秉持着一条龙服务的态度，捉着两根红绸，搬来木梯，眼明手快地攀上菩提树的树干。郑彧在树下咧着嘴巴，看得兴高采烈，恨不得自己也跟着一起上去。

"现在双手合十,闭上眼睛,"僧人嘱咐,"摒除杂念,用心祷告,南无阿弥陀佛。"

乔奉天闭上眼睛,却没有摒除杂念,脑子里不由自主地想起了以前的事。

二十九年前,乔奉天出生在郎溪村。乔思山祖上是地主阶级,成分不好,到他这代,早已是家道中落。当时老乔家只有一间红砖正屋,一间土坯偏屋。

乔奉天生下来的时候白净乖巧,粉雕玉琢的一团,漂亮得不像乡下的孩子。林双玉喜欢得不得了,说他是老天赐给乔家的宝贝。斗大的字不识一箩筐的夫妻俩,点了一夜的灯,给他择定了书里的"奉天"二字。

乔梁大乔奉天五岁,比谁都要偏爱这个雪人一样的弟弟,牵着他攀高爬低、捉鱼摸虾,有好的东西让他先尝,有责任替他担,看他抽长个子,像花开一样舒展开清晰的眉目。

那时候的乔奉天温和勤俭,是被村里的长辈竖着大拇指夸以后有大出息的孩子。

那时候他还很依赖林双玉,对所有东西的喜恶,都要依托母亲的想法。

林双玉那时在郎溪村的一家压油作坊做工,工作时间分白班和晚班。乔奉天宁愿她去上白班,也不想她去上晚班。他觉得安安静静地等着母亲在天黑之前回来,总比看着她迎着夜色离开要舒服。

乔奉天意识到自己异于常人,是在郎溪村读初一的时候。

也许是先天不足或是别的原因,他好像从有记忆开始就一直是瘦弱矮小、做不了粗活的样子。他经常觉得自己要是活在饥荒年代,大概生下来没多久就会夭折吧。

身边的人陆续抽长身条儿,他却像没有雨水和日照的残苗;身边的人陆续开始变声,嗓音变得粗犷,可他站起来读课文的声音始终是细细的;身边的人陆续冒胡楂,一夜睡起就下颌泛青,而他脸上摸来摸去也没有几根浓须。

一些不怀好意的讥讽之声或高或低地响起,总会有一些传进他的耳朵里。比起不知不觉地被排挤、被孤立,他倒是更害怕置身人群中。如果可以不迎上那些目光，让他永远低着头走没人走的崎岖路，他也是没有怨言的。

乔奉天从过去的思绪中挣脱，重新睁开眼睛时，感觉还有点儿恍惚。

"可以走了吗？"他回过神来，转头去看郑斯琦。

"想走就走吧。刚刚那个小僧人说，寺边有手工的柿饼卖，说是山里的野柿子做的。"郑斯琦一边絮絮地说着，一边牵着郑彧往寺门那边走，"听说味道不错，没市面上卖的那么甜，去买点儿吧？"

乔奉天立在原地。

"傻站着干吗？"郑斯琦推了推眼镜，停下来回头冲他笑，"走啊，奉天。"

"嗯，来……来了。"

郑斯琦在庙宇旁边买了两盒手工柿饼，乔奉天不由分说地掏钱抢着付了。看有新鲜的无花果卖，郑彧想吃，郑斯琦就又称了十个无花果，还问乔奉天要不要。

乔奉天连忙摆手："不了，谢谢。"

下山时起了风，枝藤摇曳，林里回荡着窸窸窣窣的声音。

乔奉天把头靠在车的椅背上："我……"

"嗯？"郑斯琦微微地偏过点儿头。

"算了，没什么。"

听他欲言又止，郑斯琦就透过后视镜瞧了他一眼，随后笑了笑，向右打了两圈方向盘。

"叔叔，吃糖吗？"郑彧坐在儿童安全座椅上低着头摸索半天，从侧面的袋子里掏出了一个椭圆形的铁皮盒子，把它搂在怀里费劲地抠开，入眼的是一堆五彩缤纷的什锦糖。

"黄色的是柠檬味的，红色的是樱桃味的，紫色的是葡萄味的，绿的……爸爸，爸爸，绿色的是什么味道的？"郑彧把头往前伸去。

"哈密瓜味的。"

"对，哈密瓜味的！"

乔奉天怔了怔，想说"不吃"，又怕拂了孩子的一番好意，就伸着指头在糖果堆上来回绕了几圈，拣了个亮黄色的——柠檬味的大概没那么甜。

"谢谢你的门票。"

"别客气，谢谢你帮我照看枣儿。"

等乔奉天再看向窗外时，雪片已经悄无声息地漫天纷飞了。

"枣儿，下雪了哟。"郑斯琦说完按开了雨刮器。

郑彧含着一颗糖，嘴里鼓起圆圆的一块，碍于身上绑着安全带，没能支起身子倚在车门上。她瞪圆了眼睛，凑近窗户，惊喜地笑道："真的呀！下雪了！"

数来数去，这是利南市这一年下的第三场雪。原先乔奉天的家里人还务农，好说"瑞雪兆丰年"，可如今仍在耕作的人少之又少，这场雪对他们而言，除了把人冷到骨头缝里以外，其实再无感触。

很多人已经没办法静心去欣赏一件事物，因为没有一颗善于吸纳万物的心了。

"不要把脸贴在窗户上哟。"乔奉天轻轻地扯了扯郑彧的荷叶领子，"会着凉。"

"嗯。"

乔奉天的手机突然一阵嗡嗡作响，他点开一看，是杜冬打来的电话。

电话那头的男人絮絮地说了一通。

乔奉天听着，眉头不由得越皱越紧，随手胡乱地拨弄了一下头发："为什么现在就来？现在这个情况什么都不清不楚的，见了面要怎么说？"

杜冬的嗓门儿颇大，大到乔奉天伸手捂住了手机的出声口："我哪儿知道那大姐这么急，她来都来了，你不能把人家搁在那儿晾着吧！"

"我——"

"要怪就怪咱们招聘的时候什么都没问清楚。"

"行了，行了。"乔奉天用手支着额头，侧头小声地说道，"我知道了，你在店里等着我，先别跟吕知春说。"

等他挂了电话，郑斯琦侧过头问："准备在哪儿下车？"

"利南南站。"

"接人？"

"对……"

"接完之后回店里？"

"对……"

"那行，顺路。"

利南南站比较偏僻，是去年新修的，周围环绕的高架被利南市人戏称"3D魔幻立体式环绕"，外地人倘若不认路，一准得晕头转向，开车上去未必能下得来。

利南南站候车大厅的顶板颇高，有意裸露天顶部分钢架结构，融入后现代的设计风格。装潢也多用玻璃，打造成类似水晶宫的模样，排灯很不节能地大开着，灯光经过四周的镜面反射，室内近乎亮如白昼。

等车开到了利南南站，郑彧已经睡着了。乔奉天轻手轻脚地下车，把衣服上的帽子戴在头上，凑近驾驶座旁的车窗："谢谢你的顺风车。你先走吧，我一会儿自己打车回去。"

郑斯琦把手刹一拉，见车停下的位置靠边且符合交通法规，果断熄火："南站打不到车。你赶紧去接人，我也下来抽根烟。"说完他推开车门，从衣兜里掏了一盒烟出来。

乔奉天很惊异："你？"

雪落在郑斯琦的睫毛上，他笑着眨了眨眼睛："我居然抽烟？"

乔奉天先是顿了顿，再是如实地点头。

"枣儿不让我抽烟，我这是沾你的光，趁人不备偷偷摸摸地抽。"郑斯琦说着抬了抬下巴，笑道，"接人的时候别太急，劳你给我多留抽两根烟的工夫。"说完他也戴上了大衣的帽子。

不得不说，这就是做人的学问了，把人情卖得周全而妥善，既不显得居高临下，也丝毫不会委曲求全。看起来是彼此在情理之内的来往，但乔奉天又实实在在地受了他的好处。

乔奉天羡慕这样的人，也忌惮这样的人。

"正月过了，来店里帮你免费理发。"

乔奉天要接的人是吕知春的母亲，他之前没见过。

和吕知春自己说的一样，他的老家在里上市的下塘。杜冬托朋友在吕知春的老家打听到了他家人的消息。

利南南站的人寥寥无几，巨大的候车大厅显得分外空旷。旅客慌乱地拖着硕大的行李箱，轱辘碾过杏色的大理石地砖，回荡着隆隆的响声。

乔奉天被拦在了安检外，只能立在大厅里四下寻找。他猜吕知春的母亲岁数大不到哪儿去，就擅自排除了几个头发花白的老者；猜她是独自来的利南市，又划去了三三两两地结伴的人。这样就只剩下一个挎着黑色的手包、踩着半高跟鞋的中年女人，正倚着一截不锈钢的扶手。

她的背影微佝偻，风姿却依然很好。

乔奉天不大确定地上前，触了触她的肩。女人很快回头，让他看清了正脸。

这让乔奉天几乎立刻就确定了是她没错。她和吕知春长得很像，尤其是那一对黑沉沉的眼睛，几乎是一模一样。硬要说不同的话，应该是她的眼下生了细密的褶皱，而吕知春没有。

"请问，您是吕知……吕九春的母亲？"

女人的眼里闪过难以置信的神色，她轻微地皱起眉来——乔奉天进门就摘了帽子，暴露了一头颜色"不正常"的头发。

乔奉天习以为常，依然能客气地对她微笑。

"我是。"

"我是乔奉天，杜冬的朋友，您的儿子在我们店里打工，杜冬应该给您说过。"

女人若有所思，又看了乔奉天一眼，也跟着笑了起来，开口带着股南方人的温软腔调："说……说过的，我知道的。"

女人看上去既不像是中年失子，也不像是家庭不睦，从说话的语调到面庞上的表情都非常普通，扔到人堆里，让人分辨不出她和普通主妇之间的区别。

乔奉天引着她走出候车大厅，时不时地回头与她说话。

"您一个人来的吗？"

"是的，一个人。"

"等会儿有人送我们去店里，是旁的人，您有什么事跟我说就行。"

"行，我不多说。"

"您的衣服够厚吗？利南今天降温了，外头下雪刮着风呢。"

"没事的，里上比这儿要冷些的。"

女人的鞋跟踩在地上的声音听起来清脆而有节奏。

郑斯琦抽烟时的模样和乔奉天想象中的不大一样。乔奉天猜，凭这人的气质，他抽烟时也应该是直直地立着，用食指和中指轻轻地夹着烟，送到嘴边吸得轻而优雅，看着冷冷淡淡的，像朵半开的兰花。

但事实明显不是。

郑斯琦一只手环臂，倚靠着车门，用另一只手的指尖捏着半截儿烟，像个熟稔的老烟民，将烟送到嘴边抽一口时，也是用嘴角抿着抽的。吐纳之间，他微微地眯起眼睛，眼镜摘下去了，鼻梁更显得高挺。

"郑老师。"乔奉天喊。

郑斯琦吐出最后一口烟，站直了："能别叫郑老师了吗？每次听到，老觉得我在假期里都摆脱不了熊孩子。"

乔奉天沉默了——"郑斯琦"这三个字他是真的叫不出口，他们又不熟，彼此也不了解。

"走吧，刚好过了瘾。"

郑斯琦让女人坐在车后座上，乔奉天去了副驾驶座上坐，郑或还在仰着脖子睡着，肚子上搭了珊瑚绒的小方被。车刚一发动，郑斯琦就伸手把掌心里攥着的烟头往换挡杆旁边的杂物桶里丢去。乔奉天余光瞟了一眼，吓了一跳——

里面有一小把烟头，少说得有五六根。

"嚯——你这真是过瘾过大发了……"

郑斯琦将眼镜架到鼻梁上，又伸出食指轻轻地贴在嘴巴上："嘘，知道就行，别说。"

郑斯琦开车很稳，速度倒也不慢，到了店门口时，正好是下午。理发店大年三十到正月初七是不上班的，哪怕乔奉天和杜冬算是一心掉进钱眼儿里的生意人，也不至于过年不放假。何况，正月是真的没人剃头发。

女人一路上温和而缄默，从车上下来的时候，拨了拨从鬓角落下来的碎头发，笑着向郑斯琦点头致谢。

"杂物桶里的东西，"乔奉天解开安全带，偏头对着郑斯琦说，"我给你带下去扔了。"

"哎？"郑斯琦一时没反应过来。

乔奉天回头望了一眼郑彧，佯装正色地说道："替你销赃。"

郑斯琦扑哧一声笑了，一只手的指关节抵着鼻尖，另一只手扶着方向盘乐不可支。等到乐完了，他抽起杂物桶里的塑料袋，利落地扎了一个死结："麻烦你了。"

"不会，顺手的事。"

乔奉天不是一个喜欢重复致谢或者致歉的人，毕竟有些话，说一遍是真心实意，说两遍是矫情，说三四五六七八遍，是意味不明。以至于他嘴里含着句"谢谢"，直到脚迈出车门也没说出口。

这个人情，他以后再还吧。

"哎。"郑斯琦半摇下车窗，单手扶着方向盘，出声叫住了他，"留一下联系方式吧。"

乔奉天停下步子，回过头："成。"

他噼里啪啦地按下一串电话号码，继而仔细地输上对方的名字，再点击"保存"键的时候，心里突然莫名其妙地微微泛起涟漪。严格地讲，这不算是一种有悲喜之分的情绪，只是一刹那最单纯、本真的触动感。

059

他触动于他与郑斯琦这样八竿子打不着的人——他可能需要去仰视的人——构建了可能寡淡如水、再不会有机会深入，但确确实实存在的关系。

　　霏微细雪渐有转大之势，看着郑斯琦的车趁绿灯未熄加速驶过路口、消失在雪幕之中后，乔奉天才舒了胸腔里积着的一口郁气，搔了搔后脑勺儿上翘起来的几绺头发。
　　杜冬迎着颇猛的风势来了理发店。西北风裹着香樟树上的雪狠狠地往行人的脸上扑去，像是心里压着层层叠叠的愁绪，非要揪住一个人不放似的一咏三叹，呜呜泣诉。
　　等杜冬摘了线帽，乔奉天看他的脑门儿被冻得都不大亮了。
　　"大过年的我把你叫来，李荔没扎小人儿咒我吧？"
　　杜冬一圈一圈地解着围巾："她敢！我还管不了她那张嘴了？"
　　"少在我面前装大尾巴狼啊，你当着人家的面喊去。"乔奉天弓着腰往一次性纸杯里接了点儿温开水，语气挺不屑，"我还不知道你，就是一块将来天天跪洗衣板的料。"
　　杜冬接着搓了搓鼻子："电话里忘了问呢，你怎么初一就回来了？"
　　"没什么，在家里头待不惯。"
　　——瞎扯，你住了十九年的家你能待不惯？
　　这话杜冬没说出口。他看了一眼在沙发上摆着的行李包，挺委婉地试探："家里是不是又……因为你……那什么了？"
　　"你真聪明，就没你猜不准的事。"乔奉天摆了摆手，摆明不想提这事，"这不是重点。人家现在在楼上坐着呢，咱们今儿一口气都好好地问清楚，嗯？"
　　杜冬伸头往楼梯上瞧了一眼，又点了点头。
　　吕知春的母亲姓曾，比起林双玉来，看着太过年轻，乔奉天和杜冬怎么也叫不出"阿姨"两个字，琢磨了半晌，决定叫她"曾姐"。
　　大约是怕他们不信，女人还特意从下塘带来了吕知春的一张初中毕业照、一把微微变形的长命锁。毕业照是黑白的，巴掌大，精心地裹了塑封。女人小心翼翼地将其放在一个三折的钱包里，把照片抽出来的时候，嘴角噙着温煦的笑意，与任何一个慈祥的母亲无异。

吕知春果真是从小就挺好看的。

乔奉天接过照片端详了一阵，一眼就看见了他。照片里男孩儿的轮廓明朗干净，他迎着太阳对着镜头，笑得羞涩而不大自然，但平凡安静，非常美好。

相较之下，吕知春现在着实是要比年少时颓废邋遢不少。

杜冬接过那把长命锁。这锁看上去有些年头儿了，不仅变形，还因年久氧化起了大团银渍，不过背面刻的字还算清晰易辨：吾宝九春，一生平安。

女人一只手捧着另一只手的手背来回揉搓了两下，微微笑起来，嘴边就漾开了一对括弧似的纹路。

她语调温软："谢谢你们，一直照应着我家九春，还辗转托人联系到我……真的，非常谢谢你们。"

乔奉天把东西还给她，看她珍而重之地收进随身的提包里："我们就是想问问您，他是几岁离家的，为什么独自一个人跑出来？"

见女人低着头不说话，杜冬接过话茬儿，乐呵呵地开口："曾姐，真的不是我们八卦。但这些东西，怎么说呢……啧，很重要。知……九春现在是我们店里的员工，我们拿他当弟弟，这些事情您要不说，我们真不知道要怎么帮你们。"

女人又沉默了半晌，才开口说道："这我明白，这我明白。"


另一边，直到郑斯琦把车开到了家，郑彧还没醒。这个年纪的小孩儿果真是不能早起的，不然就算早起了，后面也非得睡足了觉不可。

郑斯琦一米八八的个头儿，颇是费力地弓腰钻进车后排，替女儿解开了安全带，又拿小方被把她裹住，打横抱起。

一把女儿抱到手里他就情不自禁地上下掂了掂分量，心道：我的宝贝女儿好像胖了点儿？

郑斯琦家在六楼，楼里配了电梯，但他多数时候不坐。等他正好上到三楼的时候，郑彧被颠醒了，揉着眼睛在郑斯琦的怀里不老实地拱来拱去。

"晚上好，枣儿。"

"嗯……"郑彧一个劲儿地拱。

"别瞎动，一不小心把你摔了，你的屁股就得变成四瓣了。"

"嗯……"她依旧拱。

郑斯琦停下了步子，低头将鼻尖在她的脸蛋上蹭了蹭："下来自己走，嗯？"

"不……"郑彧从被子里伸出细软的两只胳膊，环在郑斯琦的脖子上，"还是要爸爸抱回家……"

得，怪不得她胖呢，这都快懒成球了。

郑斯仪为他溺爱郑彧这事，跟他耳提面命了不下八百回，来来回回就那么几句车轱辘话，要么说"孩子不能惯着，不能宠着，不然以后无法无天，以后不得成材"，要么就是大肆宣扬她那一套四六不通的郑家家法，说什么"孩子要是不听话，该打就打。别舍不得，打不坏！又不是纸做的！打了嘛，孩子就长记性了，知道疼了嘛，下次就不敢了。这都是经验，你学着点儿"。

郑斯琦反驳她："您儿子就被您揍得一点儿反骨不敢有，给他原地画个圈，他站那儿半小时都不带动弹的，那样还好？"

郑斯仪说："好，男孩子上哪儿都规规矩矩的，怎么不好？"

两个人就没法儿聊。郑斯琦多数时候听到这儿就不接着和她掰扯了。他们的教育理念不同，不在一个频道上，彼此之间谁听谁说话都觉得是攒着劲儿地抬杠。他宁愿他家的小枣儿，被他宠着不知冷热地平安长大。轻尘栖弱草，将来风也好，雨也罢，总有他这个当父亲的在，又何必早早地庸人自扰。

话虽如此，但光这一日三餐，就够郑斯琦自斟自饮地喝上几大壶。

郑斯琦是一点儿做饭的天赋都没有。他做的东西倒是能熟，吃不死人，甚至营养搭配得合理妥善，就是勉强进了肚子不会让人多快活。

到家后，他先进屋给郑彧拿了一条热毛巾擦擦脸，又给她洗了洗凉丝丝的小肉手，然后蹲下来冲郑彧眨了一下眼睛，问："枣儿，晚上想吃什么？"

郑彧沉默以对。

"咱们弄盘胡萝卜炒肉片,再煮几个三鲜馅的饺子怎么样?吃完了饭再给你切一个无花果。"郑斯琦一边说,一边忍不住地心虚。

憋了半天,郑彧还是憨憨地笑起来,给足了郑斯琦面子:"好的,爸爸!"

郑斯琦其实心里门儿清,无花果是他压箱底的牌,是枣儿对这顿晚饭唯一的期待。

门外传来叮咚的一阵响,有人按门铃。郑彧听了连忙从小沙发上一屁股蹦下来,啪啪啪地踩着拖鞋去开门:"我来开,我来开!"

郑斯琦像煞有介事地围着一条围裙,在水龙头底下冲洗着胡萝卜:"小心点儿跑,不要摔倒了。"

郑彧开门一看,来的是郑斯仪。她新烫的鬈发上落满了晶莹欲化的雪,手上还拎着大包小包的东西。

"嚯,您这是逃难来了。"郑斯琦在围裙上揩干了手上的水,冲郑彧弯着眼睛笑道:"枣儿,去厕所拿条毛巾给大姑擦擦头发好不好?"

郑彧点头:"好的哟。"

郑斯仪倒是挺不客气地翻了个白眼,随手掸了掸身上的雪:"你四体不勤、五谷不分的,我逃难也不逃到你家啊。"

郑斯琦推了推眼镜:"您就会一门心思地撑我。"

"怪你出生晚,成了我弟弟。"

郑斯仪是利南市委医院脑外科的护士长,医院待遇好,过年发了不少粮油干货。她把东西分了一半出来,趁着夫家的亲戚还没上门拜年,赶忙抽空给郑斯琦送过来。家里大把的零食没人吃,她也一股脑儿地顺手捎了过来。

"大姑,擦擦头发。"郑彧小跑着拿来一条蓝白色条纹的毛巾,"给你。"

"哎,咱们枣儿又乖又懂事。"

"哎,别擦!"郑斯琦挑眉,连忙伸手拦住,"枣儿拿的是我的擦脚巾。"

"嘿!"郑斯仪一甩手就把毛巾扔得老远,"你闺女真是豪迈人,心眼儿大,不讲究!"

郑斯仪把送来的东西分门别类,替郑斯琦拎进了厨房的储物柜里。她进去见灶上起着锅，案板上端正地摆了一根水灵灵的胡萝卜，边上放着一柄颇锋利的刀。

郑斯琦家的厨房整洁有序，挺像那么回事，可惜灶台上洁净得不沾半点儿油星，处处透露着不可言喻的仪式感，没有一点儿烟火气。

"做饭啊？"郑斯仪挽了挽衣袖。

郑斯琦倚在门框上，似笑非笑地说："不然我跟枣儿玩过家家呢？"

"来，来，来，"郑斯仪摆了摆手，冲他挺阴阳怪气地笑道，"把你身上的围裙解下来给我，打扮得人五人六挺像那么回事，实际上连个高压锅都不会使。"这话的意思是她要亲自上阵。

郑斯琦正解着腰上围裙的活扣儿，听她这么随口一提，就猛地挑眉，连忙往前凑了两步出声阻止："哎，别，别，别，这事翻篇了，别提！"

这算是郑斯琦最羞于言说的黑历史。

十几年前，郑斯琦上高二。时至元旦，市博物馆给研究员发了猪蹄生鲜，郑寒翁乐滋滋地搬了两箱回家，琢磨着猪蹄配点儿黄豆能焖上一大锅。他到家就把东西洗净下了锅，再把锅支上了灶。

郑寒翁临回单位前是千叮咛、万嘱咐，让郑斯琦好生看着煤气灶，响了就关火，也别忘了关总闸。郑斯琦半是无奈，半是敷衍地应付："行了，行了，瞧您这一通叨叨，我都多大了，这点儿事还办不好？"

结果他是真没办好。

生活常识极度匮乏的郑斯琦，怀疑高压锅的压力阀太过松动，好意地上手拧紧了几圈，然后任它在厨房里跟耗子似的吱哇乱响，锅里的压强一路飙升至爆破点。开火不满半小时，就听砰的一声地动山摇。

郑斯琦的房间隔着条走廊正对着厨房，他听了声响慌忙回头，就看半拉猪蹄在空中打着转飞过来拍在自己的胸口上。厨房里满天花板上都是稀碎的黄豆，防风玻璃也被震碎了大半。

这动静吓得住在二楼的一对老夫妻穿着睡裤慌不择路地跑下来，问是哪家的烟花爆竹厂炸了。

久而久之，这件事成了郑家茶余饭后的谈资，跟冯巩的"我想死你们了"一样，年年都得拎出来亮个相，不然就觉得不是那么个意思。

郑斯仪洗干净了手，利落地把胡萝卜切成了细细的丝，又取了一个白瓷大碗，往碗里舀了点儿面粉，打了个鸡蛋，加上萝卜丝一起搅拌成了一碗淡黄色的面糊。

郑斯仪往平底锅里加了一勺油，看郑斯琦正抱手盯着她手里的活计："怎么？干看着就能看会啦？"

"没那能耐。"郑斯琦笑了一下，"您要是把几克盐、几克油、多大火，那么一条条地给我写出来贴门上，我倒是能按着顺序捣鼓捣鼓。"

"得了吧。"郑斯仪抄起盛面糊的瓷碗，"就你那近视眼，字条上那油、盐克数的小数点还没数明白呢，你那锅都煳了。"

见面糊在锅里定形成了一块金黄的圆饼，郑斯琦伸手帮忙按开了抽油烟机。

"我说，"郑斯仪低头盯着锅里的动静，"枣儿也渐渐懂事了，上学了，你也该考虑考虑给她找个后妈的事了吧。"

郑斯琦先是顿了顿，过会儿才抬头推了推眼镜，盯着郑斯仪笑出了声音："我说您怎么又送东西又帮我做饭这么殷勤呢，您瞧，您把真实目的暴露了吧？"

郑斯仪瞪着眼睛就想把铲子举起来往他的头上招呼："臭小子！我这上赶着的是为了我自己啊？谁给我好处啊？我还不都是为了你，为了枣儿！你该往心上放的事不放，该抓紧办的事不办，等什么呢？等枣儿嫁了，你七老八十了，连碗粥都做不出来，天天上养老院蹭饭啊？"

"您别举着铲子乱晃，再把油点子溅一地。"郑斯琦笑眯眯地顾左右而言他。

"你少跟我在这儿歪着嘴巴打哈哈！我就烦你这样！"

郑斯仪把做好的胡萝卜饼盛到瓷盘子里，回身就把锅铲丢进了水槽里，发出当啷一声响。

相亲这事，郑斯仪在郑彧三岁的时候就明里暗里地悄悄跟郑斯琦提了，今年郑彧满六周岁，他还跟个成了精的蚌似的"咬定青山不放松"。

她是真的不明白，郑斯琦仪表出众，气质不俗，房车皆有，工作稳定，也就是带了一个半大不小的娃娃，除此之外，哪里算不上是一个"钻石王老五"？

这么些年，郑斯仪看在眼里，对郑斯琦有好感的女孩儿也不少，怎么就没一个能入了他老人家的法眼？

她还就不信这个邪了。

"初四那天，我一个同学的妹妹回国，我给你安排着见一下。"

"哎，您别！"郑斯琦一下子站直了，"能不擅自做主吗？我的亲姐。"

"不能。"她蛮不讲理地答道。

"初四那天有事，我不去。"

"你不去，我就把你又偷偷摸摸抽烟的事告诉枣儿。"

郑斯琦惊了："您的鼻子真灵。"

"废话，你那一身的烟味，也就糊弄枣儿年纪小，她闻不出来。要是你老婆还在，早一脚给你踹搓衣板上跪着去了。"

郑斯琦："……"

郑斯仪准备把胡萝卜饼端上餐桌："能不能成都去见一见，人家是留学回来的好姑娘，学历高，通情理，我瞅着也漂亮。"

郑斯琦把盘子从她的手里端了过来，从碗橱里拿了一瓶尖嘴口的番茄酱，瓶口冲下，低头对着胡萝卜饼画了几道："回头把地址发给我，人家叫什么、姓什么、多大年纪，也一并告诉我。"

听郑斯琦松口应了，郑斯仪胸里堵着的一口气也就通畅了。她指着饼上的那个精致笑脸不住地咂嘴："你就天天拿这小把戏哄枣儿吧，你就哄吧，非哄得她风刮不得，雨打不得。"

乔奉天家里的灯泡坏了。

他当时买的是铁路四局老小区的二手房，厕所里用的还是老式的钨丝挂扣灯。平常倒也没有什么不方便的，只是换起灯泡来很麻烦——节能灯成了全国通用品，挂口灯泡在便利店里早就没的买了，只有隔着铁四局几站路的一家小五金店里才有。

一进屋，他先摸黑换了拖鞋，才四下摸索着，按开了客厅里所有的灯。

乔奉天买的房子面积很小，房贷也还没还完。只是心细手勤如乔奉天，把家整理得还算处处整洁妥帖。

乔奉天好种花草，就在客厅里支了一个原木色的多层花架。他养的有油润革质的龟背竹、叶片丰茂的橡皮树和有着橘红碎蕊的君子兰，绿萝好活，就摆了十七八盆，文竹瞧着文雅，就也养了三四株。

修枝剪叶，沐光洒水，这是乔奉天除了理发店的生意外，每天的必修课。既是消遣，也是寄托。

乔奉天摘了围巾，往喷壶里接了点儿清水，拧紧了盖子，再往龟背竹的厚叶上仔细地喷洒着水，心里反复想着曾姐的那番话。

吕知春是偷跑出家的，谁都没告诉。

曾姐说她是二婚，吕知春的父亲去世得早，她就带着吕知春改了嫁。二婚的丈夫是个公务员，勤勉本分，老实话少。他对吕知春，虽然不能说得上视如己出，但也的确是上了心的。

十八岁的吕知春，比身边的同龄人更敏感多思、不善言辞。他不仅看上去单薄纤细，心也是玲珑易碎。

曾姐说起吕知春时，鼻尖泛粉，手指微颤，既显得吞吞吐吐，又情不自禁地浮出满脸愧疚的表情。

"九春那个孩子，从小就孤僻，自尊心也强，这我都知道，他遇上点儿事谁都不告诉，就憋心里，成天耷拉着张脸……

"他继父确实算不上脾气好，但……但也根本不算个坏人啊，就是……就是脑子死、不活络，是个传统得不能再传统的男人了。"

从曾姐烦琐的描述中，乔奉天理出了大纲，整件事情几乎与他的想象无异。

少年与家里人的矛盾逐渐激化，既不想大吵大闹，又不能忍忍就算了，最后采取了折中的抗议手段——他偷了家里不多的几千元现金，溜上了南下的火车。

"我和他继父一直在找他，一直在找，一有线索就抓着不放，可每回都扑空了……"

听曾姐说起这么些年马不停蹄地寻找，利南市不知道是吕知春辗转的第几个城市了。

乔奉天去厨房里热了一杯牛奶，听窗外又传来噼里啪啦的一阵放挂炮的动响。

平心而论，乔奉天并不把吕知春的遭遇当成一个能给人生画上背景色的故事，说穿了，这充其量就是集司空见惯的肥皂剧，只不过事情发展的周期被反复拉长了，才显得曲折而冗长罢了。

乔奉天窝在沙发里咽了一口牛奶，把外套蒙在脸上，微微合上了眼皮。他辗转奔波了一天，劳心费神，过个年比不过年还不痛快。

乔奉天和杜冬让曾姐先找旅社住下来，说等给吕知春打一剂预防针后，再安排他们见面。

少年气盛的那点儿事，总得大人帮着解决了才行。

风雪拖拽来了寒流，挤着温度一路直降，干脆利落地破了冰点。正月初四的利南市又下了一场纷纷扬扬的大雪，天地连成茫茫的一片浓白。

从窗口远眺，目之所及的景象，如同一幅疏阔的巨大素描。

吕知春欣然接受了乔奉天的邀约，语气里满含的欢欣期待之情，把乔奉天心里那根"罪恶"的弦拨得铮铮作响。

——你还小，我是为你好。

挂了电话，乔奉天倚着窗子，在心里静静地将这句话默读了三遍。

他们见面的地点约在市中心，广视大厦一楼的丽枫广场，A座的 Holy Mountain（圣山）。因为广场南边坐落了一栋晚清李姓名臣的祖宅故居，此处是利南市标志性的旅游景点之一，故而附近的人流量颇大，年头至年尾，哪个时间段也不见人有所消减。

论起 Holy Mountain，外地人不大熟知，在利南市倒是有口皆碑。店名直译过来是"圣山"，据说来自亚历桑德罗的先锋实验派电影，颇具宗教风格。

Holy Mountain 全年无休，在晚上七点咖啡店会停止营业清场，继而摇身一变成了酒吧，严格地实行会员制。

吕知春在出租屋里足足烧了七八壶开水，盛了满满的一大盆，利落地洗了个澡，又从立柜里翻出一件不大穿的拼色加绒外套，搭了一件规矩的毛呢绒衬衫，用手使劲抻平了衣领。临出门前，他还蘸着水抓了抓头发。

他"盛装"前来，以至于乔奉天远远见了他都没反应过来，走近后支着柄黑伞对他上下一阵打量，继而失笑："请你喝咖啡又不是带你来相亲。"

"我……那个……"吕知春被说得不大好意思，嘴又不大会说，只能低头挠了挠脖子。

"行了。"把他遮到伞下，乔奉天伸手掸了掸他衣服上的雪，"走吧，很近。"

乔奉天让杜冬先带着曾姐订了一间卡座。一是为了顾及两个人的情绪，二是为了寻一个水到渠成的契机，双方再适时见面。倘若真要这么毫无防备地直接见了，乔奉天不能保证吕知春不会掉头就走。

吕知春是木讷，是单纯，看着心眼儿如碗口大，但在乔奉天看来，他其实也倔，也闷，也有难言的心绪。

Holy Mountain 在白天也灯光昏黄，没有多少人来，营业额素来惨淡。不过这老板开店，倒也不是真的为了赚那仨瓜俩枣，因此不在乎人多人少，能不赔本就行。

乔奉天和吕知春在临近杜冬他们的一间卡座里落座，旁边是一扇明净的落地窗，里面的人看得清飞雪，看得清行人，但又恰到好处地隔绝了喧闹声。

乔奉天朝手心里哈了一口热气，又来回地搓了搓，接着翻了两页菜单，点了一杯美式咖啡和一杯莫吉托，问："凉的行吗？"

"嗯，都行。"吕知春笑了笑。

乔奉天先前没有打好腹稿，一时间不知道怎么开头。

你老家？你学校？你同学？你母亲？你继父……

乔奉天一只手支颐，另一只手的食指忍不住地在桌上轻轻地画着圈，这几个再平常不过的话题在脑子里来来回回地打转。

他说哪个合适？怎么说好？怎么开篇才能显得自己并不是意有所指、有所图？

"知春。"

"嗯？"

"大过年的，你也不想家吗？"

吕知春用瘦长的手揩了揩窗子上凝着的水雾，揩了一手的水渍。他伸头往外探探，看漫天雪花急急地打着旋儿，从一眼望不尽的穹苍上往下落。他耸了耸肩道："不太想。"

"是因为和你父母吵架了吗？"乔奉天接着问。

吕知春摸了摸鼻子，有点儿不明所以地笑了："乔……乔哥，你怎么知道我父母的事的……"

"猜的。"乔奉天说谎不打草稿，面不改色地张口就来，"网上不都那么说嘛，不都是这个套路嘛。"

"一部分原因吧，不全是。"吕知春说得很含混。

男服务生捧了一个圆形的托盘过来，美式咖啡看起来中规中矩，莫吉托做得却很漂亮。高脚的磨砂玻璃杯盛着剔透的酒水，加了冰就更显得玲珑晶莹。

吕知春拿着搅拌棒在杯里微微地转了一下，按了按顶上的那片油绿的薄荷叶。

秉持着"不能把天儿聊死"的原则，乔奉天的脑袋瓜儿飞快地转动，他琢磨着怎么引而不发地打出一个"擦边球"。

"我妈，"乔奉天拿林双玉做了话题的引子，"大年初一就把你哥我连人带包袱地一脚踹出门了，比惨我应该比你更厉害点儿。你其实应该……"

吕知春挺吃惊地说："真的啊，乔哥，那……那你去我那儿玩几天吧，我那儿有游戏机，还有碟片！就是没收拾……"

他的重点抓得甚是奇怪。乔奉天几欲扶额。

——我是让你跟我说这些没用的事吗？！

"算了，你家地方太小，应该坐不下……"乔奉天挑眉，他可不想坐在天花板上。

隔壁的卡座里传来杯杯盘盘触碰在一起的响声。吕知春端着杯子喝了一口酒，有点儿太冰了，冰得他太阳穴一紧，再说话时的口吻也显得局促："乔哥，你和冬瓜哥是不是……要开除我啊？"

"没有。"乔奉天连忙摇头，"你想哪儿去了？"

他就知道，吕知春敏感多思甚于他人。

"我真的不是要开除你，你做得很好，我一直很满意，我就是……"

"乔哥，你别为难，真的。"吕知春来回摆了摆手，笑起来分外干净而诚挚，"真要有什么问题你把我裁了就是，我去其他城市也能打工，混口饭吃挺容易的。"

叮当！吕知春的母亲失手打翻了咖啡杯，滚烫的咖啡泼向了桌布下她的半身裙，她不由自主地"呀"了一声。

杜冬在一边静静地听着谈话，正干着急呢，见此情形，连忙站起来替她抽开桌布。一旁的男服务生也眼明手快地上前，搀着曾姐起身，连退两步出了卡座。

"来，您让一让。"

"对不起！"曾姐稳了稳摇晃的身形。

乔奉天皱起了眉，连忙要招手示意她噤声，但还是晚了一步。

吕知春下意识地轻轻偏头，不由得脊背一僵。

"九……九春……"

不过对视一眼，她的脸上一瞬间浮满了异样的情绪——久别重逢的激动、苦觅无果的自悔自怅、被逃离躲避的一些怨怼，和那依旧让乔奉天看不太懂的、掩在深处的抱歉与愧疚之情。

种种情绪杂糅在一起，让她一直端庄自持的五官都显得微微衰颓了。

乔奉天一时无措，撑着桌子站了起来。杜冬也是丈二和尚摸不着头脑，瞪着乔奉天不知说什么好。

曾姐的鼻翼正肉眼可见地翕动且泛红，她用力地撑着眼皮，硬是强行撑出三层褶皱，来阻拦她那快不受控的眼泪。

"九春，九春。"曾姐吸了吸鼻子，想伸手去抚摸他，"怎么瘦成这样了？这几年你……"

"你怎么在这儿？！"吕知春下意识地闪避开来，着急地喊了一声，声音都有些哑了。

"我……"曾姐的手尴尬地停留在半空中，向前也不是，落回也不是。

"我不跟你回去！"

吕知春激动的反应超出了乔奉天的预想。只是还未等他完全消化此时的状况，吕知春已经焦虑地抓着衣服起身，胡乱地推开桌子，企图拔腿逃出去。

乔奉天连忙伸手去抓他的胳膊："你去哪儿？！别走！"

杜冬也反应了过来，两步上前往前凑去，臂一展，就结结实实地拦住了吕知春的去路。

"哎，先生！桌子不能踩！"男服务生见吕知春翻身上了桌子，连忙出声阻止。

"九春！"

"吕知春你——"

乔奉天伸手拽了个空，看着他两步向前，跳下了地，突破了三人的层层包围。

"奉天！追啊，去追啊！别让他莽撞地跑出事来！"杜冬见吕知春撒腿跑了，连忙推了推乔奉天，"曾姐这儿我照应着！你快去追！"

"好……好！"

见乔奉天拔腿追去，曾姐像被切断了一直在脑子里绷着的那根弦，一下子瘫坐在靠椅上。她的嘴角倏地朝下撇去，两道法令纹立刻显得深重，泪水从眼角滚到嘴角。

曾姐呜呜哭泣的声音低而喑哑，既惹人皱眉，又引人心痛。

杜冬挠了挠光头，伸手在她微佝偻的背上上下地抚了抚："曾姐……知春的事，您藏了点儿没说吧？"

## Chapter 04
## 乌龙

室外湿气浓重，寒风凛冽。

陆揎铭的鞋跟颇高，郑斯琦就虚扶了一下她窄小的肩膀，分寸拿捏得刚好，看着既绅士有礼，又不显得轻浮逾矩。陆揎铭抬头看了他一眼，弯着眼睛给了他一个感激的微笑。

二人各支着一柄伞。郑斯琦推了推眼镜，与她并排走着，心里有些不大自在。

这个姑娘对他的好感表现得太过明显了。

他本以为自己年近三十五岁，拖家带口，上有老下有小，这么一个清丽又鲜妍的标致姑娘，又是海外归来，学业、事业双有成，再怎么脑子里长水葫芦也不会看上他这么个"叔"吧？

原先他想着赶紧吃完饭，走个过场，回去交个差得了。

"郑先生，您的话其实挺少的对吧？"陆揎铭吃饭的时候，甜甜地笑着问他。

——分人，我跟枣儿有说不完的话，跟你可能就不行了。

郑斯琦挑了一下眉，用指关节顶了顶眼镜腿，咽了嘴里的东西，温和地笑了笑："是，不太爱说话，我其实挺闷的。"

"山锐则不高，我很喜欢郑先生您这样的人，而且我也喜欢小孩子，喜欢戴眼镜的人。"

郑斯琦当时恨不得立刻把眼镜扔到旁边冒着水的小喷泉里。

他不愿意找女朋友，其他都是其次，枣儿也不是他一直在踟蹰的缘由。

郑斯琦很害怕在一段婚姻里找不到爱一个人的感觉。一段关系的构建半点儿根基都没有，还要被囿于其中，动辄得咎，这是一件令人很不舒服的事。不如自己一个人，自在、坦荡，也并不孤独。

当然究其根由，这一定是他自己的原因，郑斯琦想得很明白。只是这么多年了，他也闹不清自己为何如同一潭死水，不泛涟漪。

"吕知春，你能不能不跑了？！"他模糊地听到了这么一句话。

不知道从哪儿来的模糊身影夹风带雪地从郑斯琦与陆揖铭中间横穿而过，惊得陆揖铭向前两步凑近郑斯琦，一下子挽上了他的胳膊。

吕知春？

郑斯琦偏过头，见遥遥风雪处，有一抹紫藤色。

以乔奉天的耐力而言，他不大适合长跑，容易胸闷气短，缓不过劲儿来。上回他在利南大学追詹正星，就难受得够呛，表面上看着没事，回去闷闷地咳了半宿。

雪是不长眼睛的，只管疯下，只管融化。乔奉天只要那么稍稍一张嘴，雪沫子就能见缝插针地溜进嘴里，在舌尖融化成淡淡发涩的灰尘味道。他的嘴唇被寒风吹得麻木且微肿了，抿一抿，像两片死肉。

吕知春跑得太快了，快到一丝流连的意思都没有。

"吕知春，你能不能不跑了？！"刚皱着眉心这么喊了一嗓子，乔奉天突然就脱线似的想，世界上最没用的话里，其中一句就是"别跑"。

见两个人的间距渐大，乔奉天隐隐着急，又被漫天风雪扰得心烦意乱。他皱着眉伸手撩了一把濡湿的头发，咬牙提上一口气，拔腿加速。

"吕知春！别让老子逮着你！"见吕知春窜到了青衣江路的人行道上，混进了密密麻麻的人群里，乔奉天也连忙穿过正嘀嘀鸣笛的车流。

吕知春跑得急了，肩膀无意撞到了一个鞋跟颇高的女性。乔奉天隔着半近不远的距离，看她摇摇晃晃，雨伞偏斜，正担心她要原地平摔，就见她一把挽住了身旁的男伴，自救成功。

乔奉天本想远远地绕开那两个人，却无意间和那个男伴对视了一眼，惊讶地发现对方是郑斯琦。这么巧？这个念头刚一浮现，一不留神，他就在一家停业铺面前的大理石台阶上，脚底结结实实地打了个滑。

"哎！"碍于手臂上挽了一个陆揖铭，郑斯琦下意识地伸手想扶他，也来不及了。

乔奉天倒也没有在众目睽睽下摔得四仰八叉那么难看，只是一只脚跟平移向前滑，另一条腿的膝盖触地向后滑，重心猛地向后移，手连忙撑抵在胯边，才不至于让腰背触到地上。从肩至腰，竟拧成了一道如彩虹般的拱形，看着颇有 Breaking（地板舞）舞者的风采。

"哟——"膝盖撞到大理石上的疼痛让乔奉天舌根跳了跳。

"没事吧？怎么了？"

郑斯琦从陆揖铭的怀里轻轻地抽出了手臂，两步上前，弯下了腰。他倒是觉得很奇怪，奇怪怎么总是能碰到这家伙在人群里不要命似的围追堵截别人。难不成这个人的主业是理发师，副业是放高利贷的？

"站得起来吗？"郑斯琦伸出了手。

可惜乔奉天很不给面子地没接住这只手，他的视线追随着已经拐过了四岔路口的吕知春，暂时抽不出心神和这个人客气寒暄。

"没事。"乔奉天摆了摆手，匆忙地撑着地从台阶上站起来，长裤膝盖处的那块布料被浸湿了一大团，"没事，没事。"

"你——"

"我还有事，不说了，走了！"

郑斯琦的一句话还没说完，乔奉天就趔趄了两步又跑了起来，抛给他一个单薄紧迫的背影。

"怎么了？"陆揖铭径自站到郑斯琦的伞下，贴着他的手臂，"郑先生，您认识那个人？"

"算吧。"郑斯琦面对着乔奉天跑开的方向，摘了落上了雪花的眼镜，"一个朋友。"

陆揖铭话里带笑："那倒是挺奇怪的。"

"嗯？"郑斯琦用指头拭了拭镜片，看了她一眼，"怎么说？"

"那个人看起来跟您不像一类人呢。"

"是吗？"郑斯琦顿了顿，"可能吧。"

他把眼镜架回鼻梁上，发现还是把镜片给抹花了。

乔奉天追上了吕知春，不是因为自己跑得快，而是对方对路况陌生，三下五除二地瞎拐进了一条居民楼胡同里——那是条死胡同。

乔奉天仿佛把一条命跑出去了半条，此时正用手支着水泥墙，低头忍不住地粗喘着气，断断续续地问："你跑什么？谁还能……咳咳……谁还能……吃了你吗？"紧接着就是一连串的急咳声。

吕知春也累到脱力，手撑着膝盖，虚倚着墙壁："我……我绝不跟她回家，我不想让她看到我。"

"哎，行了。"乔奉天从兜里掏出了一包纸，往他通红的脑门儿上轻轻地丢去，"把你那清水鼻涕揩干净再说话。"

身体稍有回缓，乔奉天立刻理正了歪斜的衣衫。

胡同里的居民楼上密密匝匝地支了不少老旧的遮阳棚与空调外挂机，雪花落不进来。

他还是问先前的那个问题："就因为和你父母吵架了？"只是这次是有的放矢，目的明确。

吕知春与他间距五六米，垂着头，不说话。

"就因为这事,你从十八岁到现在,从来没回过家?"

乔奉天一直觉得难以置信。凭吕知春的心性,黑漆皮灯笼似的,辗转流浪的过程中,他如何能挨得过饥寒交迫、进退维谷的时候?吕知春到底又受了多少罪、多少苦?

他没说过,乔奉天也不知道。

究竟是下了多大的决心,能让一个才十八九岁的小伙子打消回家的念头?

"也不想上学吗?"

乔奉天一直以为他是初中毕业出来的,现在看来该是高中辍学。算一算,倘若他没离开下塘,现在应该在念大学,正是风华正茂、朝气蓬勃的年纪。

提及学校,吕知春的表情倏地出现了轻微松动,他倒不是怀念,而是厌恶。

"不想,一点儿都不想。"

"为什么?"乔奉天揉了揉膝盖,微微地皱起了眉。

"他们都讨厌我,没人想和我当朋友……"

"可是你的家在下塘不是吗?"比起骂人,乔奉天不大会说大道理,只能搜罗着脑子里的只言片语,努力做出教诲似的引导,"你的妈妈一直在找你。有些事情其实不应该一直逃避,如果坐下来面对面把误会说清楚,其实,你可能会发现,很多东西是你脑子一热,一时冲动。曾……你的妈妈和我说,他们其实早就知道错了,我觉得他们现在一定只希望——"

"乔哥。"吕知春出声打断了他的话。

此时的居民楼里静悄悄的。约莫有哪位住户信佛,窄小逼仄的胡同里,弥散着一股低劣的紫檀香余烬的气味。一只黄色的狸花猫步履轻盈地跃上了半人高的暖气管,圆圆的眸子直直地盯着吕知春。

"有没有人跟你说,你是一个很容易自以为是的人?"吕知春说得不徐不疾,语调偏低,语气里既没有怨怒,也没有愤愤不平,好像只是在陈述一件很惯常的事。

乔奉天把自己余下的话咽了回去。

"你以为我是个孩子,所以要替我考虑很多东西;你以为我是少年意气用事，所以想让我乖乖回家；你以为只有你受过的伤是伤，你的故事是故事，别人的经历都是小打小闹、不足挂齿，所以自怨自艾，觉得别人其实都比你轻松；你以为你做出咬牙的姿态，就能得到别人的认同……你其实是在自我安慰。"他说的这段话里用了好几个成语，而且是很标准工整的一段排比。

乔奉天瞠目结舌，张了张嘴，一下子不知道说什么好。

"从那男的把我打得鼻青脸肿，我妈却什么话都没说的那天起，我跟她的母子情就尽了。尽了就是尽了，哪儿还有其他可能性？"

他瘦得有些过分的脸上漾出一个讥诮的笑容："他们的道歉，我早就不需要了。"

乔奉天立在原地，攥了攥手心。他看见吕知春的眼瞳里有一层天生的水光，如同檐下雪水，冰凉干净。

"乔哥，我一到利南市你就聘用我了，我一直都挺依赖你的，还很感激你。有些东西我真的不懂，也是你一直在教我，但是……但是你不是我，不能逼我往你认为对的地方走。"

利南的傍晚，雨雪有渐隐之势。

郑斯琦果断无视了郑斯仪连珠炮似的探问，连忙接了郑彧回家，一路上想得抓心挠肝，也没想出今天要做什么"黑暗料理"。苦思无果，最后他还是一边上楼梯，一边点了外卖。

郑斯琦家安装的是地暖，冬季温暖如春。只是装潢时管道铺得偏密了，以至于屋里暖和得都有些干燥了。

故而郑斯琦回家的第一件事就是督促郑彧喝水。他把小丫头揽上餐桌边的靠背椅上，往她的粉色双耳壶里灌了满满一杯水，告诉她："慢慢喝，不要烫到嘴。"

"嗯！"

他倚靠着餐桌，盯着郑彧像猫似的小口小口地啜着水，总是想到乔奉天追人时结结实实摔的那么一下。

吕知春？好像是上回被詹正星打了的那一个人。

郑斯琦转身进了书房，拿着手机按了几下。

手机响了的时候，乔奉天正在换家里坏了的灯泡。老式小区的房顶建得偏高，乔奉天没辙，支了一架家用的折叠梯爬上去换。他也不知道这梯子是哪儿弄来的老物件了，踏板有些松动。

手机贴着肉，振得大腿根一阵酥麻。乔奉天把断了钨丝的灯泡揣进衣兜里，腾出手把手机拿出来按了接听键："喂？请问哪位？"

郑斯琦听他的声音像着了寒似的，沉郁沙哑，回道："嗯，是我，郑斯琦。"

乔奉天当下就有些局促，不由自主地缓了一下腿，把膝盖轻抵在折叠梯的踏板上。

"啊，郑老师。"

"嗓子。"

"嗯？"

郑斯琦松了松勒在喉结处的领带，问："怎么听着哑了？"

他的询问有些太过自然和熟门熟路了，以至乔奉天微微一愣，迟钝地解释："那个……呛风了。"

郑斯琦在那边低低地笑了一声："怪不得。"

乔奉天摸了摸鼻子："有事吗？"

"有，想问问你今天摔得怎么样？我不大放心，就打个电话问问。"郑斯琦说得倒也不迂回，挺直接的。

不提还好，一提乔奉天才觉得摔的地方酸痛。他顺势弓腰，挽高了松松垮垮的裤脚，发现膝盖那儿果真被磕碰得不轻，已经凝成了暗色的两团瘀青。那块皮肤触上去微肿而发烫，他轻轻地按了一下，生疼。

"小事，疼还好，就是摔得挺丢人，人太多了……"

郑斯琦听到话筒那边有低低的气流声，像是人因为弓身，而吐纳不畅的深重呼吸。

"别是我说了你才想起来看啊？"

"真准。"乔奉天咳了一下，"真是刚才想起来挽裤子瞅瞅。"

乔奉天直起身子抬头，顿感耳膜鼓胀，一阵目眩。他不自觉地看向窗外，傍晚青蓝的天空蒙上了一层跳动着的"雪花点"。

乔奉天皱了皱眉，踏板倾斜，他的重心也顺势往后偏，左脚便很是"灵巧"地踩上了右脚："啊！"

砰——

突如其来的动响震得郑斯琦太阳穴跳了跳。

"怎么了？"等他再出口询问，电话里已经是嘟嘟的忙音了。

郑斯琦端着手机愣了一刻，赶忙挂了电话再拨回去，结果听到的是标准的客服女声："您好，您拨打的电话已关机……"

他再拨，对方的电话依旧是关机状态，他重复了大约五六次。

郑斯琦不明所以，又不由得往坏处去想：电话那头的周边听着很安静，他应该是在家里，又没有什么旁的杂音，应该是一个人。遇难了？遭劫了？给人打晕了？追债追得被仇家盯上了？

郑斯琦脑子里蹦出来的没一件好事，他就怕好的不灵坏的灵，就怕和电视剧里演的一样巧。

他当机立断，拨了一通电话给詹正星。

这会儿放寒假，詹正星正在网上聊得不亦乐乎，猛地接着班主任的电话，唰的一下就在家里的床上坐直了，紧张地喊："班……班主任。"

"詹……詹正星。"

"您别逗我……"詹正星用手抻了抻卷起来的衣服，"班主任您……您有事说事，我听着呢。"

郑斯琦开门见山："正经事。你有乔奉天的家庭住址吗？"

"谁？"

"乔奉天，在学校里追了你一路的那个人。"

詹正星不清楚班主任是脑子里搭错了哪根弦，又不好意思细问，捏了捏下巴，琢磨了一会儿："我记得，听谁说过是在……在联家CBD的附近，铁路四局的小区，具体的我也不清楚了。"

"行。"郑斯琦把地址搁在心里牢牢地记下了，临挂电话时又嘱咐了一句，"开学了按时来学校报到，别又请假跟我说没买到票，小心辅导员记你的过，嗯？"

"哎。"詹正星老老实实地应了。

电话打完，送外卖的也到了。郑斯琦匆忙地把餐盒一样样地摆开，转身从消毒柜里抽了两根嫩黄色的儿童筷子，轻轻地放在郑彧手里。

郑斯琦一边抽领带，一边穿外套，嘱咐道："枣儿，在家乖乖吃饭，爸爸出去一下很快就回来。"

郑彧把嘴里的肉圆子咬了一半："爸爸去哪儿？！"

"去看看那个有漂亮头发的叔叔。"他将围巾随手在脖子上绕了两圈，"你喜欢的那位。"

"我也去！"

"在大姑家疯一天了，还不老老实实地写你的寒假作业。"郑斯琦走过去往她的脑袋上摸了摸，"进退位的加减法、两篇日记，全没写吧？"

郑彧不甘心地噘了噘嘴，舀了一勺饭。

"回来给你带蛋糕。"

"要巧克力味的！"

"水果味的吧，不然容易胖。"郑斯琦触了触她圆滚滚的苹果脸。其实蛋糕都容易胖，也不至于在乎这一星半点儿的差别了。

"那爸爸要早点儿回来，我会乖乖在家的。"

郑斯琦家和联家CBD隔得不远，就四五站路。一路上他又给乔奉天连拨了好几个电话，还是没人接。他开车驶离高架的时候，正巧被一辆慢吞吞的奥拓拦住了去路。

连按了两声喇叭也不见对方提速，郑斯琦连忙转动方向盘，一边超车变道，一边加速。

事出紧急，郑斯琦算是贴着交通法规的那道警戒线了。要是他把油门再往下压那么一寸，被电子眼拍了照，指不定要被扣几分呢。

郑斯琦驾龄十年，还真的没有被扣过分。

他用指头不停嗒嗒地敲打着方向盘，离铁四局的小区渐渐近了，已经到了富虹路，这里挨着护城河，草木是出了名的苍翠。只不过近来雨雪天气，树上积雪未化看不大清，倘若是平常，一定分外葱茏。

乔奉天一边甩着手里的手机，一边揉着磕疼的肩膀，嘴里喋喋不休地骂着脏话。

他这得是造了多大的孽，刚开年就倒霉成这样？追人摔一跤，换灯泡又摔一跤，一天下来摔得七荤八素都不说了，手机还能奇准无比地掉进马桶里？！

这一天倒霉到乔奉天想沐浴净身，再去趟月潭寺。这回他一定老老实实地上香，老老实实地交香火钱。

倒霉的事受得多了，是很容易让人沮丧的，并在沮丧之余，他又生出几分滑稽之感。

乔奉天正低头琢磨着附近的电子维修店开门了没，就听身后传来一阵尖锐的汽车鸣笛声，蓦然一响，差点儿又让手机滑进了雪里。

郑斯琦正和门卫室一个口音浓重的小保安连蒙带猜地打听着乔奉天家的具体门牌号，就看车边掠过了一个清瘦的人影。

他连忙解开安全带下车，猛地把车门关上："乔奉天！"

"哎！"乔奉天惊异地回头。

"没事吧？！"

他能有什么事？

乔奉天对着郑斯琦眨了眨眼睛，这才猛地反应了过来——自己摔倒之前在和他打电话。

任谁听通话对象正说着话呢，无端传来一声巨响就没动静了，都得以为出了事吧。

"我……"乔奉天一下子窘迫极了，用手比画了一下梯子的高度，"我刚才打电话的时候……那个……换灯泡呢，然后没稳住摔了一下，然后……就那个……手机一下子就泡水里了。"他到底没好意思说手机掉马桶里了。

乔奉天说着，还把进水黑了屏的手机捧在手心里给他远远地看了一眼。

郑斯琦百年难得一次地失态了。他推了推眼镜，啼笑皆非地说了句："我去。"

"对不起，对不起，真的，我没想到你还能找过来。"乔奉天又窘了一下，像是觉得这个乌龙分外好笑，又不太敢笑，"你还能找到我家，你真的是太……"你真是太有本事、太实在了。

这种打哈哈的话乔奉天当然不敢对郑斯琦说，要是换成杜冬，他也就是上前勾着脖子揉一拳的事。他抿了抿嘴，原地立着，尴尬地望着郑斯琦。

郑斯琦长长地吐了一口气，拢了拢敞怀的外套。这外套一看就是匆匆穿上的，没来得及扣。

"算了，你人没事就最好了。"郑斯琦向前两步走近，低头打量了他一眼，"人伤着了没有？"

有的人说话，像林双玉，既高昂尖锐，又直接无畏，话里话外要抓着愚昧与偏见不放；有的人说话拐弯抹角，听着好听，但摸不清是多险、多深的底。

郑斯琦说话自有路数，谁都不像。

明亮的路灯下，乔奉天看着他高高的个子，乌黑的头发，笑起来像是什么都能拿捏得颇有分寸的样子，心中忽然有些感慨。

对谁都是笑脸相迎的人，乔奉天一直有所畏惧，因为这些人其实心思比谁都深，想得比谁都清楚，也比谁都不好招惹。但不可否认，这种人的魅力是自内而外散发的。

乔奉天偏开了点儿视线，挺感动郑斯琦能把对他的担忧付诸精准的行动。

"没伤着，就是稍微撞了一下，在胳膊那里。"

"送你上医院看看。"

"不用。"乔奉天摇头，"真没事，皮都没破。"

郑斯琦乐了："伤筋动骨也不破皮，那可比破皮要严重多了。"

"伤得重不重我知道，真不疼。"乔奉天上下举了举胳膊，恨不得跳一套广播体操来证明，"你看，一点儿事都没有。"

这时门卫室的小保安放下了手里的保温杯，指了指郑斯琦，冲他们叽里咕噜地讲了几句方言。郑斯琦听得云里雾里，皱了一下眉："他说什么？"

"他说门口不能停车，要你把车停到小区里面。"

"这你都能听懂？"

乔奉天笑了一下："刚开始不行，听多了就习惯了。"

乔奉天要去修手机，郑斯琦就开车捎了他一段路，也顺便问他就近有没有口味不错的烘焙店。

乔奉天从不吃甜品，但也给他指了一家附近口碑颇好的甜品工坊。这家店独门独户，藏在一条犄角旮旯的居民窄巷里，灯从橱窗里晕出一团温煦的暖黄光，推开门就听见一阵清越的风铃脆响。

乔奉天直直地立在藤椅边上，看郑斯琦举着一个托盘，拿着一个塑胶夹子，正犹豫着要拿哪种口味的欧蕾。他的头发被灯光镀上了一层温柔的亚光金。

"郑老师。"

"嗯？又叫我郑老师。"

"那我叫郑先生吧。"反正他叫不出"郑斯琦"三个字。

"那你还是叫郑老师吧。"

乔奉天抿嘴笑了，接着说："我就是想问您一个问题。"

"问，只要我能回答，知无不言。"郑斯琦轻轻地夹了一个水果蛋挞。

"当想法与做法跟事实相悖的时候，您要怎么继续一件做到一半的事？"

郑斯琦听了一愣，紧接着说："我以为你要问我文学上的问题呢。"

"文学……"乔奉天摸了摸鼻子，"我也不看文学啊……"

郑斯琦笑了。他隐隐觉得乔奉天刚才问的这句话和吕知春有关，至于具体是什么关系，就猜不到了。

"你问的这个……"

"嗯。"乔奉天连忙竖起耳朵听。

"命题太大了。"

乔奉天听他这么一说，也觉得自己问得挺云里雾里的，像是刻意为了规避个中细节，而划了一个让人为难的大范围。

"我的意思是，我想帮一个人，而且一直按照我认为对的步调去做，可到最后这个人说'你错了，事实根本就不是你以为、你听到的那么回事'。"乔奉天顿了顿，"我现在既不能再推他向前，也不想就这么把事情弄得一团糟……"

他说的确实是吕知春的事。

白天，乔奉天没再硬拖着吕知春回 Holy Mountain，而是替他拦了一辆出租车，让他先回了鲁家洼。至于曾姐那边，乔奉天打电话让杜冬先安慰着她，让她别急，慢慢来，先订个酒店住下。

谁都别逼谁，等等再说。

说起来，让吕知春回家这事，乔奉天知道自己无疑是自作主张了，一味猜测吕知春年少失怙，觉得他拎不清轻重，还不知道家有多重要。

可当听他把实情说出来后，乔奉天也觉得那个家，回与不回，没什么意义。但如果就按吕知春的想法，让曾姐一个人回下塘，当从来没有过这个儿子，又未免太残忍。

乔奉天纠结而心有愧疚感，无论是对吕知春，还是曾姐。

"你其实还是对你的想法不肯罢休吧？"

乔奉天抬头看着郑斯琦。

"你如果真的觉得你做错了一件事，那你纠结的一定是怎样才能最大限度地弥补错误，而不是想着下一步是进是退。进是顽固，退是逃避，两样都没有体现你在想法上的改变。如果不是你不肯罢休，那么就是事情已经超出你能给予帮助的范围了。"

乔奉天很想点头。的确，吕知春和家庭的关系，已经超出他和杜冬能调解、帮助的范围了。

郑斯琦推了一下眼镜，又往托盘里夹了两个红豆玛芬面包："其实很多时候，我们都只能做一个旁观者。这并不是让你事不关己高高挂起，而是路是对方自己选的，他们孤注一掷也好，撞了南墙不回头也好，都是他们自己的主意。好与坏，都是他们应当承受的结果。

"你不是对方，绝不会百分百领会他的意图，百分百替他设身处地地着想。如果要替他做决定，你是没有立场的，这对他也是不公平的。哪怕是亲人、爱人，也是这样。"

乔奉天直直地立着，在思考、回味这番话，没有说话。

"麻烦你帮我打包，还要那个草莓慕斯蛋糕，谢谢。"

直到听到郑斯琦在和收银员说话，乔奉天才回过神地走上前去："我来付吧。"

"怎么？"

"就……谢你回答了我的问题，也补偿你白跑一趟。"

郑斯琦笑着露出了一排光洁齐整的牙，掏出了钱包："第一，能白跑一趟正是我希望的结果，因为你没事才是最好的；第二，听我上课是可以免费的，你愿意的话，随时都可以来利南大学旁听，所以口头感谢就行了，小乔同学。"

长得高的人很容易脊背微佝，但郑斯琦没有。

乔奉天看着他的胸膛顺着呼吸吐纳均匀地上下起伏，就像遥遥远山的连绵山脉。

郑斯琦回到家中时，郑彧正在小房间里乖乖地写作业。他拎着蛋糕蹑手蹑脚地悄声过去，看见她在认认真真地憋着日记。

"我那天在那里看见了一个有着紫色的头发的人，非常漂亮。他的头发像天上的云彩，像天上的仙女眼睛里的颜色……"郑斯琦眯着眼睛默读了一段，差点儿笑出了声音。

"不错啊，我们枣儿都会用比喻了。"

"啊！"

郑斯琦猛地在背后出声，吓得她连忙直起了腰板儿。郑斯琦没来得及躲，稳稳地被郑彧的脑袋击打上了下巴。

"哒——"

"爸爸没事吧?!"见郑斯琦皱眉捂着下巴,郑彧心疼了,连忙去扳他的胳膊,"疼不疼?疼不疼?枣儿帮你吹吹,吹吹就不疼啦。"

"来,"郑斯琦把手松开,"吹吧,对准位置吹。"

"嗯,爸爸别动。"郑彧点点头,乖巧地勾着郑斯琦的脖子,噘起嘴巴对着郑斯琦的下巴,小口小口地吹着暖风,"还疼吗,爸爸?"

什么用都没有,他疼得想骂人。郑斯琦摸了摸她的脸:"谢谢枣儿,一点儿都不疼了,我闺女特别棒。"

郑彧给夸得乐滋滋的,那高兴劲儿活像从旧衣兜里摸出了一颗没来得及吃的奶糖。她的眼睛一瞄,又瞄见了郑斯琦手里的蛋糕,整个人美得更像一朵花。

"拿去客厅吃,不能把奶油抹在衣服上,嗯?"

"嗯!"

看郑彧一路小跑地出了屋,他才解开了衬衣最上面的两颗扣子,转了转脖子,又揉了揉下巴。

手机响了,郑斯琦按了接听键,把手机贴在耳朵上:"喂,哪位?"

"我,你姐。"

郑斯琦的太阳穴忍不住地跳了跳:"怎么了?"

"我刚才问了小陆姑娘,人家说你不错,愿意跟你接着处。哎哟,你就偷着乐吧,那么好的一个姑娘,你算是捡着了。"郑斯仪在那头自顾自地乐。

"她还说得挺含蓄,我以为她会跟你说,她要跟我立刻结婚呢。"

郑斯仪嘴里"啧"了一声:"说什么话呢?你当你是谁呢,人家上赶着跟你结婚,照顾你一个'大龄青年'和一个小不点儿?德行!"

郑斯琦两步踱到窗边,斜斜地靠上去:"您看您,我就开了这么一个玩笑,您跟连珠炮似的。"

"现在不是你开玩笑的时候,你现在要严肃、认真地考虑你后半辈子的事,知道不?爸不催促你是他心大,脑子里不装弦,你别以为你真能闲云野鹤地过!"

"我回去就跟咱爸说,你说他脑子里没装弦。"

郑斯仪啪地拍了一下桌子:"哎,你滚!哎,你在外人面前嘴也这么贫?你的学生知道你是这么个人吗?"

"那肯定不。"郑斯琦用手抵着鼻子轻轻地笑了,"我在外头把架子端得比谁都稳些,也就跟您这么贫了。"

"合着是我命里欠你的!说正经的!"郑斯仪见话题愈扯愈远,连忙又往回引。

"说正经的就是,我不愿和她继续处。"郑斯琦做好了被一通狂轰滥炸的准备。

果不其然,郑斯仪立刻就奓毛了:"你瞎扯!"

"我没……"

"人家姑娘哪里让你不满意?!你说!我让她改!"

这都行?郑斯琦捏了捏眉心,把手机换到了另一边的耳朵旁:"我感觉这事太没准儿了。姐,不喜欢就是不喜欢,不能让我蒙您吧?"

"感觉,感觉,感觉!你当你是十八九岁的年轻人啊!还感觉?!你都要奔四啦,快成老头儿啦!凡事给我实际一点儿、凑合一点儿行不行?!"

"您知道罗素吗?他说爱情只有在自由自在时,才会花繁叶茂。我凑合一次,说不定就要和她苦闷半辈子,我再等几年,说不定能碰到对的人,高兴一辈子。都是说不定的概率,为什么不让我选好的呢,姐?"

这话说得颇有理有据,让郑斯仪的声音都忍不住地低了三分:"少拿腔拿调地用你大学辩论队的那套糊弄我,不好使……"

盯着窗外流光溢彩的灯火,郑斯琦笑了笑:"没糊弄您,真的,就是想让您信我。我的人生,我自己一定会负责任的,您不用总是记挂着我。"

"那我是你姐……"

郑斯琦和郑斯仪的母亲去世得很早,郑寒翁心大,以至于郑斯琦自小都很依赖郑斯仪这个大姐。郑斯仪哪怕说了再重、再难听的话,郑斯琦都明白,这是她的性格,她是想让他好。

郑斯琦的语调异常和缓温柔:"我当然知道您是我姐,我一辈子都会向着您，所以才想让您宽宽心，想让您每天高高兴兴的，想让您看着我哪天找到真正的幸福。"

话说得像唱歌似的好听。郑斯仪举着电话听了半晌，猛地响亮地吸了一下鼻子："行，行，行，说个话都要被你硌硬死了！"

郑斯琦低声笑笑没说话。

"小陆姑娘是真的喜欢你，你就算不主动，也别拒绝别人的好意！你有点儿分寸，给人家留点儿余地，不管能处不能处对象，都要做朋友的，听到了？"

"嗯，我全记着呢，姐。"

"早点儿歇吧，我这儿明天还来一桌亲戚呢，不说了，挂了！"

没等郑斯琦道一声"晚安"，郑斯仪就干脆利落地挂了电话。

郑斯仪很生气，但又有点儿不好意思。她的每一丝情绪都是直接而外露的，郑斯琦都知道。

他们的外貌着实相像，但论起性格，真的没有相似之处。当然，郑斯琦认为这也是一母同胞的有趣之处——既有依靠，又能像镜子一般，时刻映照着对方。

虽然郑斯仪照得有点儿过头了。

郑斯琦走到郑彧的小书桌边，关掉了台灯，替她理了理零散放着的作业本。他无意间又瞥见了敞着的日记本上写的那句"他的头发像天上的云彩"。

像吗？

哪儿像啊？谁见过那个颜色的云啊？

好看吗？


隔天下午，乔奉天再打电话给吕知春时，对方已经把手机关机了。他连忙穿衣、穿鞋，直接拦车去了鲁家洼，到那儿一看，人已经一声不吭地搬走了。

他推开那间老旧潮湿的小单间，里面凌乱依旧，不一样的是，除了立柜大敞着，床余了一块单板，其他该放置吕知春的东西的地方，全部空空如也了。

乔奉天这才发现，墙上原来是贴了一张海报的。

那张海报页脚翻卷，纸张泛黄，印的是年轻时的齐豫，上面写了一排字——橄榄树。

乔奉天向周围人询问吕知春的去向，问的还是那个带着小孩儿的矮个儿女人。这次她在热半锅玉米粥。

"怎么会？！昨天我还……我还和他出去的。"

"这你别问我，你是他的朋友，你跟我说这话没用。"女人拿着饭勺在锅边敲了一下。

乔奉天一时无措，继续追问："他租的房子没有到期吧？他……他还会回来的吧？"

"是啊，没到期！"女人把嘴巴一咧，关了灶火，"我跟他说了。我说'小吕啊，你这合同没到期，你这算违约啊，按合同你要给姐违约金啊'。人家二话不说就塞给了我一千块钱，拎着包就走了。"像是占了多大的便宜，女人的笑容中带着颇露骨的市侩。

乔奉天茫然失措，只知道怔怔地站着，看女人端着粥碗，领着孩子转身进了屋。

冬天天短，太阳将要西沉了，天空被晕染成连片的赤黄色，云彩起伏着，积叠在向西的深远的天际线处。冷风也起了，牵着枯槁的落叶，打着小小的旋儿，把乔奉天软软的头发吹得立了起来。

乔奉天脱了手套，用力地搓了搓泛痒的食指。他把手举到眼前，仔细看了看，发现手指上正生着一颗暗红色的冻疮。

他拨了拨刘海儿，叹了一口气，觉得心里的负罪感要压得他喘不过气了。

他知道，如果不是他自作主张地联系了吕知春的父母，吕知春不会走。

这样的话，哪怕没家，吕知春也能安安生生、冷饿无忧地生活在利南市，在理发店里做个本分的兼职。倘若他出了师，攒了钱，开了店，也会有他自己的小生意，日后再遇上一个疼他、喜欢他、能知冷知热的人。

这是乔奉天想要的生活，他也希望吕知春将来有这样的生活，但现在被他横插一脚给彻底打乱了。

无论曾姐曾经做过什么、隐瞒过什么，无疑是自己擅自给了她希望，最终还是要让她失望。

乔奉天自从到利南以来，压抑了很久的自卑感与自责感，像乍涌的暗流，再次在心里喷薄而出。

他担心吕知春以后的日子该怎么过。

匆匆回到家里的乔奉天依旧焦虑。他进屋后一路扯着自己的衣领，颇暴躁地脱掉了高领毛衣，斜身卧进了自己新铺的被褥里。

杜冬打电话来的时候，乔奉天已经裹着被子快要睡熟了，手机嗡嗡地振了七八下，才吵醒了他。

乔奉天从被子里伸出了一条光裸的胳膊，把手机拿过来贴在耳朵边，声音有些沙哑："说话。"

"你不是刚醒吧？瞧你那样子。"

"真聪明。"乔奉天皱着眉，"我刚睡了个天昏地暗，正要入'无我之境'呢。"

"吕知春呢？他妈还在这儿呢，咱别往脑后一抛成吗？！"

"跑了。"乔奉天说道。

杜冬在那边一下子站直了，吓得李荔照着他屁股抬脚就踹了一下。

"跑了？！跑去哪儿了？！你不是让他回去了再商量吗？！他跑了这边怎么交代啊？！"

一不留神时间就到了夜晚，屋里一片昏昧，只有窗外透进来一点儿如水般清澈的月光。外面连总嘻嘻哈哈嚷着放鞭炮的小孩儿也不出来了，静得不像过年，静得没有人气。

即便在打着电话，对面有活生生的人回应，乔奉天依然觉得心酸而孤独。

"冬瓜，我错了，我真的做错了，这事我错了不行吗？我自不量力，自以为是，我以为我看得比谁都明白，觉得我和他们不一样。其实我跟他们都一样，我就是个傻子，一戳就破，跟谁都一样。"

杜冬举着手机，抿了抿嘴巴："别瞎说，你多厉害啊……"

"我……"

"那就实话实说！"杜冬将声音抬高，突然说得明快，"打也好，骂也好，哥们儿陪你一块儿受着。你是你，吕知春是吕知春，我是我，李荔是李荔，你记着，咱们都是独特的人，都是一人一颗心，一人一个模样，咱们谁都不一样！"

出乎乔奉天的预料，曾姐颇为平静地接受了事实，像是做好了万全的心理准备似的，听到吕知春跑了，她连表情都不见一丝变化。

她沉默了许久，对着满脸抱歉与愧疚表情的乔奉天小声说了句"算了"，过了一会儿又笑了笑，搓了搓手，加了句"很感谢你们"。

隔天是难得晴好的化雪天，杜冬和乔奉天送她去利南南站。车票是乔奉天替她买的，从二等座改成了一等座。乔奉天想，即便差别不大，后者总能让她在车上待得更舒服些。

"如果九春还回利南，我……"乔奉天一句话在嘴里含混了半天，到最后他也没说完。

好在曾姐微笑着看着他，低下头，到最后也没问。

女人理了理衣领，绾了绾头发，小步走向了安检口。戴着檐帽的工作人员举着安检仪在她的身上来回扫描，挥手放行时，她向后甩了甩鬓边微卷的头发。

杜冬双手抱胸，扬着吊梢眼，见女人的背影在视线里逐渐变小，忽然说道："她呀，其实压根儿就没想把吕知春带走。"

"嗯？"乔奉天偏头看向他。

"我是说，她这次来利南，只是为了确定吕知春是死是活、是胖是瘦、是好是坏，根本就没想带吕知春回去。"

听过吕知春那番话的只有乔奉天一个人，他不知道杜冬是如何心明眼慧，发现了端倪。

"为什么？"

"你看她走路的样子。"杜冬吐了一口气，抿了抿嘴。

乔奉天应声去看大厅中央那已变成小"黑点"的人影,像一粒轻轻弹跳的像素珠,在背景板中有节奏地上下律动,看着泰然而轻快。

"你看她走得多轻松。"她像是努力地、尽可能地不把一点儿包袱往回带。

当今时世,有多少人是在管窥之中求得心安,在视而不见中绵延幸福?对错总是寄生在别人的言论之中的,而事实往往是,不囿善恶地紧抓不放与坦然摒弃,才是赋予生活的最终寄盼。

乔奉天揉了揉杜冬:"哎。"

"怎么?"

"我是想说……你记得《橄榄树》怎么唱的来着吗?"

杜冬挠了挠光头:"你说齐豫唱的那首?问这干吗,怀旧啊?"

乔奉天皱眉:"你就说你记不记得。"

"记得啊!"

"你唱一句我听听,我想不起来了,词和调都想不起来了。"

杜冬眯着眼,龇着牙:"你猛地让我唱,我忒不好意思。你等等,我找找调,找找调。"他瞧着四下无人,一边紧了紧下巴,一边清了清嗓子。

杜冬的嗓音浑厚而夹有杂质,像含有沙砾,被微微打磨过一样。他在KTV里一唱情歌就能要了李荔半条命,但平缓开腔,低声清唱起这首老歌,倒自有一番山迢水遥似的意蕴。

不要问我从哪里来,我的故乡在远方
为什么流浪,流浪远方,流浪
…………

## Chapter 05
## 巧合

　　阴历出了正月，理发店的生意异常火爆，许多人攒了一个月的头发可算寻到了"出路"，把头发拉直的、烫卷的、打薄的、削短的、护理的、干洗的，宾客盈门。少了吕知春打下手，杜冬和乔奉天忙得恨不得生出三头六臂，又拉着李荔过来扫地。

　　理发店要招聘的启事在门口贴了，也在网上挂了，但暂时还没寻到合适的人。

　　过完年，为了小五子上小学能有一个安稳的歇脚处，乔梁来利南市里寻了个招短工的工作，又租了一间房。

　　乔梁原先租的是城中村里的一处矮脚平房，在城北一个犄角旮旯的地方。乔奉天先发制人地提前去溜达了一圈，见屋里没热水、没空调、没抽油烟机，两眼一翻就连忙把租金连蒙带骗地给要回来了，转手替他在陶冲湖边上租了一间空着的回迁房，里面家电倒也不是很齐备，但至少热水、空调是有的。

　　乔梁皱着眉头嫌租金太贵，乔奉天就转头替他垫了三个月的。乔梁伸手去拦，两个人要撸袖子干架似的在房东面前"舞"了一出，最后乔梁愣是没拦住。

095

乔奉天眯着眼睛，手往乔梁的鼻尖上一指："反正老子也没儿没女，让你家宝贝记着孝敬他这个光棍儿小叔就行。"

乔梁的眼神霎时间变得温柔，他松了松往下撇着的嘴角，伸手往乔奉天的脑门儿上轻轻地戳了一下："你就成天瞎说！"

送小五子去利南"附小"报到的那天，是雨水节气。利南市冰雪全融，在屋檐下滴滴答答，春始萌。

乔思山拖着病怏怏的身子从郎溪村赶来了，林双玉却没来。乔奉天心里颇堵，一堵她不看重小五子上学这样的大事，二堵她永远抛不下她那赚个仨瓜俩枣的生意，三堵她连与自己的寥寥一面，也躲着不见。

利南"附小"的校史比不上利南大学的百年之久，但也算是深厚悠长了。开阔的大门两侧种植了许多紫荆树，乍暖时令，枝条上正密密匝匝地发着紫红的花朵。

进了校门，正中间是前年新建的一幢独栋教学楼，粉刷成了米白色，看着端方洁净，宽敞明亮，墙侧挂了一排楷体的铜字——春华秋实。再往后倒是些老楼了，楼层不高，看着却端正大气，红砖旧瓦也打理得干干净净、妥妥帖帖，墙壁上还攀附着一层细细密密的红丝草。

小五子明显是有些局促，脸上浮着一层淡淡的红，睁大了乌溜溜的眼睛。他捧着不多的一小摞课本，小步地跟在身材瘦长的女班主任身后，挠了挠清爽的发顶，笑得既明亮，又羞涩。

来之前，乔奉天帮小五子修了头发，剪去了乱蓬蓬的发楂，连鬓角都仔细地顾及了；他还不由分说地给乔梁和乔思山塞了两件笔挺的新短夹克，硬是换去了他们身上那件颜色说蓝不是蓝、说灰不是灰的旧袄。

第一次进教室，他想让小五子直着腰杆子、没有任何包袱地进，不愿让小五子觉得自己和别的同学不一样。乔奉天就是这种通俗浅白的人。

小五子被老师温柔地牵着走进了一年级（3）班。乔思山和乔梁立在窗外，乔奉天则站得远些，倚靠着走廊高高的护栏，他们都看着小五子。

小五子比旁的孩子要更高、更板实、皮肤更黑些。他一进门，教室里就响起了小孩子窸窸窣窣的吵嚷声。扎马尾的女老师穿着一身嫩黄衣服，清脆地拍了拍手，操着极标准的普通话，听着和缓且如珠落玉盘般清脆。

"让我们班的新同学来做个自我介绍，大家说好不好？"

底下的学生颇兴奋地齐声应道："好！"

"那咱们给他点儿掌声，鼓励鼓励他，好不好？"

噼里啪啦的掌声像小鞭炮似的响了起来。

乔奉天在外面，听了这哄小孩儿玩的伎俩憋不住地笑。

小五子在讲台上立着，登时就紧张了。他愣了一下，攥了攥小手，连忙偏头看向教室外。他的视线越过了乔梁和乔思山，直勾勾地落在了乔奉天身上。

乔奉天抬了抬下巴，利落地顶高了鸭舌帽，露出了清晰的眉目。他打了个响指，眨了一下眼，给小五子做了一个比枪的动作。

——加油，别怕。

走廊上，温煦的阳光落在乔奉天的脸上，看着莹白如雪，空幻不实，仿佛在瞬间模糊了现实与虚幻的界限。

这天晚上是利南大学人文学院的年初饭局，表面上是为了辞旧迎新——总结旧工作，展望新未来，其实掰开了、揉碎了说，就是硬找一个由头组饭局，纯属走形式。

碍于有不苟言笑的系主任和副院长，开场时酒桌的氛围愣是僵得"千山鸟飞绝"；等两轮敬酒一过，两位领导就紧着领带、拎上大衣，回去陪老婆孩子了，剩下的人这才生冷不忌、荤素不拘地炒热了场子。

啤酒砰砰砰地连开了二十瓶不算，一帮人另外又加了两瓶干红葡萄酒。

郑斯琦在边上一口口地抿着大麦茶，夹了几口素炒的时蔬，看哪个酒瓶口冲他来了，就连忙笑着摇手躲开："开车来的，喝不了。"

"找代驾！"

"上午嗓子疼，刚吃的头孢，和酒相克，喝不了。"

097

"你少扯。"

"真没,来,我吃给你看。"郑斯琦说着,还像煞有介事地掏出了一盒小药片。

毛婉菁看了,拿着高脚杯在边上乐成了一朵洛阳牡丹花,一张脸凑过去,醉得分不出鼻子和眼睛。

"看看,看看!谁都没老郑藏得深!他就差说他信的什么宗教,需要忌酒了。"

郑斯琦挑了一下眉,伸手替她拈去了不小心插在头发里的半根鱼刺:"比不得你们'丐帮',吃剩的就往头发里塞。怎么,余下顿啊?"

"哎,滚!"

就说话戗人这方面,郑斯琦是个中大佬,利南大学的一众人都是茶水小弟。他平时不显山不露水,端的是个文化人的样子,关键时刻嘴一张就一击致命、直捣黄龙,毒舌得不行。

饭局结束,只剩下三个人是清醒的,郑斯琦算其中一个。因此,他无端受了脏活累活,要挨个儿送同事回家。

毛婉菁是她丈夫开车来接的。

在郑斯琦的印象里,她的丈夫章弋川持重寡言,和他一样戴着副眼镜,对谁都是笑眯眯的,一副极好说话的样子。今晚再见到章弋川时,人看着瘦多了。他半靠在车的驾驶座上,推了推眼镜,温柔有礼地冲郑斯琦说了"谢谢"。

回去的路上,郑斯琦想着讨郑彧高兴,就顺手捎了一盒圆溜溜的金黄杏子。

"爸爸!爸爸!"

他到家刚用钥匙拧开了门锁,郑彧就像只小狗似的扑了过来,就差生条尾巴,在屁股后头摇起来了。

"哎,哎,哎。"

"我闻闻你喝酒了没有。"郑彧边说边皱起了鼻子。

来,君子坦荡荡。

郑斯琦弓腰把女儿往怀里一揽,一托,拿高挺的鼻梁往她的脸上凑。

郑彧痒得直往后躲，郑斯琦就不依不饶地往前追。

"喝了没？嗯？检查清楚了？"

"清楚了！爸爸的胳膊上有酒味！"

"那是你毛毛阿姨的酒味。"

他一边把郑彧往客厅里抱，一边解着领带，刚靠近沙发，郑彧就猛地蹿起来往沙发上跳。

"枣儿，就你这样，下个月咱就得换新沙发。"郑斯琦往她的下巴上一勾，轻轻地笑着说，"这么乐意跳，送你去学体操怎么样？"

"我跳是因为我高兴！"

"高兴爸爸回来得早？"

"不，不，不，不，不是。"郑彧极不赏脸地连声否定。

"啧。"

"我高兴我有了一个新同桌！"郑彧睁大眼睛，鼓起了脸，又高高地蹦了两下。

"同桌？"

郑彧去卧室里拿来一个画本，半趴在桌子上，一笔一画、端端正正地写了三个字。

"乔善知。"郑斯琦脱了西装外套，解开了勒得过紧的金属袖扣，一字一句地念出声。

"嗯，我的新同桌，长得黑黑的，有两道直直的眉毛，比枣儿高这么多！"

郑斯琦见郑彧踮着脚伸手在她头顶上方的悬空处，兴奋地来回比画了几道。

乔梁寻的工作，地点在市南的二埠头。某地产公司的新区楼盘二期初见雏形，圈了大块地皮，一口气招了不少短期工。工资待遇是一个月四千元，且包吃包住。要是不愿住分配的宿舍，回家也行，正好腾出空闲地方。

乔奉天不大乐意让乔梁干这脏活累活，且先不谈工地上鱼龙混杂、处处危险，就是医保、社保等福利也没有着落，所以抽空又替他去人才市场转了一圈，回来给他塞了不少招聘单子。

乔梁有电工职业资格中级证，按理说算有一门技术在手，利南市天大地大，他定定心，总能觅得一个更好的工作。哪怕他先从小区的看门保安做起，工资没那么高，也强过在工地上朝不保夕。

乔奉天怕他这个唯一的哥哥有一丝一毫的危险。

但乔梁总是笑嘻嘻地搪塞，总说先干着再说。乔奉天见他油盐不进，也不好强迫，嘴上答应，心里还琢磨着给他寻个什么不至于成天风吹日晒的活计好。

小五子这才上小学，将来有的上呢，他们哪里能不往远处了想？

这天乔奉天正在理发店里替一个外语学院的女老师做头发护理。一百八十块钱的和二百四十块钱的柔顺剂，她来来回回地选了近半个小时也没选出个合心合意的。

乔奉天闷声咂了一下嘴，低头冲她笑着说："您稍等一下。"紧接着他回身打了个响指，冲杜冬挤了一下眼睛。

杜冬立刻心领神会，抽了玻璃台柜上的一盒没开封的新发膜，吊梢眼弯了弯，满脸堆笑地殷勤上前说道："哎，瞧我这记性，刚才忘了跟您说，我们这儿啊，刚好有个新品，这个发膜做一次一百二十块钱，效果不比用柔顺剂差，要不我给您介绍一下？"

"哎，好，好，好。"女老师在椅子上坐直了，"你说说我听听。"

乔奉天顺利"交接"，看杜冬和她聊得起劲，自己乐得清闲，掸了掸胳膊上落的碎头发，就去收了在门口晾着的一排干发巾。他抱着东西往回走的时候，停下来瞄了一眼手机，一下子看见了四个未接来电，全是乔梁的。

乔奉天登时心下一紧，连忙把东西放在桌上，快步走到了理发店的后门处回电话。

他的手机自从那回意外落水，扬声器就不怎么灵，时响时不响不说，打电话的时候还有刺刺啦啦的聒噪杂音。他将手机从维修店拿回来的时候，手机里存的号码也丢失了不少，郑斯琦的手机号就在其中。

乔奉天把手机捏紧贴住耳朵，心里一急，就站得更是端正笔直。他听了一连串的等候音，才等到乔梁按了接听键。

"奉天。"电话那头有丁零当啷不休的巨大背景音，夹杂着机器运转的嗡嗡轰鸣和锐利的鸣笛声。

乔奉天拧眉问："怎么了？没事吧？怎么打了那么多电话？！"

"没事，没事，你别担心。"乔梁挺抱歉地在对面笑起来，忙连声安抚他，"就……就想麻烦你，那什么……"

"说！"

乔梁松了松安全帽上勒着下巴的锁扣，拿着脏得看不出针脚的白手套，拍了拍膝上的黄土："麻烦你中午去接一下小五子，我这儿工头实在不让走，上回也没跟我说清楚。你要是忙不过来就让他在你们店里随便吃点儿东西，我晚上再去接他，你看行不，奉天？"

乔奉天听了这话，心里绷着的那根弦松了："闹了半天就这破事？"

乔梁挠了挠太阳穴："可不就这事……"

"让你换个地方你不干，就眼巴巴地盯着那四千块钱。"乔奉天把手里没拿手机的那条胳膊环抱在胸前，"行了，知道了，你儿子交给我，你放心吧。"

乔梁蹲在路牙子上，不知道从哪儿揪了一根杂草往嘴里递，笑得很抱歉："又得指望你了，奉天。"

"别老跟我说漂亮话。"乔奉天低头拨了拨刘海儿，"那是我亲侄子，跟我一个姓。"

"行……那我工作去了。"

"哎，"乔奉天趁着他没挂电话，喊了一嗓子，"一定注意安全。"

乔梁低头摸了摸鼻梁："哎！"

杜冬一通好说歹说，才让女老师选好了东西，刚把烫发仪调好了温度罩到她的脑袋上，正洗着手呢，就见乔奉天从后门进来。

"冬瓜，"乔奉天抬腿往他的屁股上顶了一下，"跟你说件事。"

"哎！你和李荔这都什么臭毛病？"杜冬挪着屁股往边上躲，"要说就说，别老动手动脚的，我这一手焗油膏味。"

乔奉天摸了一下鼻尖，笑道："谁让你长得这么结实？"

"嘀。"杜冬装模作样地皱着脸，往手心里一圈一圈地打着肥皂沫，"说事啊！你不是有事要说吗？"

乔奉天捏了捏耳垂上的那粒圆圆的耳钉，拿指尖轻轻地摩挲着："我以后中午……打算从店里余几个小时的时间，午饭就别订我的那份了，餐费你收着。"

杜冬听了挑眉："哪儿去啊？"

"接我侄子，我哥最近抽不开身，没人给那孩子烧中饭。"

"给人做老妈子啊？你啊？"杜冬玩味地往他脸上看，"看不出来啊，够贤惠啊。"

乔奉天抬腿又往他身上顶："你少阴阳怪气的，认真跟你说话呢。"

杜冬笑着冲掉肥皂沫："认真说，认真说。哎，你怎么不把他送去'小饭桌'呢？按说小学边上都有'小饭桌'这样的机构啊，给中午不回家的孩子做饭吃，你给钱就成，营养搭配得可好了。"

"这我知道。"乔奉天停了半晌，继续说，"小五子心细想得多……我不太想让他一个人在外面吃，怕他心里不舒服。"

"那你就舍得我一个人孤零零地在店里吃外卖。"杜冬佯装忧郁地努着嘴。

"你有本事让李荔别来。"

杜冬继续挤眉弄眼："那她搁我这儿就是一个吉祥物，比不得你知冷知热的，哥舍不得放你走啊。"

"问你正经的！"看他笑，乔奉天也憋不住地扬起了嘴角，往他的肩上揉了一下，露出一排洁净的牙。

"哎哟，我的乔少爷！你都开金口了我能不答应吗？你啊，该去干什么正事就去干什么正事，店里有我盯着，耽误不了。"说完，他挺豪迈地甩了甩手上的水珠。

"我就是觉得对不起咱俩的生意……"

"你对咱们这个店上了多少心，我杜冬心里有数。我一个粗人是记不得那些细枝末节的东西，但咱俩上职高的时候你对我有多大恩，我记在心里一辈子。"

杜冬仰了仰下巴，用手指头抵了抵自己的心口："别说余你几个小时了，你说你有要紧事，没钱，我把店卖了眼睛都不会眨一下。知道不？"

他一下子把话题扯得这么远，话也说得情深义重的，倒是噎得乔奉天一时说不上来话。

杜冬和乔奉天上的同一所职高，学的同一个技术工种，只是隔了一个班。杜冬少年时阴戾寡言，不善交际，穷得叮当响，冬天穿的除了一件脱了线的黑毛衣，就是那套袖口磨损了的短夹袄。

那时林双玉咬牙堵着一口气不给乔奉天生活费，硬是不让他学这种在她眼里不三不四、旁门左道的东西。乔奉天又不肯死心，不肯回头，夜夜翻墙外出打工到深夜。回来的路上他总能碰着同样打工晚归的杜冬，一来二去，两个人熟识起来。

杜冬生得人高马大，吊梢眼一瞥，校门口的保安都不敢把他拦下来登记考勤。乔奉天沾了他的光，三年没上过校门口宣传栏的那张艳红的大字报。

他后来才知道，杜冬的母亲是因为胃癌去世的，只剩下杜冬和他父亲。本以为此后会枯木逢春、否极泰来，谁知却是一波未平一波又起——杜父隔年就被查出了尿毒症晚期。

昂贵的支出几乎要压垮缄默的杜冬。他不得已将一日三餐并成了潦草的一顿饭，愣是从一堵人墙瘦成了一根嶙峋的升旗杆。乔奉天看不过去，就回回把饭分他大半。

后来杜父进了重症监护室，花费以千起步，乔奉天就把攒了一学期的工资闷不吭声地全塞进了杜冬断了轱辘的行李箱里。

等开学再交学费时，一身上下找不到两个子儿的乔奉天，唯一一次用了乔梁偷偷摸摸寄过来的一卷钱。这件事他也只字未对杜冬提起。

杜父离世后，杜冬虽一身萧索，但又陡然豁朗，毫无负担，如同阴雨过后，破晓日升。他身上的肉渐渐往回长了，脸上带笑了，嘴皮子也利索了。至亲离去赋予了他不同于常人超然坦荡的生活态度。

103

从二十岁活到二十九岁，他始终认为，能认识乔奉天是他毕生之幸。

乔奉天看杜冬的目光突然灼灼，为了掩饰心里的不好意思，他倚着墙弯腰剎不住地笑，咯咯带响的那种。等杜冬被他笑得不好意思了，忍无可忍地将水往他脸上弹的时候，他才咂着嘴直起了腰板儿。

"笑什么笑！"

"呸！洗手水！"

临近中午十一点半，乔奉天找在隔壁店里上班的小姑娘借了一辆粉色的电动车。他约莫骑了十五六分钟，就到了"利大附小"。正赶上放学的时间，学生们像开闸的水似的往外涌，个个可爱，看着都矮墩墩的。

小五子这时候就颇显优势，手长脚长个子高，一眼望过去实在是"木秀于林"。

"这儿，小五子！"

"小叔？"小五子咧出了一口洁白的牙，按着背上的书包，三步并作两步地跑过来，"怎么是你？阿爸呢？"

"你爹忙着和别的国家领导人商量造军舰的事。"乔奉天张嘴就不着调，"不愿去小叔家吃饭？"

"没有，没有，我愿意！"小五子怕乔奉天是真的不高兴，连忙像拨浪鼓似的摇头，伸手牵住他的胳膊笑得分外腼腆，"小叔做的饭比谁做的都好吃，我就怕麻烦小叔……阿爸不让。"

乔奉天蹲下来，笑着用手勾住他的下巴颏："你呀，应该再皮一点儿才好。"

太懂事的孩子，最让人挂心头上，放不下。

接小五子回去吃饭算是事出突然，家里的冰箱里没剩什么新鲜食材，乔奉天只能先带着他去趟联家CBD。

乔奉天把小五子安置在了电动车座的前面，圈在了自己的怀里。小五子一瞧被搂得这么紧，登时害羞，想下车坐到后座上，乔奉天就揪着他的衣领子往前拽，吓唬他："不许坐后面，回头骑得快了你掉下去我都不知道。"

小五子腼腆地笑着，还是要往后坐："不会的，我八岁了，抓得住的……"

乔奉天手脚并用地把他往怀里揽："八你个头！老实过来，等你十岁再说！"

一路阳光普照，风吹着梧桐树的飞絮，搔得小五子鼻尖痒痒，连打了三个喷嚏，刚停下就听头顶上漾出乔奉天低低的笑声："你阿爸想你了。"

联家 CBD 的购物商城有卖新鲜的瓜果鱼肉，折扣大，离居民区也近，销售额自然不亚铁四局的早、晚菜市场的。乔奉天平常也就早晚两顿在家吃，总想着自己动手做点儿，一是外头的饭都贵，二是外卖油大，吃多了觉得腻。

乔奉天一只手推了个购物车，另一只手紧牵着小五子，在超市里快速地挑着东西。小五子抬头看向乔奉天，他正绷紧下巴，嘴巴抿成一条线，那副挑菜活像挑对象似的严肃模样，与林双玉有八分相像。

时蔬区的东西码得整整齐齐的，还本着浓厚的人文情怀，为关照重度强迫症患者，一栏分了一个颜色。乔奉天一头紫发，站在翠绿的菜架边皱眉端详着一颗颗饱满的西蓝花，惹得不少上了岁数的叔婶侧目，小声耳语。

"西蓝花吃吗？你奶平常给你烧吗？"

小五子扶着购物车，踮起脚，把手间隙那儿正好能露出他的眉目。他摇了摇头："奶说……这个是花菜长变种了的，带毒的，不让吃呢。"

"你听她——"乔奉天咬了咬牙根，咽下了粗话，"你听她扯！"

她不知道的、不认可的事物都以为是不对的，睁眼大字不识一箩筐，还当她自己比谁都明白，乔奉天腹诽。

"就烧这个，我让你看看带不带毒。"

他称了一颗大的西蓝花，又装了一满盒的新鲜香菇和一块看着挺嫩的里脊肉。等付完钱，拎着塑料袋子快走出超市了，他又像想起来什么，让小五子在原地站着别动，折回去又买了一箱儿童牛奶。

最近天气明显回温，暖融融的太阳晒脱了乔奉天脸上的粉底。

他领着小五子回到家后，先钻进了盒子大似的厕所里，缩手缩脚地洗干净了脸，挂着一脸水珠出来，三下五除二地拆开了那箱牛奶。

"喝。"乔奉天把牛奶盒往小五子的怀里塞，"像你阿爸似的长个一米八的个儿，以后能进省篮球队也不错，女朋友也好找。"

"谢谢小叔。"

"休息会儿吧。"乔奉天蹲下来，用湿漉漉的指尖拈去小五子眼皮上的一根黑亮的睫毛，"开电视也行，不过台不多，出雪花了你拿手捶一下电视就行。我去烧饭，等等就能吃了。"

"嗯！"小五子小心地用吸管戳通锡纸，抬眼看了一下乔奉天腮角露出的那块豆沙色的疤。那块疤沾了水，像脸上开了一朵沾雨带露的花。

他不是很常来乔奉天在利南市的家。郎溪地方偏僻，离利南市远，林双玉从不带他来，乔思山或者乔梁带他来的次数也是屈指可数。

小五子其实很喜欢乔奉天家那个看起来拥挤的小客厅；喜欢他家那个看过去满眼苍翠的高大花架；喜欢他把一扇老旧的木质棱玻璃窗擦得鲜亮明净，再把窗帘拉开，让明媚的阳光满溢进屋。

小五子支着一条细长的腿，拿膝盖顶着下巴，把垂着的一只脚往棉拖鞋里又顶了顶。在乡下疯跑惯了，到了城市以后，还是让小小年纪的他有几分束手束脚。

噔噔噔。他的耳边响起了异常利落的切菜声，蔬果被切割的细微脆响，刀刃轻触板实的案板，声音明快而自有节奏。

小五子竖着耳朵听了听，默不作声地跑去厨房，半身贴在门框上。他看着乔奉天系了条竖纹的围裙，正在切着一棵水灵灵的大白菜。那围裙干净得像一件可以穿出门的衣饰，不见半点儿油星。菜叶也洗得不见泥点，安稳地伏在乔奉天的掌心下。

乔奉天手上的冻疮还没好，他反复涂了很多油膏，也不见好。数九天的时候，指尖总是冰凉的，被冻得麻木了，反而没有什么大的感觉；现在入春回暖，斑斑点点的红疮那儿，就时不时痒得他想捶墙。

乔奉天侧头一瞥看见了小五子，就招了招手。小五子低头笑了一下，才乖乖凑过来。

"学校怎么样？习惯吗？好玩吗？"

灶台对小五子而言高了,他得踮着点儿脚。乔奉天见了,就从门后面端来一个木制的小矮凳,让小五子扶着灶台在上面站稳了。

"嗯,学校很漂亮,又大又安静。老师说话都很好听,对人也很好。"小五子把下巴搁在胳膊上,胳膊搁在灶台上。

乔奉天搁下刀,把切成菱块的白菜梗子扔进手边的塑料镂空篮子里,抖了抖水:"上课呢,上课听得懂吗?"

小五子皱了皱眉:"他们上学期学的内容,小五子不太会,声母和韵母……"但他随即又笑开了,"但是我的同桌会教我,小五子在认真地跟她学。"

同桌?不是一人一座?

"女同桌?"

小五子眨了眨眼,嘴巴微张:"啊……嗯,是个女生。"他想了想又补充道,"大眼睛,脸很圆,叫郑彧。"

乔奉天伸手往他的鼻子上点了点:"千万别当着人家的面说人家脸圆,听见了没?"

小五子嘿嘿一乐:"小叔,我知道。"

"玉石的玉?那孩子的名字?"乔奉天把香菇浸在干净的水盆里,又在案板上切着里脊肉。

"不是的,不是玉石的'玉',小五子看过,小五子知道怎么写。"

乔奉天牵着他的手在水盆里蘸了蘸,让他就着水渍往墙上写。老式的旧房子,大多不铺墙纸,就简简单单地刷了一层白泥子。年岁久了墙面上泛着陈旧的淡黄颜色,很容易被水濡湿,浸出深色的印子。

小五子伸着胳膊一横一竖地写着。乔奉天耐心地等他勾画完,见墙上是一个端端正正的"彧"字,写得很大。

"郑彧?"不是说叫"彧"吗?"郑彧"是什么?怎么听着那么不像正常人的名字?

小五子歪歪头,看着墙上的字,也觉得和在同桌的课本上看到的字不一样,挠了挠后脑勺儿:"是彧啊,是叫郑彧啊,不是郑彧啊,写得不对吗?"

107

乔奉天灵光一闪，蘸水伸手加了两撇："是这么写的吧？小傻子，你少给人家写了两撇，其实是荀彧的'彧'吧？"

"对，对，对，对了！"小五子连忙点头，这个字这么添了两撇，看着就自然多了，"彧，彧。谁是荀彧？小叔。"

乔奉天用手盖住他鼓鼓的脑门儿："等你再多学几个字，小叔给你买本《三国演义》，到时候你就知道了，先给我把拼音学好。"

乔奉天迅速地炒了两个菜，一个白灼西蓝花，里面搁了一把李荔送的、不知道从哪儿弄来的野生虾皮；一个香菇白菜熘肉片，炒之前将里脊肉过了水、裹了层淀粉，又加了点儿生抽，放进锅里大火过热油，最后滴了些耗油。鲜味溢了一整个小厨房。

小五子的饭量不小，巴掌大的圆碗里饭盛得满满的，米饭还往上隆出了一个小山峰。

他向来不挑食，像只土狗崽儿，给什么吃什么，还长得比一般孩子结实。见他总夹西蓝花，乔奉天把嘴一呕，就猛地往他的碗里搁肉。

乔奉天夹一个，小五子吃一个。他将嘴抿得紧紧的，嘴里嚼着东西就一句话不说，一点儿声也不出。这一看就是林双玉拿筷子打出来的家教。

乔奉天低头把盘子里的肉片一个个拣出来搁在盘子的边沿："明天吃虾行不？青椒炒白河虾。"

小五子拼命咽了嘴里的东西，有些惊异："明天还来小叔家吗？小叔不上班吗？"

乔奉天挑了挑眉毛："你小叔自己当小老板，爱什么时候上班就什么时候上，你别闲操心，嗯？"

小五子点头，笑得满脸欢快。

下午临出门上学前，乔奉天给小五子装了一保鲜盒即食的水龙鱼。

乔奉天的家里有不少坛子，里面装着嫩红姜、青豆角、灯笼椒等，高矮胖瘦地摆了阳台满满一拐角，都是自己腌的。水龙鱼是他年前在市场上买的，一条不过指长。

108

乔奉天将鱼一条条剥皮去腮地打理干净，过水煮熟，再在晴好的阳光下晾晒，等晒成了干瘪的一小团，就撒上红油、砂糖、白芝麻等配料调味摇匀，算是无聊时做的小零食，味道不错。

"喏。"乔奉天挑了一个水龙鱼递到小五子的嘴边，"好吃吗？"

这东西就是越嚼越香，越吃越停不下嘴。

小五子伸着舌头舔了一下嘴巴，卷去了粘在上面的一粒白芝麻，点头道："嗯，好香。"

"给你装进包里，晚上带回去给你阿爸尝尝，告诉他好好烧饭，别让他总抽烟。"

小五子把盒子放到腿上摸了摸，一副有话要说又不敢开口的样子，低头捏起了手。

"怎么了？"

"我……我能……我能给我的同桌分点儿尝尝吗？"

乔奉天乐了："行啊。"

他二话不说又重新拿了一个小一些的保鲜盒，单独地装了一份水龙鱼，装好后拿纸巾仔细地擦干净了盒子上的红油渍，才咔嗒一声盖上了盖子，放进了一个印着花卉的纸袋子里。

"这是感谢人家教你东西的。她要是喜欢，小叔还给你带。"说完乔奉天又点了点他的鼻尖，"但上课不能吃，好好听课，嗯？"

"嗯！"

郑斯琦要发表论文的期刊突然提前一个星期收稿，杀得他措手不及。这几天他要么是在上课，要么是在赶着去上课的路上，要么就是在图书馆里噼里啪啦地敲着键盘。

另外这段时间不少高校的研究生招生复试也在陆续进行着，他当导师带的几个人文学院的学生，大多过了初试，如今半路围追堵截扯着他问个不停。

关于复试的注意事项、考试范围，这些都是郑斯琦职责之内的事情，他也得抽时间整理。

陆揖铭发来了几条短信，主动邀郑斯琦吃晚饭，他都拐着弯地谢绝了。

不是他要悖郑斯仪的意思，是真的忙得连轴转。

郑斯琦下班开车去接郑彧，好死不死地被堵在了一环上。车流以肉眼几乎看不出来的速度缓慢挪动着，亮起的车灯在郑斯琦的眼镜片上折射出红绿色混淆的模糊光团。

他按开了广播，随便调了个音乐频道，正放着一首 A love that will never grow old（《永不凋零的爱》）。

郑斯琦听了前奏，伸手推了一下眼镜，突然想起来，这是季寅在高中时最常听的一支歌。独具风情而带着沧桑感的女声，唱着爱永远不会凋零，季寅一戴上耳机就能听整整一天。

十多年前毕业的时候，郑斯琦在KTV听他开着原唱小声哼过，此起彼伏的嬉笑吵闹声湮没他的声音。

高架尽头的天空黛蓝泛青，将高度在视觉上压得低平。一想起季寅，郑斯琦不由得太阳穴更痛，刚想伸手揉一揉，前面的车子终于动了。

郑斯琦接到郑彧一般都比旁的家长要晚些。郑彧倒也从不吵闹，乖乖地在门卫室里等着，时不时能从看门大爷那儿讨来一颗糖。这天还有小五子陪着她，时间就愈加好打发了。

郑斯琦把车停在小学门口，在驾驶座上按了一下喇叭，给了一直竖起耳朵等着的郑彧一个小小的信号。他倚着靠背，看郑彧背着书包从门卫室里奔了出来，跑了两步又转头冲人挥手，手里还拎着一个袋子。

郑斯琦以为是门卫大爷，抬眼一看，门卫室门口那儿站着一个男孩儿，到他的腰那么高，眉浓而微微上扬，笑得分外憨实。

"这就是你说的同桌？"听郑彧打开车门攀上了后座，郑斯琦笑着开口问。

"对！乔善知，我的同桌。"郑彧自觉地坐到了儿童安全座椅上，捧着水壶喝了两口水。

"看着性子很温柔。"

眉目长得还很像一个他认识的人，像乔奉天。

郑斯琦正拉开手刹踩了离合器，郑彧突然从后面伸了一只手过来，肉乎乎的指头捏着一条红通通的东西。

"这什……"话还没说一半，郑彧就伸手往他半张的嘴里用力一杵，鱼尾磕上了牙床，疼得他差点儿合嘴咬了郑彧的手。

"好吃吗？好吃吗？"郑彧一脸兴奋表情地问。

是鱼。郑斯琦先是不情不愿地细细咀嚼，到后来越嚼越尝出浓郁的鲜香。其实这鱼尝着不怎么辣，算是偏甜口，晒得也均匀且恰到好处，肉在嘴里的口感韧而板实，却感觉不到一丝柴，覆在上面的白芝麻也是过了火的，嚼开几粒，满口余香。

郑斯琦拿拇指揩去了沾在嘴角上的一点儿红渍，惊讶地回头瞧着郑彧："枣儿，哪儿来的？"

郑彧又往嘴里塞了一块鱼，含混着开口："同桌送我的，他从家里带的，说是他小叔自己做的。好吃吗？！"

郑斯琦侧头躲开她要贴过来的一只脏手："好吃，好吃，爸爸承认，你别在车里乱摸。"

小叔？

谁？乔奉天？

这么巧？

隔天，利南市的殡仪馆给郑斯琦来了电话。当时郑斯琦正在准备下午上课要用的幻灯片课件，主题是路遥的《人生》。

殡仪馆的主任在电话里删繁就简，把事情说得简单而明白："殡仪馆的骨灰寄存室今年五月份要全面翻修，寄存五年以上的骨灰需要移至临时存放处。您夫人的骨灰在名单之中，请抽空速来，签一份相关手续。"

郑斯琦挂了电话，摘掉眼镜，倚在座椅靠背上，把钢笔在手里来回提溜着转了两圈，又眯眼瞧了一眼桌上的小台历——上午九点半到十二点正好没课，去吧。

五年多了。李觅涵去世的时候很年轻。她生下郑彧不过一年，就在单位组织的一次集体出游中出了车祸，突如其来的意外，几乎不给郑斯琦一丝的反应时间。

郑斯琦和李觅涵，其实也是旁人说媒拉纤认识的。

李觅涵的舅舅和郑寒翁原先是一个研究小组的，一起在利南市的博物馆里工作多年。两家走得近了，便想亲上加亲。因为有亲戚在其中一齐拉线，一同起哄，两个人认识不过数月，就动了结婚的心思。

类同于当下的许多惯常的"流程婚姻"，他们各自工作，同吃同住，能心平气和地交流与商量事情，一起生活，但又实在难以套着家居服，穿着拖鞋，十指紧扣地轧马路或去超市购物。

他们之间不是说不爱，而是不够爱，或者只是类似于爱。

李觅涵去世后，郑斯琦抱着郑彧，跟丢了魂似的怔然无措了整整三日。李觅涵离世后，她的家庭、他自己的人生、他自己的家庭，和怀里不过臂长的郑彧的人生，这些都压在了他的身上。他理应负担也必须负担的责任陡然千斤重，这让他一时有些手足无措。

他怎么背才能背得起？怎么背才不会痛？

他跟摸着石头过河似的踉跄地走了几年，直到郑彧上了小学，才勉强显得得心应手一些。他不再找对象，一方面是害怕在一段婚姻里找不到爱一个人的感觉，另一方面也害怕耽误对方的人生。

李觅涵他们家的家庭观念尤其传统。古人惯说，少亡不葬，妇死夫前不葬，横死不葬，李觅涵说来三者皆沾，她的父母就偏想要守着这些因循守旧的条条框框不放。

利南市近年的墓地资源奇缺，几乎是寸土寸金，市内的诸多公墓已呈饱和态势，再要寻一处风水尤佳、远近合适，又不是信口要价的墓地，着实很艰难。

郑斯仪前年提议让郑斯琦把李觅涵葬到邻市，郑斯琦没答应。他是想着，无论郑彧长大后有没有李觅涵是她的母亲这样一个认知，他都想让她能离孩子近一些，能让孩子随时去看一看。

虽说郑彧从生下来与母亲就没有过交集，但他不会把这样一个角色掩耳盗铃似的从她的生命里强行抹去。

利南市应了雨水这一节气，正下着毛毛小雨。郑斯琦把车停在了殡仪馆门外，下车的时候差点儿一脚踹翻了商铺老板摆在门口的一桶半开的黄菊，连忙朝往纸钱上盖塑料布避水的老板道了声歉。

殡仪馆里大概正有人在举行追悼的仪式，隐隐有哀乐传来，还带着一干人模糊不清的低低哀哭声，霎时间就提前有了清明时节的氛围。

存放处在馆内顶头，挨着规定烧纸钱的区域，也不知道是不是怕着火，还在门前凿了一方挺大的荷花池，水清有鱼。上午没有什么人来，骨灰存放大厅岑寂冷清，凉飕飕的穿堂风来回吹着。

存放大厅的执行主任很客气地给郑斯琦倒了一杯热水，转身把档案袋里的一沓打印好的文件放在了他面前的桌子上。很小的一次迁挪举动，公办单位却列得事无巨细，既像是为人着想，又像是怕摊上责任。

"这儿吗？签名字就可以了？"郑斯琦仔细地看了一遍，指了指文件上拐角的一栏空白处问。

主任笑了笑："哎，对，在这儿签您的名字，文件一式两份，都要签。您自己留一份，我们馆内再留一份。"

郑斯琦点头，接过对方手里的笔，利落地签下了自己的名字。不过这支笔的笔尖偏涩，他用着不怎么顺手，收笔的时候在纸上划破了一个小洞。

"不好意思，弄破了。"郑斯琦抱歉地笑了笑。

"没关系，没关系。先生，您的字很好看，平常是做案头工作的吗？"主任拿着文件，好奇似的问了一句。

"谢谢。"郑斯琦抿了一口水，"我是做老师的，常写板书和笔记什么的。"

"是吗？您是高中老师？"

"不，大学老师。"郑斯琦继续回答。

"哎哟，大学老师啊！能冒昧问问是哪个大学吗？"

"利南大学。"为免对方再追问,郑斯琦一并说完,"在新校区教人文学院的学生。"

主任听完,目光里带了一丝不加掩饰的钦佩与赞叹之情。郑斯琦被他这么看着,一下子觉得挺想笑,挺无奈的。

现在不少上了年纪的人,依然会对从师者或者从医者抱有一份不同于常人的尊重与仰慕的态度。这样好是很好,但往往过犹不及。

郑斯琦一直觉得无论是什么职业、什么社会地位,说来说去都是一样的。一个人是高尚还是低劣,始终是要透过外表去看本质,不能因为身份高低而划出上阶下品。

"那个……郑先生……"郑斯琦道完谢快离开前,主任叫住了他。

"您还有事吗?"

主任皱了一下眉:"是这样的,我们馆内这几年在扩建,原先只有五万多个寄存位置,现在增加到了九万个左右,但目前大概只余下一万个空位,已经接近饱和了。每年只有四千左右的骨灰迁出。"

郑斯琦听他说着,推了推眼镜。

"当然,每个来签手续的人我们都会提这么一句,并不是针对您一个人。现在利南市的墓地不好买,价格太高,这我们心里都有数,我们馆现在就是希望有条件的市民,如果找到合适的墓地资源能迁出骨灰,最好是尽量迁出。"

主任说完客气地笑了起来,摸了摸头发:"就是这么个事。"

郑斯琦思考了一会儿,问他:"那关于安葬位置的问题,您有什么好的建议吗?"

"啊,您稍等,我给您查一下。"主任转身走到办公桌的电脑前,敲了敲键盘,按了按鼠标,"现在市内的公墓大概是……大概是没有了。"他又眯着眼睛点了点鼠标,"要找的话,大概只能考虑市以下的县和镇了。啊,包括现在的鹿耳镇。"

主任指了指屏幕:"鹿耳山下面的几个镇现在政府正在开发,包括鹿耳山附近的地皮,近几年政府或者私人都会有开发动作。底下的郎溪、明远,都有可能拆迁。"

说着,他抬起头:"这些地方您可以留意一下,新开辟的公墓被炒热之前价格是比较正常的,不过可能也得抢,您考虑一下。"

郑斯琦往前走近了两步:"是吗?郎溪?"

## Chapter 06
## 礼尚往来

乔奉天很多年没为明天该做什么饭而感到为难了。他自己独身一人惯了，平常下碗面条，里面打个鸡蛋、加根火腿都算费事的了，如今多了一个正长身体的小孩儿，不得不细心地考虑食物的荤素搭配与口味。

乔奉天前一天晚上就把买回来的河虾养在了水池子的盆里，见它们活蹦乱跳地在水里扑腾，怕蹦跑了，临去理发店开门前，又扣了一个大铁盆在上头。

中午他急着去接小五子回家，在理发店里洗了手，连半身围裙都忘了脱下来就着急忙慌地往外走。杜冬抓着围裙上的活结把他往回拽："哎，傻了吧，你侄子一时半会儿饿不死，您别一身大厨打扮就要走行吗？"

乔奉天反手解开了活结，回身将围裙往他的光头上盖去："洗你的头发去。"

"带伞！"

"嗯，拿着呢。"

下雨天没法儿借电动车骑，乔奉天只能走着去，怕小五子等得晚了，就小跑起来，踩在路上积着的小水洼里，溅起的水珠打湿了牛仔裤的裤管。

乔奉天走的时候没看清楚，随手拿了一把理发店里的伞，这伞是李荔留下来的，通体粉紫色不说，还印着碎花，带着一圈米白色的蕾丝边。他怎么打怎么觉得浑身不自在，觉得旁人看他越发像个不正经的人。

乔奉天停在一棵海桐木边，正犹豫着要不把伞收了，顶着雨去接小五子，反正雨细细绵绵的，也不大。一抬头，他就见小五子正牵着一个矮矮的小孩儿往自己的方向走，狭窄的人行道上，两个人顶着一把带耳朵的小花伞，边上还有不少旁的学生。

"小五子。"乔奉天也顾不上伞不伞的了，快走两步迎了上去，"怎么自己先往回走了？不是让你在门口等着吗？"

说完他低头看着边上的一双粉红色的雨鞋，奇怪地问："这是谁啊你就往回领？"

乔奉天轻轻地抬起花伞的伞边，郑彧露出一张带着羞涩神情的圆脸。

"枣儿？"这不是郑斯琦的宝贝女儿吗？乔奉天的脑子里一时浮现了郑斯琦那高高的个头儿、薄薄的眼镜和香槟色的汽车。

小五子拢了拢书包，伸手握住了乔奉天的手，抬头看着他："这就是我的同桌。"

乔奉天眨了下眼，顿了一下才在她面前蹲下来："你就是郑彧啊，听你爸爸总喊你'枣儿'，都不知道你的大名。"

他要知道大名的话不就早知道小五子的同桌是她了？

"是哥哥，不对，叔叔！"郑彧应声笑起来，踮着脚要去摸乔奉天的刘海儿，"乔叔叔的头发颜色和上次不一样了。"

乔奉天低头任她摸："有点儿褪色了，颜色没刚开始好看了。"

小五子立在一旁，看着两个人熟稔地互动着，脸上挂满了茫然不解的神情："小叔……"

乔奉天这才想起来，转头看着小五子问："你怎么把她领回来了？"他又冲着郑彧问道："你爸爸不来接你放学吗？"

郑彧满心满眼是乔奉天的头发，往前凑着，拿他的一绺头发往自己的指尖上绕："爸爸要工作，所以中午不来接我，我都在'小饭桌'吃。我想……"说

117

着她低下了头。

乔奉天见她凑得近了，就半环着她。

她忸怩着嗫嚅："我想……"

"嗯？想怎么？"

乔奉天看到她的两根辫子一高一矮、一粗一细，全然抛弃了对称美。他心里别扭，就伸手替她把碎发绾了绾。

"她说她想来咱家吃饭，不想去'小饭桌'吃！"小五子看乔奉天和旁的小孩儿凑得老近，一颗心没来由地酸溜溜的。他琢磨了两下，连忙喊了一嗓子讨回了乔奉天的目光。

就这么把人家的女儿领回家了……行吗？

乔奉天一边犹豫着，一边站起来，低头看两个小孩儿撑着一把圆圆的儿童伞。

个子高的人举伞是江湖规矩，小五子倒还颇有绅士风度，知道把伞往郑彧的方向微倾。雨虽然不大，也稍稍打湿了小五子的右肩。

"来，你自己打稳了。"乔奉天跟小五子说完，把碎花伞架在左肩上搭着，弓腰将手穿过郑彧的腋下，向上把人拔起抱在了怀里："枣儿跟叔叔打一把，好不好？"

郑彧既不骄纵，也不认生，把胳膊环在乔奉天的脖子上："好哇！"

"真听话。"

乔奉天心里其实很喜欢干净漂亮的孩子，那明朗干净的一张面庞，很容易就让人把对明天的期盼寄托在他们还未舒展开的躯干之上。为人父母的欣悦与希冀之情，他有时能理解到一些，有时又觉得不得其法。

郑彧弯了弯眼睛，一下子笑得很甜："别人都这么说。"

乔奉天跟着她一起笑："那说明你的爸爸妈妈把你教得很好。"

他隐隐想起那次在青衣江路上滑倒，碰着了郑斯琦，当时他身边有一个女伴，高挑漂亮，五官和郑彧倒是无一丝相像，也不知道是不是她的母亲？要不是的话……岂不是很尴尬？

郑彧把脸转了过去，安静地抚弄着乔奉天耳后光洁的碎头发，没有说话。乔奉天把她又往上抬了抬。虽然是很软的小孩儿身子，也真的挺重的。

小五子一个人跟在后头，怕跟不上，就抿着嘴牵着乔奉天的衣服下摆，表情挺严肃的，瞧着不怎么高兴似的。

"想让小叔抱，小叔回去再抱你，乖。"乔奉天在他的头上按了按，低头冲他眨了一下眼。

"没有！"小五子一下子被撞破了羞于开口的心思，连忙羞得用手把衣服紧紧地攥住，"我……我没想让小叔抱……"

"好，好，好，男子汉，小叔不抱，来，别把我的衣服扯变形了。"

小五子一抬头，就见郑彧从乔奉天的肩膀处探出了一双笑眼，盯着他咯咯乐出了声音，脸登时红了一半。

等到了乔奉天家，郑彧既兴奋，又拘谨。因为没换鞋，她只敢立在玄关处盯着乔奉天眨巴着眼。

"没有多余的拖鞋了，不用换的。"乔奉天笑着冲她招了招手，"直接进来吧。"

郑彧盯着小五子的拖鞋，摇了摇头："枣儿的鞋是湿的，枣儿不能进，爸爸说过的……"

得，这女儿被教得真好。

乔奉天没辙，上前又把人拦腰抱起，两步蹽进窄小的厕所里，把人放下，让她踩在干净的墩布上，在她的头顶上说："来回踩，使劲踩。"

郑彧听话地做起了高抬腿的动作，像做游戏似的。

"鞋底干净了吗？"

"嗯！"

"行了，下来跑吧，不怕了。"乔奉天伸手勾了勾她的小辫子，牵着她的手往外走。

把小孩儿留在客厅玩，乔奉天自顾自地准备起了午饭。原本荤菜他要做青椒炒河虾，但怕郑彧吃不了辣，就把青椒换成了毛豆，又另外配了些胡萝卜，切成滚刀块；素菜就快炒了一把豌豆苗，炒前先过水去涩，炒时撒一撮绵白糖，既微微提鲜，也入口回甘；最后切了个熟得有几分过的番茄，去皮煮了汤。

盛饭的时候，乔奉天猜出郑彧喜欢粉色，就特意用了只印着朵桃花的粉碗。他的生活用品大部分是单只的，买回来这只小碗纯属意外。

"半碗米饭多吗？"

郑彧盯着盘子里的河虾摇头："不多，枣儿能吃满满一碗。"

小五子咬着筷子头，也跟着接了一句："她跟我说，她在'小饭桌'是吃得最多的那一个。"

郑彧冲他努嘴："厉害吧？"

小五子极为捧场，憨憨地点头："嗯！"

吃得多不是什么好事，尤其是对女孩子。这话乔奉天是搁心里想的，嘴上没说。他把菜和汤推到两个孩子的面前："吃吧，趁热。"

窗外淅淅沥沥地下着雨，雨势渐大，空气里正泛着一股泥土濡湿的腥涩气息，据说有人很喜欢这样的味道。花不可无蝶，人不可无癖，能理解。

乔奉天的两盆万年青喜水，吃雨好活，他就连忙打开了纱窗，把盆栽挺费劲地抬到了空调的外挂机上。雨珠滚在万年青油润的绿叶上，温柔地拂去了蒙在上面的一层灰。

乔奉天回身倚着窗户，摩挲着手上又开始泛痒的冻疮，看着两个小孩儿低头夹菜，颇有几分狼吞虎咽的架势。

小五子捞了一口蛋花吃，又拈起落在手背上的一根葱丝塞进嘴里；郑彧把剩在碗底的饭粒耐心地一粒一粒挑了个干净，快执着出了一双斗鸡眼，吃完了舔了舔嘴巴，又把最后一根豌豆苗递进了嘴里。

"好吃吗？"

"好吃！"两个孩子是齐声应的，只是郑彧说得要响亮些。

乔奉天笑得蛮开心的。

吃完饭还不到去上学的时间，乔奉天也不着急，把郑彧招过来，指了指自己面前的小马扎。身为一个吃美妆美发这碗饭多年的资深从业者，他看郑彧的

120

辫子看得久了，心中的别扭让他手痒难耐。

这父母的手是得多"废"才能把孩子的头发扎成这样？这手是刚长出来的吗？

有文化的人都这样吗？

"叔叔要帮我梳头发吗？"郑彧坐在马扎上抬头，盯着乔奉天精致的鼻尖，"叔叔会吗？"

"我小叔是帮人理头发的，梳头发梳得可好了。"小五子不容他人置疑，坐在沙发那头，支着下巴正经地出声说。

"等着看吧，给你扎完你就知道了。"

郑彧的头发明显遗传了郑斯琦的，乌黑油润，握在手里像一束厚厚的绸缎。她的头发及肩，倒不是很长，倘若长大能留到腰那儿，也不知道会好看成什么样。

乔奉天用了一把气囊梳，是外国的一个牌子，无论把头发怎么搓洗揉弄，拿它梳一梳都会变得很柔顺。气囊梳掠过头发丝的时候，会发出哗啦哗啦的动静，惹得郑彧缩着脖子忍不住地笑。

"来，别乱动。"乔奉天拿手托起她缩着的下巴，"抬抬头。"

郑彧用手掩着嘴说："嗯嗯，不动。"

小五子看他们就像看一出把戏。

乔奉天给郑彧梳的还是两条马尾辫，只是辫子的高度放低了，不至跟紧抓着头皮似的那么疼。那样扎久了容易造成毛囊发炎，局部脱发，发隙也会逐日增大。而且他解开了头绳才发觉，郑斯琦给郑彧用的是塑胶的细圈皮筋，扎在头发上又紧又涩，松也不好松，解也不好解。这会儿他就给换成了绒面的皮筋，扎着更舒服些，也绑得结实。

郑彧被乔奉天的手抚得懒洋洋的，舒服得就想这么往后一靠，干脆睡在他的怀里好了。那感觉应该就像仰进一团流云里一样温煦柔软。

"行了，看看吧。"控制不住职业习惯，乔奉天虚擦了擦郑彧的后颈，佯装扫去了一层碎头发。

121

小五子在对面端着一面台镜，正对着郑彧的脸："你看吧，我就说我小叔梳头发可好看了，你自己看，多好看！"

乔奉天给郑彧换了一个分发比例，原先是五五分，他给改成了三七分。在发尾那里，他挑了一缕头发出来拧了两圈，翻出了一个类似毛衣针脚里的铜钱花样式。

仗着长得可爱，原先一高一矮的辫子郑彧都勉强 hold（撑）住了，现在的新发型大方又不失童趣，整饬里又带俏皮。

郑彧伸手自己捧着镜子，盯着都不愿挪开视线了："好看得不得了，叔叔好棒……"

乔奉天把梳子上的头发拈干净了："一般，一般。"

"是真的！枣儿好喜欢你啊！"

乔奉天给说得愣了愣，看郑彧站起来转过头，鼻尖都泛着粉了："哎？"

郑彧干脆上前一步，猛地往乔奉天的怀里扎去，双手揽紧了他的脖子。

乔奉天环着她的腰，哭笑不得地望着不明所以的小五子："小心，小心。"

"乔叔叔……"郑彧自顾自地把脸埋在乔奉天的胸口，闷不吭声地贴了一会儿。

"怎么？"

"枣儿能亲你一下吗？"

"啊？"他又愣了一下。

郑彧仰起脸，都没等乔奉天回答，就在小五子瞠目结舌带着醋意的目光下，凑到他的腮边，捧住他的脸用力地亲了一口，亲完像是感觉不够，又亲了一下，还拿鼻尖在乔奉天带着肥皂味的颈窝里流连地来回蹭，不舍地说："枣儿真的特别喜欢叔叔，枣儿明天还能来吗？"

算起来，这是乔奉天第一次被人真切地说喜欢。只是这个说喜欢他的人，是一个小孩儿，小得可以暂时忽略性别，小得恐怕她连"喜欢"该是什么正经模样都还说不清楚。

但是这不妨碍乔奉天的耳根不可遏制地发红、发烫。

听着窗外雨珠滴答的声音，乔奉天觉得这话要是说出来太丢人——他在郑彧的眼里找到了几乎令他受宠若惊、不含一点儿杂质的认同感与归属感。

他抿着嘴角，点了点头："好……好啊。"

郑彧拿了乔奉天的"通行许可证"，又连着两日大摇大摆地跟着小五子回家。

乔奉天懊恼自己一时口快，在问到郑彧"爸爸知不知道你在旁人家吃饭"时，小妮子也只是一味点头。没辙，他只好把人领回家给老老实实地做饭吃。

倒是委屈了小五子。原先乔奉天就疼他一个，他倒不觉得怎么样，这会儿冒出一个"横刀争宠"的郑彧，不是吵着要抱一个，就是嚷着想亲一下，忌妒得他也想一猛子扎到乔奉天的怀里撒个娇——憋着股劲儿就是不好意思说。

化"悲愤"为动力，小五子晚上一回到租的回迁房里就闷头儿念书写作业，从郎溪村带过来的连环画瞄都不带瞄一眼的。

乔梁看他像煞有介事地锁着眉头，认真得不行，就出声调侃他："怎么？明天就去考大学啦？怎么突然开窍、这么刻苦呢？"

小五子头也不抬地说："期末考试我要考过我同桌！"

嚆，这听起来到了"剑拔弩张"的地步啊。乔梁忍不住又问："哎，你不是跟爸爸说你挺喜欢她的吗？啊？你说她漂亮可爱。"他笑着捏了捏小五子的耳朵。

小五子笔下一顿，又红了脸："那……那是原来。"

郑斯琦忙得口腔里生疮，疮面红里发白，疼得喝水都像往嘴里塞刀片。

这边他刚敲完了论文初稿，点了保存键，摘了眼镜，转了转脖子，伴随着嘎吱一声脆响，感觉冒了一脑袋的"金花"，那边搁着的手机就嗡嗡地响了。事情就跟泄洪似的，马不停蹄地往他怀里奔。

"喂，您好。"郑斯琦拉开抽屉，掏出一盒拆了封的维生素泡腾片。

"请问是郑彧小朋友的家长吗？"电话那头的人说。

郑斯琦从小盒子里掏了一片泡腾片丢进水杯里，挑了一下眉："是，怎么了？"

"啊，是这样的。"对面的女声带笑，但听着有些犹疑而微微紧张的情绪，"我是'手拉手小饭桌'机构利南区的负责人，打电话是想跟您反馈一个情况，您的女儿郑彧小朋友啊，她……"

郑斯琦端着水杯没喝，一下子皱起了眉："她怎么了？您说。"

"这边负责登记的老师跟我说，您女儿……三天没来吃饭了。"

接到郑斯琦的电话的时候，乔奉天正煨着一锅小排。昨天买的菠萝是半熟的，过于酸涩，不宜生食，乔奉天就把它切成了小块和小排一起烧。锅底是冰糖倒入凉油中煮的焦糖底，配上菠萝，正好是小孩儿爱吃的酸甜口味。

他盯着那一串号码，觉得有几分眼熟，看了两秒才按了接听键。

郑斯琦口吻如常，只是能听出话里隐了几分怒意。两个人一谈，乔奉天啼笑皆非地捧着手机，这才反应过来——郑彧这小妮子跟她爸撒了谎，跟他也撒了谎。

"我现在过去方便吗？"郑斯琦问，"能报一下门牌号吗？"

"13栋402。"

乔奉天把装了米饭的电饭锅的内胆锅端上了饭桌，拿饭铲翻搅了两下米饭，接着弯起手指头嗒嗒地叩了叩桌面。郑彧和小五子活像听见到点喂食的信号，从林里探出头来的两只金丝猴，立刻从沙发上直起了身。

"开饭了吗？！"

乔奉天摸了摸鼻子，看着郑彧那副天真无邪的样子，不由得扶额冲她如实说道："枣儿……你爸要来逮你了。"快去里屋躲躲吧。

郑斯琦印象里的枣儿有一说一，有二说二，黏他黏得像块狗皮膏药。他哪儿能想到她张嘴就胡说，还天天准点往别人家钻？他停了车，在铁四局的小区里来回转了三圈，什么犄角旮旯的地方都钻了，愣是没找到13栋402号。

他扯了扯衣领，没办法，又拨了电话。

"嗯，你说。"

郑斯琦清了清嗓子："不好意思，那个，我没找着13栋。"

乔奉天回头看着郑彧扯着小五子急得在屋里乱转，摸了摸脖子："长着爬山虎的那一栋，你找着了抬头看，四楼东头那个窗台上摆了一盆滴水观音的就是我家。"

"爬山虎是吗……"郑斯琦退了两步往上看，"我是在这栋楼下，但牌子上没写着'13'。"

"别看那个玩意儿，它掉漆了。"

"……"

咚咚咚，门被敲响了。郑彧听了如临大敌，抓着小五子的衣摆就往厨房里小步后撤。小五子给拽得没辙，只能半展着手臂，像煞有介事地挡在郑彧前头。

"乔善知，我害怕……"

"你……你别怕！"

也不知道他们演的是哪出儿童剧。

乔奉天哭笑不得地开了门，见郑斯琦把薄外套脱了搭在胳膊上，正抿嘴立着。

"打扰了。"

"不会……"乔奉天侧身让他进来，"您……您别太生气，这事是我不对，没想着打电话跟您确认一下，小孩儿还小，您别……"

"放心。"郑斯琦伸手轻轻地拍了拍他的肩，抬脚进屋，"我不打她。"

他走了两步又回头冲乔奉天笑了一下："你看我像那样的人吗？"

那可说不准，乔奉天在心里想。

郑彧听了郑斯琦进屋的动静，真当他是来提溜着她的领子兴师问罪的，连忙把手搭在小五子的肩上，怯怯地在门框处探出了半个小脑袋探视。

"过来。"郑斯琦站在客厅里，解开了衣服最上面的两颗扣子，语调不急不缓的，抬手虚指着厨房。

"嗯。"郑彧立刻就把头缩了回去，连带着将小五子一起给扯了回去。

125

"还躲？"郑斯琦挑眉，"郑彧，我数到三，出不出来你自己看着办。"

"一。"

郑彧不出来。

"二。"

郑彧还不出来。

"三。"

郑彧就是不出来。

"郑彧，我跟你说，你听好了，从今天起你在厨房里跟乔叔叔过吧，我每月给你付房租和水电费，你就别出来了。"说着郑斯琦就弓腰拾起了沙发上的外套，搭在胳膊上，"我先走了。"

"不，不，不！一二三！一二三！"

郑彧噌地就钻出来了，隔了一米直直地立在郑斯琦面前。她深深地低着头，噘着嘴，小肉手紧紧地攥着衣服的荷叶边："爸爸，对不起……"

乔奉天在一旁干看着，尴尬得不行，挥挥手让小五子来自己身边待着，别在厨房里傻愣愣地望着。

"我问你，"郑斯琦推了推眼镜，"来几天了？"

"三天了……"

"头发不是语文老师帮你扎的吧？谁给你扎的？"

"乔叔叔……"郑彧抬起一根白嫩的手指指了指乔奉天。

"你是怎么糊弄'小饭桌'的老师的？"

"我说妈妈从国外回来了，带我回家吃饭……"

郑斯琦听完怔了一刻，见郑彧将头低得更深，整个人快缩成了嫩粉色的一小团。

关于李觅涵的离世，郑斯琦从来没有给过郑彧一个或是客观冷静，又或是不合乎常理的解释。诸如"你的妈妈已经不在人世了""你的妈妈正生活在一个没有苦难的天堂呢"这样的话，他从来没说过。

从一臂长到如今一米高，郑彧也几乎没问过母亲在哪里。只有一次，是在两年前幼儿园会演的时候，她奶声奶气地问："爸爸，妈妈呢？别的小朋友的妈妈都来了哟。"

因为说"妈妈"的次数不多，郑彧连对这个词的咬字发音都显得生疏而不自然。

"她在国外，要等几年。"郑斯琦当时只这么回了一句，连他自己对这段记忆都模糊了，郑彧却闷不吭声地记到了现在。父女俩像心有灵犀似的守着一个实则心照不宣的秘密，你不问，我不提。

郑斯琦觉得自己给女儿的爱貌似周全，实则漏洞百出，心里蓦然感到心疼、内疚、难受，被郑彧瞒哄的几分不悦顷刻烟消云散，连万分之一都不曾留下。他蹲下来，冲郑彧勾了勾手。

郑彧向前挪着步子，又不敢贴郑斯琦太近，只能虚隔着一点儿距离，继续低着头。郑斯琦伸手去抬她圆润的下巴，摸了一手冰凉的泪珠，软和了语气："别哭。"

郑斯琦笑着把她往怀里揽："爸爸还没骂你呢，哭什么？"

插不上话，乔奉天就连忙拿了一盒面巾纸递过去。

郑斯琦冲他点了一下头，抽了两张纸，揉成一团，低头往郑彧的脸上擦去："为什么不想去'小饭桌'吃饭？"

郑彧闭着眼睛任郑斯琦小心地揩着脸颊上的泪水："学校里有人说，爹不疼妈不爱的小孩儿才去'小饭桌'呢，等我们再长大点儿，爸妈就不要我们这些小孩儿了。枣儿一点儿都不想去那儿吃饭。"

乔奉天听了这话不由得在心里"啧"了一声。谁教出来的孩子？嘴怎么那么欠打呢？

"那怎么不和爸爸老老实实地说？你怕爸爸不让你来？"

郑彧睁开眼睛，眼眶像发了红疹似的泛着粉，鼻头也擤得发亮，连说话都带着饮了雾霭似的浓重鼻音，听着像一支浸了水的小长笛的声音："因为和爸爸说了，爸爸就不会让我去'小饭桌'了，然后就会每天中午找时间来接我了，然后就会自己烧饭给我吃了，然后就会耽误工作的。"

127

贴心可人的话是一套又一套，郑斯琦深知只能信一半："爸爸的工作是工作，乔叔叔的工作就不是工作了？老实说。"

郑彧噘着嘴看了一眼郑斯琦，又看了一眼乔奉天，低头把脸往眼前人的肩窝里埋，害羞似的嘟囔着："因为乔叔叔做的饭太好吃了……

"因为我喜欢乔叔叔家……

"因为我喜欢乔叔叔……"

郑斯琦心想：我就知道。

他伸手往她胳膊的软肉上轻轻地拧了拧，推了一下眼镜："不管怎么样，以后要说实话，知道吗？"

"嗯！"

等郑斯琦站起来面对着乔奉天的时候，年龄加起来有六十多岁的两个人都自觉尴尬、愧疚。

乔奉天心虚自己一个二十九岁的人了，半点儿心眼儿不长，信了一个小丫头哄人的话，也没想起来打电话给人家的家长确认一下。

郑斯琦心虚自己忙得连女儿都没照顾好，要不是问了班主任，知道郑彧是跟着同桌一块儿回去的，想起来给乔奉天打电话问问，他现在连郑彧在哪儿都不知道。回头等女儿被人拐走了，他还坐在电脑跟前毫无知觉呢。

结果找到郑彧后，他还在人家的家里来了套事后"耍威风"，虚振了"父威"，挺丢人的。

"对不起啊。"

"对不起啊。"

两个人极默契地同时开口，音调都是一样的，不由得对视了一眼，又同时尴尬地一左一右偏过了头。

"枣儿给你添麻烦了。"郑斯琦说。

乔奉天摇摇头，勾了勾嘴角："多一双筷子的事，有了她还省得剩东西了，挺好的。"

"那我就带她先走了，有空——"

"那什么……"乔奉天打断他的话,"吃饭吧,吃完饭再走吧。真没事,真的就是再添一双筷子的事。饭都做好了,我去端。"

郑斯琦看着他往厨房走去。

乔奉天在绿油油的花架那儿回头,给了郑斯琦一个短促而澄净的微笑。

菠萝小排里还添了铁棍山药,煨出了浓郁的蜜糖色,盛在一个敞口陶瓷盘里。另外乔奉天又清炒了一份荷兰豆,里面只搁了一撮鸡精提鲜,嚼着清脆微甜。家里实在找不出多余的一副筷子了,乔奉天就咂嘴拿了一长一短的单根临时拼凑了一副。碗也是从柜底掏出来的,巴掌大的黄色陶瓷碗上印了一个偏了色的海绵宝宝。

"要不……"郑斯琦推了推眼镜,把筷子往桌子上戳了戳,"要不我还是带枣儿出去吃吧。"

郑彧听了这话默默地噘起了嘴。

"别。"乔奉天阻拦道,将手里的筷子往前递,"你们不吃就剩了,用不惯这副筷子就给我,你用我这副。"

"用着还算顺手。"

小五子和郑彧都老老实实地坐在饭桌旁,一边坐了一个。郑彧一边擤着鼻子,一边举着筷子盯着油亮的小排,余光瞄着郑斯琦,不敢率先下筷。

郑斯琦先夹了一块铁棍山药,放在热腾腾的饭上,焦糖粘在米粒上微微拉出几根琥珀色琉璃般的细线,风吹即断似的剔透纤细。他张嘴咬了一口,将山药卷进了嘴巴里。

乔奉天在调味时,用盐用糖随意却精准,仿佛信手一拈就拈中了想要的克数。他做菜既不倚靠重油,也不依赖重酱,多是放些许盐、些许糖,偏好突出食材本身的滋味。

说得玄乎些,郑斯琦竟从中吃出了一味诚意、一味人情——诚意得把味蕾上的功夫做到了极简下的极致,诚意得如同把对生活细枝末节的心思炒进了干干净净的一盘佳肴里,熏出十足的人间烟火气。

"怎么样?"乔奉天问。

"好吃。"比利南大学教职工食堂里的饭不知好吃了几百倍。

郑斯琦的自然一科自小学得不好。在他心里，树就是树，花就是花，何苦分门别类，像温柔地对待一个女子一般仔细通晓个中习性？他总是少了一点儿出世而入境的灵性，体悟某样事物的能力也扁平了些，所以关于文学的工作，他也自知如今只能做到教书育人这般最基础的地步而已。

所谓大家，在旁人不知道的地方，都是别具慧眼的。而他还不行。

郑斯琦站在乔奉天的花架前，伸手小心地摸了摸龟背竹的油润叶片。就这个他还认识些、知道些，因为郑寒翁在小院里也养了一盆，只是没乔奉天养的这株这么茁壮蓬勃。

郑斯琦只摸了一下就立刻放手——自己命里克花草，别这么摸一下就把它弄得枯死了。

小五子和郑彧玩得正欢，乔奉天在厨房里洗碗，一时不知道该干什么好的郑斯琦，就也跟着进去了。

常年做饭的厨房是干净不到哪儿去的，即使是手脚再勤快的人，也抹不净长年累月层层积累的油污，至多收拾得整齐敞亮。进了厨房，郑斯琦觉得脚下的地砖不及客厅的走着那么干爽了，有些黏黏的。他低头一看，才发觉自己没换鞋。

"对不起，刚才没换鞋就进你们家屋子了。"

"拖一下就干净了。"乔奉天回头看了他一眼，拧开水龙头，乐道，"你们家枣儿跟你一个样子，不换鞋不肯进门，还真是你教出来的。"

"我是我姐吼出来的，枣儿也是给她姑吓出来的。"郑斯仪的说教一代传一代，仿佛她在嘴巴上安了永动机，比庙里的老和尚念经还准、还勤。

"难怪。"乔奉天低着头，手里的碗盘碰在一起叮当作响，"对了。"

"嗯？"郑斯琦往前走了一步。

"你是怎么知道枣儿来了我家的？"

郑斯琦指了指自己的眼睛："看眉毛和眼睛。"

乔奉天不知何意："啊？"

郑斯琦笑了一下，接着说："我先给班主任打了个电话，她说记着枣儿是跟着同桌一起出校门的。那孩子我前几天在车里远远地见过一次，眉眼和你的非常像，我就差不多猜到了。"

乔奉天和小五子的眉毛都像两片窄长的浸墨竹叶，带着密密匝匝的纹理，在眉骨上贴得平整；眼睛都是眼白清澈，瞳孔黑如点漆，如同一潭深色的湖水。任谁看见都觉得印象深刻，都觉得他们有八分相似。

只是要说有什么不同的地方，也有。小五子的年龄小，眼下饱满发亮，而乔奉天的眼下则泛着淡青颜色；小五子憨实，眉眼总是松快着的，而乔奉天不笑的时候，眉眼则总是微微绷着的。

希望他能多笑笑，那样比较好看。

郑斯琦不知道其他人见了乔奉天，是不是也跟他一样，会有这样多管闲事似的跳脱想法。

乔奉天没接话，郑斯琦就一同安静地站着。小小窄窄的厨房里，只能听见自来水流动的轻微动响。

开春的自来水多半温不到哪儿去，甚至比三九天的水还要再凉几分。水龙头是老式的，调不了水温，乔奉天只能用冷水洗着盘子和碗，没一会儿就被激得指头发红、掌心发白。

他按了按洗洁精，就挤出了半滴，拿起塑料瓶晃了晃，才发觉剩的最后一点儿昨天就挤完了。

乔奉天伸手打开头顶的储物柜门去拿新的，可惜瓶子放得靠里，挺难够的，就向上踮了踮脚，伸着指尖去够，结果把瓶子推倒了，洗洁精骨碌碌滚得更靠里了。得了，这回他蹦起来都够不着了。

乔奉天皱着眉想：我是脑子里进水葫芦了，把它放那么高。他琢磨着要不去搬一个小马扎来。

"我来拿。"

郑斯琦上前，伸手帮忙拿下来。

131

"给。"他身高手长，拿它就跟玩似的，眼睛都不带眨。

"谢谢。"

"顺手的事。"郑斯琦推了推眼镜，退开一步，指着乔奉天的手，提醒道，"你的手。"

乔奉天顺着他的视线往自己的指尖看去。

"冻疮在流血，快把手上的水擦干。"

这个程度算是轻的。两年前利南市袭来百年不遇的寒流，下暴雪。乔奉天的手在元旦前就发了细细密密的小红点，元旦放假那几天的客人又应接不暇，他忙得不可开交，剪子、推子不离手，愣是把手冻得流血、流脓才感觉到了疼。

直到现在，他的指缝里还有褪不掉的红印子。

"没事，没事。"乔奉天不在意地揩掉了从冻疮处渗出来的血珠，血和水渍融成了浅色的一团液体，"小事。"

"啧。"郑斯琦皱了下眉头，"别什么事都当小事。家里没药吗？"

被这么一说，乔奉天有点儿不好意思："有，在里屋。"

郑斯琦点了点头，不知道乔奉天的局促，抓着他的衣袖扯了扯："走，给你处理一下。"

到了里屋，乔奉天坐在床上，郑斯琦就准备蹲在床边。乔奉天尴尬得要死，盯着他的发旋儿，坐也坐不住，赶忙挪着屁股下来陪他一块儿蹲。

郑斯琦看了他一眼："咱俩非要这么蹲着吗？"

乔奉天摸了摸鼻子，皱了皱眉："那……那你别蹲着，你蹲着我坐不住。"

"行吧。"郑斯琦抬腰坐在了床上。

乔奉天也老老实实地坐了回去："我自己来吧。"

"你又不顺手。怎么，尴尬啊？"郑斯琦摆弄着药箱里的一小瓶碘附，低着头笑。

乔奉天顿了顿，挑眉："可不吗？"

"你别不自在，就当我是医生。"

乔奉天突然乐了："医生有给人包冻疮的吗？"

132

"肯定有。你要是花钱的话，耳鼻喉科的主治大夫还能给你掏耳朵呢。"

郑斯琦虽然四体不勤，但认真做起事来也细心得很。他顶了一下鼻梁上的眼镜，把两根干净的棉签并在一块儿，揩去了乔奉天冻疮处的血渍，又把蘸了碘附的新棉签仔细地抹在乔奉天的指头上，再来回均匀地涂开。

"不疼吧？"郑斯琦看了他一眼。

乔奉天摇了摇头："不疼，就是有点儿凉。"

"得亏涂的是碘附，是酒精的话就是揪着心地疼了。"郑斯琦把用过的棉签攥在了另一只手里，"你知道冻疮为什么一年长，之后就年年长吗？"

乔奉天继续摇头。

"免疫复合物。"郑斯琦又拧开一支红霉素软膏，挤了一粒黄豆大的药膏在自己的指尖上，再以打圈的方式在伤口上抹匀，解释道，"冻疮会让局部的组织血管产生一种叫免疫复合物的东西，这种物质不太会被机体吞噬细胞完全吞噬，常常残留于局部的组织血管中，所以形成痼疾长期存在。到了第二年冷的时候，局部残存的免疫复合物相互作用，形成局部免疫反应，诱发冻疮，又叫习惯性冻疮。"

乔奉天听得一愣一愣的。他冲郑斯琦大张着两只手，姿势就像是新涂了什么了不起的东西，要炫耀给郑斯琦看一样。

"还真是个'医生'。"

"都是从网上看的。"郑斯琦拿纸擦了擦手，叮嘱他，"所以一年四季你都要做好保暖，冬天的时候，尽量不要把手套摘下来。"

"那个没用，我的手焐不热，戴多久手套都焐不热。"

郑斯琦继续说："那我回头去找电子专业的老师问问，让他们给你改装个手套，在手套上装个小电池，改成电热的那种，像电热毯那样，他们好像会。"

乔奉天抬头："真的啊？有这种东西？"

郑斯琦也抬起了头，盯着他眨了眨眼，倏然眼睛一弯笑开了："我跟你开玩笑瞎说呢，你还当真啦？没看出来，你真的还挺天真的。"

乔奉天："……"

他心想：换成杜冬、何前在这儿，他们早就一巴掌呼你脸上了。

郑斯琦把剪短的绷带一圈一圈地缠在乔奉天的指头上，缠到透而不薄的程度才停下，再用一小截医用胶带牢牢地粘住。

其实仔细看，乔奉天的手和自己的很像，都是血管微凸，指节瘦长而骨骼分明的那种，只是自己的手要更宽厚些、红润些。另外自己的薄茧长在中指上，抵着粉笔的那里；对方的厚茧生在虎口处，贴着剪刀柄的那里。

"郑老师。"

"嗯？"

"枣儿的妈妈是……在国外吗？"乔奉天问。

郑斯琦很自然地将实话告诉他："没有，我骗她的。她妈妈去世了，五年前吧。"

乔奉天刚才就猜到了，但是不确定。他接着就没有再说话。

有人总以为诸多东西——伦理道德也好，人情世故也罢，是约定俗成的，是有一套必守的规矩的。但若不身在其位，人往往就不易完全摒弃个人情感与偏见去客观地看待一件事。

单亲父亲，做得好，是理所应该；做得不好，是无能，是不负责，是无担当。言行往往是自己的，对错却成了他人嘴里的，定会有很多人擅自认为自己是能评上一句话的那一个。

乔奉天看着郑斯琦。他是背着光的，郑斯琦是正对着光的，正午的日光从窗外涌进，带着暖融融的温度和过曝了的亮度。

郑斯琦领着郑彧，从语言到表情，再到外在的管理，在人前无一不周到，无一不得体，对周遭都怀有善意。

他真的很不容易吧。

"你上次送的水龙鱼很好吃，也很香，我和枣儿后来一人分了一半。"处理好了伤口，郑斯琦站起来理了理衣摆处的褶子，把垃圾扔进了床边的垃圾桶里，"那个保鲜盒还在我家，下次我抽时间给你送回来。"

乔奉天搓了搓渐渐升温的手指头："以后就让枣儿在我家吃饭吧。"

郑斯琦停下了手上的动作，偏过头冲他笑："那怎么能行？"

"真没什么不能行的。两个人我是烧这么多的饭，三个人我也是烧这么多的饭，多她一个人还不会浪费东西。这样小五子也有人陪着一起玩了，何况枣儿也不喜欢'小饭桌'，也省得你在学校惦记着。"

乔奉天挺心疼郑彧的，也挺喜欢这个总爱玩他的头发、乐意在他耳边跟他说"喜欢"的小丫头的。

他继续说："还是你觉得，枣儿和我……"说到这儿，他顿了一秒，"和我这种人接触多了，不太好？"

郑斯琦听了这话，就看着他说："其实有些事情，只要你自己不那么认为，别人是不会那么想的，至少我不会。"

既不刻意拔高，也没有像煞有介事，郑斯琦只是在很平常地陈述。

乔奉天听完笑了一下。

"但是……"郑斯琦不可能心安理得地把郑彧这个骄纵惯了的小"包袱"交给乔奉天。

"想要感谢的话，就劳烦你带着你的朋友以后多来我的店里理发、烫发，多'怂恿'同事来店里办卡。除了美发，文眉、种睫毛什么的，杜冬也会，真的，全仰仗着你打广告了。"

郑斯琦听他说完，没来由的，特想笑。

他没有拒绝乔奉天的邀请。一是怕自己婉拒了，真的会让乔奉天误以为自己对他这个人有偏见；二是答应了，自己真的能轻松不少。但借着别人的好意而自顾自地躲懒，他私下里再想想，觉得自己挺无耻的。

比起郑斯琦的惭愧心情，郑彧简直乐得要上天了。

她真的是喜欢极了这个叔叔。为什么有人能做饭做得那么好吃？为什么有人扎头发能扎得那么好看，还一天一个花样不带重复的？！爸爸为什么不会？爸爸为什么做饭做得那么难吃？爸爸和叔叔难道不是一个星球的人吗？

郑彧皮球大的脑袋里盛了不少专门抹黑郑斯琦的想法。

135

郑斯琦坐在书房里，穿着件宽松的灰色薄羊绒卫衣，一条长长的腿支在电脑椅上，下巴搭在膝盖上。手边的杯子里泡了一袋挂耳咖啡，杯上袅袅地升腾着一层薄汽，氤氲开一股咖啡豆的辛香。

郑彧捧了一本数学练习册，站在门边，伸手敲了敲门框。

"行了，别敲了。"郑斯琦冲她招了招手，"过来吧。"

郑彧小跑着过去："爸爸，我不会写。"她一边说，一边把练习册翻开，小手指着一块儿空白处，"这道题，枣儿真的不会。"

郑彧的成绩算不上多好，在中游晃荡，但至少脑子不笨。郑斯琦也不着急，不太想在孩子年纪还小的时候就成天耳提面命地管那么严，她多玩几年也来得及。

"来。"郑斯琦接过练习册，把郑彧往自己大腿上抱，"数学是吧，我来给念念。"

郑斯琦把眼镜戴上，低头往练习册上凑了凑："在茫茫的大海上有一艘运货的船……这艘船上一共有75头奶牛、34头绵羊……还有菠萝和桃子各20箱，请问……船长今年多少岁？"

郑斯琦推了推眼镜，心里却道：这都什么东西？耍人玩吗？现在小学生的题目都是这么个剑走偏锋的路数吗？！

"呃……这个……"

郑彧侧过头，满脸求知欲地望着郑斯琦："爸爸也不会吗？"

郑斯琦心想：会才有鬼了好吗？！

"没，爸爸会，爸爸帮你写。"

郑斯琦拉开抽屉掏出一支钢笔，拧开笔帽甩了甩墨，拿笔尖抵在练习册上，利落地写了一个英文短句。

郑彧将下巴搭在桌子上，看不懂英文的意思，就转头努着嘴问他："爸爸写的是什么呀？"

"You guess.（你猜。）"他张口就是标准流利的发音。

郑彧听不懂意思，但知道这是英语，便将信将疑地说："这是数学题目呀……"

"不怕。"郑斯琦捏了捏她的两个小鬏鬏——这是乔奉天今天给她扎的哪吒同款发型——让她放宽心,"爸爸保证,老师不会给你批错的。"

这种题目谁当真谁是傻子。

郑彧解了惑要走,郑斯琦抱着她不放:"别跑,跟爸爸说说话。"

郑彧好几天没黏着他了,听见这话就咧着嘴往郑斯琦的怀里拱了拱:"爸爸想说什么?"

"你说,你这几天老在你小乔叔叔家待着,你觉得他会喜欢什么东西?"

礼尚往来是人情交往的本分,郑斯琦不太好明着给餐费,乔奉天也一定不会收。他就想着怎么能婉转迂回、合情合理而不逾矩地还乔奉天这个颇大的人情——那就只能送东西了。

"花!草!树!"

郑斯琦暗自想:去过他家的人都知道,还用你说。

郑斯琦拧了拧她的耳朵:"我总不能半夜掘了二环路上的玉兰树送他吧?你搬得动吗?"说完,他灵光一闪,打了一个响指,勾起嘴角,凑到郑彧的耳朵边小声说道,"你说咱们把爷爷家冰箱上的那盆小叶紫檀端走送给他怎么样?"

那是几年前老家的亲戚送给郑寒翁的六十岁贺寿礼,品相优良,自带仙风,顶好的一株文玩盆栽。郑斯仪悄悄地拍照让人估了价,回来瞪着眼珠子给郑斯琦比了四根手指头,活像赚了一笔大钱。

"那爷爷会打你的!"郑彧拨浪鼓似的摇头。

"行,行,行,你别晃脑袋,爸爸看着晕。"郑斯琦笑着摸了摸鼻子,"何止打啊,隔天就得领着我去派出所把户口本上的父子关系那一栏给改了。"

郑斯琦和郑彧支着下巴继续想。

"药!"郑彧一拍自己的大腿。

"药?"

郑彧点头:"嗯,今天小乔哥哥,不,不,小乔叔叔,小乔叔叔的手又流血了,所以需要药!"

137

"不是前几天才给他包扎过吗？"

郑彧眨了眨眼睛："因为叔叔说洗碗裹着绷带不方便呀，就把绷带全拆了。小五子说会继续流血的，他就说'没事，没事'，然后果然又流血了……"

"啧。"郑斯琦把马克杯端到嘴边，咽了一口咖啡。

印象里，像乔奉天这么喜欢说"没事"的人，郑斯琦没见过几个。乔奉天总是把"没事""我没事""没别的事"挂在嘴边，潜意识里把这话当成了口头禅。可这样的人，越是把"有事"当"没事"，越是不表现出一丝弱势来，偶尔的一点儿异常，偏偏更能让人如鲠在喉。

郑斯琦知道，有的人说"没事"，不一定是真的没事，那已经不是在说遁词了，那应该是越过了他心里真实的愿望，成了本能的一种反应了。

这种人，往往身上背负了东西。

郑斯琦把眼镜摘下来摆在一边，突然想起那天在乔奉天的房间里，在他的床头柜上，看到了一瓶玻璃盏的熏香。那种气味像加水稀释过一般淡，有着柑橘类的微微酸甜。

隔天郑彧再去乔奉天家吃午饭时，乔奉天的手已经要结痂了。只是不像是变好，倒像是变得更坏了，看着微微发肿，就像他自己的那个小坛里，才腌渍好的一串嫩红姜。

等乔奉天把一条蒸好的葱丝鲈鱼端上桌，郑彧变戏法似的从小书包里捧出了一个盒子，小手仔细地端着，伸手举到乔奉天的眼前。

"怎么了？"

郑彧脆生生地说："爸爸让我给你的。"

乔奉天接过盒子后挑了挑眉，里面别是一沓伙食费吧。

郑彧走回桌边，小五子端着碗凑到她跟前问："是什么啊？"

郑彧冲他笑嘻嘻地眨了一下眼睛，眼明手快地夹了一口嫩白的鱼肉："是惊喜吧。"

乔奉天坐在沙发上，朝手指头上哈了一口热气，把盒子仔细地拆开，低头一看——里头躺着一个一寸半长的黄铜莲花样式的实木香筒，边上附了一盒精致的线香，盒子上还印了烫金的"雪泥鸿爪"四个字。

乔奉天把装着线香的盒子拆开，端到鼻前嗅了一下，刚开始嗅着味道非常淡雅芳香；再嗅便是醇厚，如同高大杉木处于一片密林之中，甘凉而有日月之气；第三次嗅则有甜味，带点儿蜜韵。

乔奉天不是"香痴"，也不大接触这些东西，但只凭眼睛去看，鼻子去闻，就知道这是好东西。他低头看着这么一个小方盒，小声地叹了一口气，一时不知道说什么好。

他掏出手机噼里啪啦地给郑斯琦发了条短信。

手机号码是上次郑斯琦过来的时候留的，当乔奉天再次把这人的名字添进通讯录里时，他蓦然有一刹那失而复得似的欣愉之情，不可名状，非常微妙。

郑斯琦正在教职工食堂里吃饭，总共就一勺上海青、一勺血旺配豆腐，咸得他连要了三碗西红柿汤。听见手机振动的声音，他掏出手机来查看。

"郑老师，您这东西我不能要，我让枣儿晚上带回去。"

郑斯琦夹了一筷子米饭塞进嘴里，用短信回复："别，收着。"

"您这是赔本。我一天做一顿饭够三个人吃，至多花二十块钱，匀到枣儿头上连七块钱都不到，您这一盒子东西直接把枣儿下半年的饭都给预订了。"

郑斯琦见他算得清清楚楚，不禁用手抵着鼻尖低低地笑出声来，继续回："见你屋里有熏香，就心想你应该喜欢，喜欢的话你就收着。"

乔奉天扶额，倚着沙发噼里啪啦地打字："老房子里有蟑螂，我是嫌被子一股樟脑丸味才摆了一个的，我真不讲究这个。"

"那我给都给了。"

"您……您可以把它退了。"

郑斯琦喝了一口汤，回复："这是我同事从国外带回来的，我没花钱，你安心使，我用不上。"

"敢情您是借花献佛。"

郑斯琦又乐了："对不起，你让枣儿把它带回来给我，我回头自己买一份新的再给你送去。"

"我不是这个意思！"

"嗯，所以，收着吧。"

这人怎么和他一开始的"人设"不太一样……乔奉天盯着手机屏里的对话框，咬了咬手指头。

手机又振了，乔奉天点开一看，还是郑斯琦发来的："注意你的手。郑彧回去要还是总说你的手流血，下次你可能会直接收到一台快递送来的洗碗机。"

乔奉天刚要回复，又紧跟着收到了一条短信："别不好意思，到付。"

乔奉天读完，差点儿笑出声来。

他是完全舍不得拿这线香来熏樟脑丸的味的，要不然得多铺张、多奢侈？等他七老八十有个院子养条狗了，每天闲来无事能喝茶逗鸟不操闲心的时候，他差不多能玩玩这些东西。

这辈子八成是不用想了。

乔奉天拉开了卧室的一扇移动柜门，把香筒和线香仔仔细细地又放回了盒子里，理了理柜子里几件换洗的衣服，腾出一块四四方方的空隙，把盒子小心地摆了进去。

等拉上了柜门，乔奉天又忍不住抬手嗅了嗅指尖。很神奇，他只是那么拿起盒子触了触，指头的肌理中就染上了线香的淡淡余韵。

## Chapter 07
## 校运动会

隔周天晴，春和日暖，杏雨梨云。

李荔这天早早地来到了理发店里，心情颇好，欢快地哼着一首民谣，调都跑去姥姥家了。跟太阳打西边出来似的，她手脚麻利地替杜冬调好了软化发尾的定型剂，又跑去门外的路牙子上收拾晾出去的一排干发巾。

乔奉天正低头帮一个年轻男人推头，瞄了一眼李荔，见她穿了一身水红色的新衣——双排扣式的水红色短外套，里头搭了一件半高领的黑色打底衫，底下是和外套同色的 A 字裙，脚下踩着一双半高跟鞋。

一身张扬的颜色，胜在她的面庞俊俏年轻，称得上是衣衬佳人。

乔奉天挑眉，玩味地看了一眼杜冬，朝她抬了抬下巴，说道："中彩票了？"

杜冬弓腰把定型剂一层层地抹在客人的发尾上，嘴角噙着笑，眼睛也弯成了细细的一道缝："她倒是想。"

"你也不对劲。"乔奉天盯着他。

"我正常得很。"

乔奉天关掉了电推剪，把手往他的下巴上一指，瞪着他说："你小子在职高考试的时候，一跟我作弊就恨不得在脸上挂个'我在抄给你看呢'的牌子，你别跟我装蒜。"

杜冬心思浅，不是能藏住事的人。

"嘿嘿。"果然他憋不住地扬了扬眉，咧起了嘴，"你猜呗。"

"你们等会儿要去领证？"乔奉天重新打开电推剪，眼皮抬也不抬地说。

杜冬勾起的嘴角霎时间咧到了耳朵根。

乔奉天手下的电推剪不由得顿了顿，他抬起头怔了一刻，眨了眨眼睛，上下扫视了杜冬一圈，惊讶道："真的啊？！"

"我们就先登个记，不办酒席。"

理发的客人也像是得了什么值得一听的消息，两个人都回头玩味地看着这个人高马大的光头理发师，看他满眼拘不住的亮堂笑意。

李荔推开了门，把手里的干发巾一条条地码齐在胳膊上抖抖，在阳光下飞扬出精灵一般细小而缥缈的灰尘。她抬手冲乔奉天打了两个脆亮的响指。

"怎么？"柳叶尖似的眉尾飞扬，她恃宠而骄似的瞟了一眼杜冬，接着冲乔奉天努嘴，"瞧你那大惊小怪的样！我一个二十五岁的大姑娘配不上你的冬瓜兄弟？"

乔奉天失笑："我不是这个意思。"

他拨了拨刘海儿，来回又看了正笑着的两个人一眼，只是不太敢相信："你俩……你俩之前都没提过，突然就……"

杜冬摸了摸脑袋，粗犷如他也有了几分局促腼腆的样子："也就昨儿，我陪她看了场电影，她看完哭得不行，晚上就抱着我说……"

"闭嘴！"李荔抽了一条咖啡色的干发巾抬手就要往他的身上抡。乔奉天私心想听他接着讲，就连忙伸手去护、去挡。

见有人撑腰，杜冬便有恃无恐地蹦着往后躲。

"你不许说！"

李荔绕着乔奉天追，杜冬绕着乔奉天躲。乔奉天像是只展翼护崽儿的老母鸡，和李荔脸对脸，眼对眼，又互相觉得幼稚可笑似的绷不住地露出了一口白牙。

"你跑？你再跑！"

杜冬伸头往前一探，仗着进入了"单身倒计时"，便恶从胆边生，冲她瞪大了吊梢眼："你敢说，还害怕别人听是吧？你不让说，我还就非想说给别人听听了，你说怪不怪？"

杜冬一只手搭着乔奉天的左肩，另一只手拽着他的围裙的带子，扯着他做盾似的原地团团转。

理发的两个客人倒也不嫌理发师们耽误了时间，都透过镜子像看猴戏似的笑得起劲，有一个人干脆张嘴吹了个"流氓哨"。

"她啊，她晚上就抱着我说，她想有个家！哎哟，疼！"李荔猛地一毛巾抽到了杜冬的胳膊上，劲儿是真不小，疼得杜冬直甩手，"她说她想给我做饭，哎哟，想陪我逛超市，想，哎哟，想一起养个孩子，想和我一起变老。"

杜冬一气说完，等死似的缩着脖子僵直地站在那儿。他看不到，乔奉天却看得无比清楚——李荔的脸庞，此刻正如同暖春时令一般，浅淡的绯色一路从颧骨蔓延到鼻尖，徐缓地绽放出鲜艳的桃花，连那总是充满凌厉色彩的眼睛里，都浮着层羞赧而无措的水汽。

乔奉天第一次见李荔抿嘴沉默，却由内至外地漫溢出一份柔和如水的少女感、一份酥糯如糖的幸福感。

杜冬也察觉到了，便也不闹、不嬉笑了。他从乔奉天的身后伸出一只胳膊，温柔至极地捧住李荔一边染红而微微发烫的脸，用拇指在一小块光洁的皮肤上打着圈摩挲："行了。"

杜冬往前探出身子，乔奉天巴不得不做这二十瓦的人形"灯泡"，后撤一步给两个人让出了空间。

杜冬的脊背宽阔，总给人能支撑住天地的挺拔与安全之感；李荔如柳，乍一微微低头倚在杜冬的胸前，就像一片白帆，在日将西暮时悠然驶进了可供长久栖息的避风小港。

"别害羞啊。"杜冬低低地笑出声来，也不知道是在笑她，还是笑自己。

他虚捧着她的后脑勺儿，回头颇无奈地看了一眼客人，又看了一眼正斜倚着理发椅的乔奉天，看回李荔，笑嘻嘻地问："原本不是脸皮厚得堪比地壳吗，要当我老婆了怎么还文静起来了？"

"三天不打，你就上房揭瓦。"李荔睨他。

"是，是，是，我回去是跪主板还是跪榴梿，由你决定。"

李荔给他胸口一拳，杜冬故作吃痛，抿嘴皱眉，见对方不接招儿，又扬起嘴角笑得灿烂。

乔奉天不禁有些恍然，曾经那样颓丧消极的杜冬，如今也有如此鲜活饱满、熠熠发光仿佛要融进日光里的绚烂一刻。

李荔不是传统意义上的好姑娘，市侩、精明、嘴快心粗、好吃懒做等习性，严格来看其实她样样皆沾。她和杜冬的陡然交集，本就在乔奉天当初的预料之外。

"你喜欢她什么？"不知出于什么吊诡心态，乔奉天曾私下问过杜冬一句，现在想想倒真像是多嘴多舌。

杜冬那时也是如这般，满目温柔地搔了搔脖子："不知道……反正就……就喜欢她呗！喜欢她老是说个不停；喜欢她嘴刁，就挑好东西吃；喜欢她……喜欢她笑起来声音大；喜欢她总是健健康康、蹦蹦跳跳、无病无灾的。"接着他又抠了抠手指头，不大好意思地继续开口，"喜欢她长得好看。"

乔奉天替客人刷上了最后一层定型剂，侧头瞥了杜冬一眼，成心想坏一坏他们的气氛。

"洗手做人夫了，不考虑去植个发啊？回头在你丈母娘前一露面，人家当李荔从少林寺讨回来个对象呢。"

"哎，滚！"杜冬揽着咯咯直乐的李荔，生生给气笑了，"你损人比谁都厉害！"

乔奉天踮脚调试着烫发仪："真心话，不蒙你。"

杜冬拱了拱手："您真会惦记人。"

乔奉天笑着说："跟我还客气。"

杜冬和李荔后来领回来的结婚证，小小的两本，不及巴掌大。结婚证照片上的李荔长相甜美，杜冬长相凶恶，二人并肩微笑时却真的显得分外和谐。这么两本小册子，代表着他们是夫妻，是法律意义上的伴侣，是祈愿相携一世的爱人。

乔奉天拿指头摩挲着艳红封皮上的三个字，一时间盯着看得出了神，怔怔了良久。最后他掏出手机，咔嚓地拍了一张照，难得发了一条朋友圈，但还是无字无句。

晚上十点，何前和乔奉天约在了 Holy Mountain 见。

乔奉天在收银台登记了会员号，在昏黄的灯光下环视两圈，才看见坐在拐角处的何前。他大约是刚刚加完了班，身上还穿着西装、打着领带，拎了一个皮质公文包，襟前别着的一块小小的胸牌也没来得及摘。

只这么看，谁又能看出他和自己一样出身于那个小小的地方？

"酒？咖啡？"何前抬了抬胳膊，伸手拈去了乔奉天发顶上的两片粉白的花瓣，"什么玩意儿？"

"咖啡吧。"乔奉天望了一眼，"花吧，路上的，风吹下来的。"

富虹路的桃花茂盛地开了一片。前年，市政府掘去了种植在四岔路口的五棵高大而位置尴尬的法国梧桐树，换成了十几株碧桃——花枝生有褐斑，花瓣则淡粉之中带有红丝。

市民都不大看好市政府这画蛇添足的一举，想着挺好、挺漂亮的植物，偏要栽在这儿安家落户，挨着嘈杂的马路，呼吸着混浊的空气，在这种环境下，能活几年？保不齐花苞都来不及长出来，就得殒了命。

可事实总是出乎人的预料。这十几株碧桃隔年枝头上就安安静静地开满了花，富虹路的满眼浓翠里陡然添了抹红色，不争不抢地就成了一处美景。

晚风吹落了的花瓣，有两片偷偷地看上了乔奉天，要跟着他再瞧瞧利南市的其他地方。

何前给乔奉天要了一杯榛果拿铁，伸手把花瓣搁进了自己面前的百家地酒里，看它浮在石榴红的酒浆上，带着吊灯反射出的亮光。他歪在卡座的沙发里冲乔奉天笑："怎么样，有氛围不？"

乔奉天转开脸:"又沾泥又沾灰,你也真不讲究。"

何前嬉皮笑脸地解开了领带,把它搁在一边,又急躁地抠开了在领口工整系着的两粒扣子:"不干不净,吃了没病。"

何前的单位公务繁忙,乔奉天的生意也不轻松,两个人不常聚。

乔奉天用指尖摩挲着咖啡杯的杯沿,滑腻的瓷杯在手里摩擦出吱吱的细响。何前坐在乔奉天的对面,直直地望着他,满眼疲倦的样子。

"别这么看着我成不?"乔奉天失笑,"你要借钱就直说。"

何前转了转眼珠,低下了头,倏地又仰起脸说:"业绩掉底,我想辞职回老家了。"

乔奉天微微睁大了眼睛。

"你不是——"

"是,我之前跟爹妈说我要在城市里混出个人样。"

"很成功啊。"乔奉天停了停,看看他的西装、皮鞋,开玩笑地说,"起码你能算个白领吧?我旱涝不保收,成天戴着围裙拿个剪子的,你在我店里充一张卡,我都恨不得喊你大哥。"

何前听了这话直笑,说:"大哥,个体户是没多体面,但自由好吧?!我人模狗样,看着一身光鲜的,谁知道我求爷爷、告奶奶一个月,给人臭骂多少顿,才能挣几个子儿。"

"这么羡慕?"乔奉天白了他一眼,"之前我可是问过你愿不愿意入股的。"

何前搓了搓脸,长叹:"人穷志短,但是自尊心强。当时我总感觉搞洗头、理发的丢人呗。"

乔奉天承认:"确实不怎么长脸。"

"我只是觉得……有点儿羡慕你。我们从一个地方出来,差不多的年纪,都没学历,却感觉你比我有劲头多了。感觉你会把日子过得越来越好,我就混得越来越糟……"

"你要是这么想,我不介意替你上两天班,你来帮人洗头。"

"我明天就辞职,回老家当泥瓦匠去!"何前一拍大腿。

乔奉天没理他，知道他不可能现在辞职，过了良久，才淡淡地说："你以前说，要把你妹妹接到利南读高中的，说要让她看看外面的世界。"

何前目光一闪，又慢慢黯淡，坐在椅子上久久没讲话。

晚风微暖，吹来法国梧桐的细小绒絮。

乔奉天漫无目的地在市中心溜达了几圈。有地产公司在丽枫广场附近设立展望台，与其他企业合资办了星空主题的春季灯光展，听说晚上十点过后，免费对全市的人开放。乔奉天踱步经过那儿，想起来了，也没想着要上去看看。

利南的天穹是青灰而蒙着一层雾色的，许久见不到星辰；倒是郎溪的天空，要么一抹天青，要么满目黛蓝。那儿的星星，从不吝于昭示它如萤火虫一般清澈奇异的美貌。

要说离家那么久，除了父母兄弟，乔奉天还怀念郎溪的什么，也就只有那满天的繁星了。

到家时，挂钟的时针已经指过了十二点，他倒头就睡，做了一夜混沌迷乱的梦。隔天他醒来的时候，已经是下午一点了。

杜冬在家乡还有两个来往颇密的姨母，他的观念保守传统，娶了新媳妇，一定要尽快领回家给亲人们看看。于是他一早就和李荔去了客运总站，理发店这天就歇业一天，乔奉天难得有一个清闲的周末。

周末他不用替小五子准备午饭，能慢条斯理地整理家务。

他站上柜台拆了卧室的窗帘，从柜子里找了一套青色镶白边的新窗帘挂上，顺手掸干净了窗户上的薄灰；柜子里屯了两套冬天穿过的羽绒大衣和羊绒毛衣没洗，他舍不得送干洗店，就把衣服泡在盆里，蹲在阳台上用手轻轻地揉了一下午，把领口搓得雪亮。

所有的盆栽都得定时晒太阳，乔奉天就把它们按照个头儿的大小一盆盆地在阳台上码放好，将木窗完全敞开；花架上落了不少枯叶黄土，他就举着小笤帚和小畚箕仔仔细细地扫了个干净，末了又拧了一条掺了香氛剂的湿手帕，一处不落地擦得清爽。

洗好的衣服一挂上就挤满了窄小的阳台，衣服拧不太干，水珠子噼里啪啦地往下落，浸潮了水泥地。乔奉天怕地上生霉，就拿来一个小铁盆，接在衣摆的下方。

洗衣服洗得腰痛，乔奉天伸着懒腰，接着倒头卧在松软温煦的床铺里，半合着眼皮，让阳光洒在膝上。他一边浅浅地呼吸，一边听着水滴直坠，撞上圆圆的盆底，叮咚作响。

他忙的时候想闲，闲的时候想着不如忙，忙起来不致乱想。他生活在这样周而复始的矛盾之中，把自己密密匝匝的心事全部牢牢地缝进有关生计的琐事里。

直到傍晚，乔奉天才觉得饿，做了一份酱油炒饭，就着一档鸡飞狗跳的综艺节目、一碟切碎的青豆角，一口一口慢吞吞地吃了半碗饭。他把剩下的饭用保鲜膜封起来放进冰箱里，想着之后还能凑合一顿。

看窗外太阳未落，乔奉天就把早上翻出来的一条没用过的蚕丝夏凉被装进了一个手提袋里，换鞋换衣，关灯锁门，去了乔梁和小五子在陶冲湖租住的房子。

不过一两个月，乔梁就在楼梯道里堆满了杂物——旧期的报纸、被拆开压平的纸箱子、丁零当啷的易拉罐和几盆枯死了的绿植。这些东西满满当当地堆在了一起，瘦小如乔奉天，上楼都得侧一下身子。

乔奉天来给乔梁送一床夏凉被。这被子轻薄舒服，贴身又不焐汗，是乔奉天在银行办业务时银行送的一套。只不过被子是桃粉的颜色，显得轻佻了些。乔奉天平时也用不到，就顺手捎来了。

乔奉天来之前没来得及和乔梁说，但记着他的工作是周六调休。

他在门口直直地立着，按了好几声门铃也没听到有人来开门。

"不会不在吧……"乔奉天跺了跺脚，皱眉嘟囔着，又按了一下门铃，这才听到铁门里有细弱的脚步声由远及近地响起。

"谁？"里面传来孩子的清脆童音，来应门的是小五子。

"小五子，是我，你的小叔。"

"哎！"小五子响亮地喊了一嗓子，带着笑音，"小叔等等，小五子给你开门。"

小五子伸手，咔嗒一声拧开了门锁，看见乔奉天，乌漆漆的眼珠都瞬间亮了："小叔怎么来了？"

乔奉天摸摸他的头，手一贴上他的头皮，就见他眯着眼睛缩了缩脖子，于是没忍住笑了。

"又冰到你了？"乔奉天收回手，"那小叔不摸了。"

小五子摇了摇头："没关系，没关系，我给小叔倒杯水。"

乔梁是一个手脚很勤快的人，和乔奉天一样，一个人也能把家里整理得干净敞亮。新屋也好，旧居也罢，都不妨碍他想好好生活下去的心思。只是乔梁行为处事更粗糙，不能面面俱到。

就像餐桌，乔奉天和乔梁都能收拾得干净整洁，但乔奉天还会在上面摆上一瓶花。

"你爸呢？不在家吗？就你一个人？"

乔奉天进去把手提袋放在茶几上，来来回回地在屋子里转了几圈，除了小五子，没见有半个人影。

"爸爸不在。"小五子专注地端着一个盛了热水的瓷杯，脚下小心地踱着步子，把水杯稳稳地放在乔奉天的手心上，"他下午就出去了呀，说有事和工友出去了。"

乔奉天弓腰把水杯搁在茶几上，难以置信地挑了一下眉："他就留你一个人在家里待到现在？"他偏头一看，天早就彻底黑了。

小五子眨了眨眼睛，如实地点头。

"晚饭呢？"

"阿爸做好的，在微波炉里热一下就行的……"

"真行。"乔奉天不满地皱眉，环臂抱胸，上下看着小五子，"你亲老子的心真大。"

乔奉天把夏凉被拿进乔梁的卧室里。

乔奉天给乔梁他们租的是双卧室的房子，两间卧室中间隔了一个小走廊，不挨着。哪知道小五子刚到利南市时，实在不习惯一个人睡觉，乔梁没办法只能在自己的卧室里另支了一张小床。

床边挨着窗户的位置摆了一张四方的木头书桌。书桌上的那盏台灯是乔奉天在书店给小五子买的，导购舌灿莲花，说是护眼、养眼，又省电节能，愣是把一盏灯夸得天花乱坠，唬得乔奉天脑袋疼。乔梁要摆手走人，可乔奉天低头看见小五子一脸不舍的表情，送走父子俩之后转道又去把台灯给买下了。

乔奉天伸手摸了摸乔梁的床铺，又往下按了按。床上只垫了一层棉絮，干燥板实，但也柔软不到哪儿去。

下次他再带床新被絮来吧，家里还有套多的。乔奉天坐在床上想。他将手掌抵着床铺，仰头望着天花板上的那盏吸顶灯，短短地叹了一口气。

他挺失望的。

其实，乔奉天来给乔梁送夏凉被是虚，想来看看他哥是真。

他生活在利南，心里总缺失这样一份安全感。小的时候他牵着阿妈，挨着阿爸，才觉得心里的细小缝隙被填得满满的；长大些，只有看着乔梁高大宽阔的背影与温柔的笑容，才觉得踏实舒畅。

他对乔梁的依赖，有时自觉已经超出了常情，更像是把对方当成了另一个自己，如果对方能过得顺心顺意，那就算实现了他百分之五十的人生价值。

乔奉天也始终笃定，如果这个世界上只剩下一个人还希望他活得自由自在，那个人只可能是乔梁。

乔奉天用力地攥了攥身下的床单。

小五子给乔奉天剥了一个脐橙，用手仔细地拈去了白络，再用水果刀切成了八瓣，盛进一个干净的小塑料盘里，端进了房间。

"小叔，吃橙子吧。"

乔奉天抬腰直起了上半身，回身拣了盘子里一瓣小的橙子递进嘴里："两天没见就觉得你又长高了。"又挑了瓣大的橙子往小五子的嘴巴里送，"张嘴，这个特甜。"

小五子扭扭捏捏地张开了嘴，含混着说："没有长吧……"

"你的身高早就超一米二了吧？"

"嗯，再长一点点就能到一米三了。"小五子低头笑笑，用手揩去了嘴角的酸甜果汁。

"不得了。"乔奉天比画了个小马扎的高度，"我像你这么大的时候，你爸在我旁边蹦起来都能踩着我的脑袋。"

小五子知道他说得夸张："阿爸像爷爷，小叔随奶奶。"

乔奉天愣了愣。

确实，林双玉年轻的时候个子不高，但生得眉眼浓重、皮肤白净。只单看面庞，母子俩分外相像。

小五子在对面突然站起来，往前走了两步，往乔奉天的身边凑去。

乔奉天任他过来紧紧地贴着自己的手臂，偏过头问他："怎么了？"

小五子低头抠着手指头，不说话。

"有什么事不好意思说吗？"乔奉天低头去找他深埋着的下巴，猜测着，"有想吃的东西？你说，小叔周一给你做。"

小五子拨浪鼓似的摇头，飞快地看了他一眼，又迅速收回了探问的视线。

乔奉天伸着凉凉的手指碰了碰他的鼻子尖，一字一句温柔地告诉他："男孩子要大方一点儿，有什么事就说，没事的。"

"我想让……想让……想让小叔……"

乔奉天听着他挤药膏似的几个字、几个字地往外蹦，也不着急，耐心地等着，伸手挑了一瓣橙子往嘴里送。

"想让小叔陪我去参加运动会。"

乔奉天嘴里咀嚼的动作停了停，他问："运动会？"

小五子咧了一下嘴，摸了摸后脑勺儿："嗯，春季运动会。老师让我们带上家长一起参加，但是阿爸要工作，我……我不敢说……"

"你支支吾吾半天就为这事？"乔奉天啼笑皆非。

小五子点头，把衣摆绞成了麻花状："因为……因为小叔你和阿爸都……都很忙啊……"

乔奉天没说话。

这孩子的顺从和懂事是刻在骨子里的。乔奉天既高兴他如此温和，有礼而知进退；有时候又忧愁，忧愁他自小就要被揉捏得平滑规整，不留一丝反骨；怕他长大了，意识到自己的家庭有所缺失，认为自己不被生母所爱，以至于连大胆去支配自己人生的勇气也没有。

乔奉天捏了捏他有些结实的胳膊，往上提了提他微微塌着的肩："放心，小叔肯定去。"

从陶冲湖回铁四局，要经过市中心步行街的那段路。利南在修地铁五号线，晚上七点一过就准时封了路。乔奉天被挡了个措手不及，没办法，只能掉头绕路，从广视天桥上走。

广视天桥的前身是倚龙桥，念出来满口武侠味，历史悠久。曾经在文人的小序里，它是"青砖灰瓦，两岸一列长柳"。可再沛然的街景，也敌不过如今城市规划下轻飘飘的一纸改令；都免不掉要剥脱陈旧的外表，变成钢筋水泥的庞大结构。

天桥上风大、灯亮，乔奉天低头就能瞧见脚下川流不息的车辆；远眺前方，是总不完工封顶的广视大厦，高高矗立在夜色中的橘色塔吊仍在叮当作响，加班加点地完成工作。

他把帽子兜到头上，突然发现这几年，利南市一直在马不停蹄地修修建建，东敲一锤西敲一棒的，迫不及待地昭示自己企图在变革中加快脚步、领先时代的那点儿心思。但这改变的进程又拖拖拉拉、反反复复，原地打转不说，还把这个小小的古城抠得千疮百孔的。

乔奉天扶着围栏想，人有时候也是这样，越是想往前走，就越是脚步沉重，停滞不前。

郑斯琦刚从郑寒翁家回来。

郑寒翁太久没见宝贝大孙女，乐呵呵地精心煨了一大锅酥烂的红烧鸡爪，让这丫头看着电视啃掉了一大盆，骨头垒成了一座小山。等郑斯琦告诉他，郑彧过两天要参加"利大附小"的春季校运动会，老爷子又二话不说拉着她去商场挑了一双不便宜的运动鞋——粉嫩的颜色，上面粘了两个像脚丫子那么大的蝴蝶结。郑彧乐得见牙不见眼。

郑斯琦看了直皱眉。讲实话，他就不信穿着这玩意儿能跑步，穿着它的人是生怕绊不倒自己吗？

"您别老那么糟践您的退休金。"郑斯琦在厨房里戳了戳郑寒翁，"您留着自己娶老婆。"

老爷子推了推眼镜，扬起巴掌："关你臭小子什么事？说得就跟你有老婆似的！我不提，你小子还自己找上门来了？！"

"得，得，得。"郑斯琦伸手按下郑寒翁的手，"爸，您当我没说。"

郑彧坐在车后座的儿童安全座椅上，一路哼着小曲，晃荡着两条腿。郑斯琦从后视镜里看见她嘴边还沾着吃鸡爪时没揩净的酱油，像一个偷吃后满足的狸猫崽儿。

郑斯琦抽了两张纸往后递："擦擦嘴，小馋鬼。"

郑彧将脸往前凑，合着眼说："爸爸帮我擦。"

"少来，自己擦。"

"哼。"郑彧噘嘴，"小乔叔叔都会帮我擦……"

得，半路杀出来一个乔奉天截和，自己在这小妮子的心里地位堪忧。

郑斯琦偷笑："爸爸要开车，爸爸没手。"

"看！小乔叔叔！"

郑彧突然伸手指着风挡玻璃，望着广视天桥的东南一角。郑斯琦听了挑了挑眉，顺着郑彧指尖的方向看去——的确有一个瘦削的人影伫立在桥边，虽然不大能看得清楚脸，但能看见紫藤色的头发被晚风吹起。

他只来得及看一眼，车子就快速驶过了天桥。郑彧连忙转身趴在后窗上去看。

郑斯琦笑着夸郑彧："眼比谁都尖。"

"嘿嘿。"

"还'嘿嘿'咧，都是吃菜时专盯着盘子里的肉拣，给练出来的吧？"

郑彧皱着鼻子转过头："你讨厌！你不许说！"

"好，好，好，我不说。"

郑斯琦等红绿灯的时候，按着手机发了条短信。

乔奉天在桥上点开短信看："大晚上在桥上喝风，我算知道你的冻疮怎么好不了了。不回家吗？"

乔奉天不由得四下环视，回复："你是电子眼吗？"

"错了，我是先知。"

看着这冷笑话一样的短小句子，乔奉天都能想象到郑斯琦那副正儿八经的模样。

乔奉天倏地笑了，眼瞳在夜色里微微发亮，如同粼粼水面，既像是有隐隐的思绪波动，又像是因为映入了流光溢彩的霓虹灯灯光。

这天预计降温，早上的天气倒还晴好，无雨无霾。校运动会在"利大附小"新校区的田径场上举行，场地颇大，塑胶跑道和绿茵地都是新铺的。

郑斯琦把车开到新校区的时候，学生家长的私家车把校门口的双行窄道堵得水泄不通，密密麻麻涌动得跟流鱼似的。好巧不巧，有一辆黑色的车企图超车变道未遂，半路被横夹在两辆车的中间，进退皆是两难不提，还逼停了尾随的一众车。

郑斯琦皱眉，轻鸣了两声喇叭。半天不见前面的车动弹，他推了推眼镜，干脆将车靠边熄火。

堵车堵得他烟瘾都犯了。

郑斯琦将右手的食指和拇指紧紧地贴在一起捻动，左边胳膊搭在车窗上用手支着下巴。太阳照进车里折射出一个高亮度的白点，晃了一下他的眼睛。他便把遮阳板翻下来，稍稍挡在眉前。

对学校举办的美其名曰"增进亲子交流、联络亲子感情"的集体活动，郑斯琦素来觉得烦不胜烦。凡事要家长亲力亲为不提，也并不周全考虑每个家长的时间、工作、心情与精神状态。学校随便发个通知，认定了"你来，就是称职的父母；你不来，就是不爱孩子"，摆着一张端方的笑脸，把亲情绑架玩得心应手。

"你给我报的什么项目？"郑斯琦偏头，见郑彧的脸没在阳光里，脑袋向下一点一点地打着瞌睡。

昨天她兴奋得半宿没睡着觉，今天早上困得都要在被窝儿里生根发芽了，还是郑斯琦连哄带吓才给拖起来的。

"哎！脖子睡歪了！"郑斯琦伸出一只胳膊到后头，用手拧了拧她脸上的软肉。

"啊！"

"醒啦？"郑斯琦收回手，"你给我报了什么项目？"

郑彧揉了揉眼睛，琢磨了两秒。

"嗯，八百米。"

"嗯……还有！四乘一百米接力。"郑彧扳着指头絮絮地说着。

郑斯琦见前面的车动了，压下手刹发动车子，绷着太阳穴没说话。

这丫头是觉得他的体力特别好吗？！

"利大附小"无论是新校区还是老校区，给人的第一观感都是开阔且整洁的。尽管地皮大，校领导也未层上加层地垒盖教学楼，而是让几栋矮矮的楼疏阔、无规则地分布在校区里，不求多建，够用就行。

剩下的大块空间则全种上了植株——玉兰树、紫阳花、八角金盘、香樟树、凤凰木，等等，品类多样。花不见得都开了，但乔奉天基本能认出个大概。他小时候是在乡下撒丫子乱跑长大的，鹿耳山里的林木种类，可要比这里的还要纷繁些。

乔奉天牵着小五子的手，视线从一株枫杨的树冠上收回，看了一眼人头攒动的校园。

除了一至六年级的所有学生之外，学校半强制地要求了一至三年级的所有学生家长共同参与运动会，充分调动了全校师生，声势颇大，还吸引了不少校外的市民。

乔奉天有点儿抓瞎，眼前密密麻麻全是脑袋，分不清年级，也分不清岁数，不由得紧了紧抓着小五子的拳头，懊恼自己没戴个鸭舌帽来。

"班主任告诉你在哪儿集合了吗？"他低头问。

小五子的个子再高，也高不过面前的一堆成年人，他微微地踮着脚往后闪，怕他们后退时不小心踩脏了自己新刷的运动鞋。

"班主任说北区二号看台是我们班的位置……但是……"小五子皱起浓眉。

但是他找不到北在哪个方向。

乔奉天正琢磨着要不要找个人来问问路，就觉得自己的肩膀被人轻轻地拍了下。他下意识地回头，看见了站在自己背后，正牵着睡眼惺忪的郑彧的郑斯琦。

"是你来的？"郑斯琦问。

乔奉天愣了愣，见是他，才点点头，扯了扯小五子："他爸没空，就让我来充数呗。"

小五子仰头礼貌地说了一句"叔叔好"。

"嗯，"郑斯琦微笑，"你好。"

郑斯琦的上半身穿了一件休闲的棒球服样式的黑色外套，但没传统棒球服看上去那么青春活泼，颜色深沉了些，拼面的设计也让它显得成熟不少；下半身穿的裤子是宽松直筒的运动裤，脚上是双纯色的运动鞋。不知道是天气热，还是刚刚走过了拥挤的人群，一层薄汗浮在他的鼻尖和唇角上，连着金属镜框一起，正莹莹发亮。

横看竖看，郑斯琦都不像三十多岁的人。

"我停车的时候就看见你了。"他抖了抖正迷糊着的郑彧的胳膊，一边将手往前指，一边往前走，"北区二号看台在那边，从园丁湖绕过去最近，跟我走。"

乔奉天低头揉了揉小五子，让他去跟郑彧说说话。小五子眨了眨眼睛，抿了抿嘴，快走两步上前牵过了郑彧的小手。

郑斯琦的脚步顿了顿，他停下来回头，等乔奉天跟上。

园丁湖被设计成了一个脚掌的形状，意在"脚踏实地"。乔奉天错开郑斯琦一步，走在他的斜后方。湖边有垂柳，阳光洒过其间宛如过筛，筛出细细金光，照在郑斯琦的背上，绘上一层耀眼的亮黄色彩。

郑斯琦被跟得有点儿着急，回头看着他无奈地笑："你为什么喜欢走在人后面？"

乔奉天的步子顿了顿。

"我放慢了速度等你跟我并排走，没一会儿你就到后面去了。"

"个人习惯……"乔奉天不好意思再在后面，连忙两步走上前和他并肩，"你的个子太高，和你走在一条横线上我心虚。"

郑斯琦侧过头接着笑："你这理由我真是……"无法反驳。

其实乔奉天知道，这是他信口胡说的理由。他就是不愿和人贴得太近，难受，不自在，怕露怯、露马脚。

郑斯琦看了他一眼，似乎是能心领神会，自然地向左轻挪了一步，让出了半个人的空隙。既不逾矩，也不疏离，刚刚好。

郑斯琦见走在前面的郑彧来了精神，她拉着小五子往前一路小跑着，背上的双肩包跟着一蹦一蹦地拍打着屁股。他问乔奉天："家长组的比赛你报了哪些？"

乔奉天猛地侧头看向他："要参加吗？"

郑斯琦无语，啼笑皆非地推了推眼镜："你不知道吗？不然你以为学校把家长叫来干什么？当啦啦队吗？"

乔奉天一嗓子喊住了小五子："你怎么没说？！"

小五子怔了一下才回头，皱着张脸，任郑彧揪了一根狗尾巴草踮脚往他的头发里戳："通知单上写了，我……我以为小叔知道……"

"那你给我报了？！"

"嗯……嗯！"

"报的什么?"小五子目光灼灼,看得乔奉天心里一紧。得亏他今天穿的是板鞋。

"八……八百米和四乘一百米接力……"

乔奉天当即爆了一句响亮的粗口,同时,郑斯琦也很不斯文地笑出了声音,乐得几乎要背过身子偷偷地拍一下手。

等他们到了北区二号看台的时候,一年级(3)班的学生和家长已经来了一大半。班主任穿着一身雪白的运动衣,戴着一顶鸭舌帽,正举着扩音器挨个儿点名。

郑斯琦挤过逼仄的过道,叫郑彧先去看台上倒数第三排靠右的那四个位子那儿。他们活像是匆匆忙忙地赶到了电影院,结果电影已经开了场的观众,乔奉天跟在郑斯琦的后头,一边低头喊着"抱歉",一边让已经落座的学生和家长微微抬脚让出路来。

一个戴墨镜的女家长正低头聊着语音,落脚的时机稍显早了一些,乔奉天毫无防备,冷不丁被绊了一下,身体的重心霎时间不稳,往前一扑,猛地撞了一下郑斯琦。

郑斯琦被撞得一怔,反手过去扶住了乔奉天的胳膊。他回头笑着说:"暗算我?"

乔奉天低头尴尬地撩了一把遮住眼睛的刘海儿:"是,暗算未遂。"

班主任点名的时候,是学生连带着家长一起点的。点到别人,都是某某某和某某某的父亲或母亲来了没有,到了小五子这儿,是"乔善知和乔善知的叔叔来了没有"。小五子听了高高地举起来胳膊,见其他家长都转过头来用带着好奇的目光瞧他,就又把胳膊微微地缩低了些。

乔奉天看了,不动声色地皱了皱眉。

他把外套的连衣帽兜在了头上,往前倾着身子去揉被绊得痛的小腿。

"对了,"乔奉天问郑斯琦,"你参加的是什么?"

郑斯琦伸手把他压在腿下的外套衣摆轻轻地抽了出来:"和你一样的。"

"啊?"

"八百米和接力跑，和你一模一样。"

乔奉天上下地打量他——个子高不假，可也的确是坐办公室的料，摆明是一个靠动嘴、动笔杆子吃饭的文化人，能行吗？

广播里乍然响起了万年不变的《欢乐进行曲》，操场上的音响设备还没调试，一阵尖锐的声音回荡在一众学生和家长的耳朵里。

郑斯琦和乔奉天极为同步地直起身子缩了一下脖子。过后两个人都自觉滑稽似的笑了笑。

校运动会开场是亘古不变的校长致辞，万金油似的稿子能传一代又一代；接着是学生代表致辞；再之后是学生家长代表致辞——致辞的是一个矮个子的西装男人，听前排的人议论，他是某银行利南分行的副行长。

趁集体啪啪鼓掌的间隙，郑斯琦帮郑彧绑了绑松散了的马尾辫。一到三年级的学生碍于年纪不大，设置的比赛项目不多，大多是些接力、三人四足或是背对背夹球行进等趣味项目。正儿八经的竞技项目，还得全靠家长撑场面。

小五子报了三人四足和袋鼠跳接力，郑彧则报了个踢毽子。

为了跳起来干净利索、不让头发打到脸，郑彧不得不抛弃钟爱已久的双马尾辫，换了一个扎好了也能显得挺俏皮的单马尾辫，奈何郑斯琦实在"手残"，单的双的，没一个能扎好。

《欢乐进行曲》在耳边嗡嗡乱响，郑斯琦专注地把郑彧夹在腿中间，小心地把皮筋一圈一圈地往她头上缠。鬓发揪得紧了，生生把她扯出了吊梢眼，她吃痛地"啊"了一声，小五子也感同身受似的皱了一下眉，抠了一下自己的手心。

郑斯琦知道她疼，手掌不由得一松，绸缎似的头发就哗啦啦地从手心里散走大半。

"你歇着吧，"乔奉天松开支着下巴的手，看不过去了，"我来扎。"

"来。"郑斯琦如蒙大赦，连忙给乔奉天让位，还主动问，"她包里有小梳子，要吗？"

"不用。"乔奉天说得很笃定。

扎发、盘发的技巧，算是职高课程里基础中的基础，平常他练手的机会不多，这么些年也手生了。

郑斯琦看他还落着红斑的手指微张，从郑彧的发顶掠过，头顶的黑发立刻服帖地被分成了均匀的四股，然后他用左手把发尾捏在手心里捋了捋。依此手法层层类推，乔奉天只用手就将沉沉的、乌黑的一条马尾攥在了手里，丝毫不乱，发间还能留有指尖梳过的浅浅纹路。

除却舞蹈与写字之外，郑斯琦忽然意识到，有的人的日常动作，也堪称优雅漂亮。

往头发上绑皮筋的时候，乔奉天低头轻声问："疼吗？"

"不疼，比爸爸弄得舒服多啦！"郑彧摸了摸耳朵，手顺着头顶不安分地溜上去，抚了抚乔奉天冰凉的手，"就是叔叔的手好凉，春天了也好凉。"

乔奉天笑了，郑斯琦则听得分外尴尬。

"利大附小"把有四百米跑道的田径场隔成了四块竞技区域。一至三年级的参赛学生准备好要贴在衣服上的号码牌，排队由三个体育老师领去了东南角的沙坑那儿。

参赛的家长则被脖子上挂着钢哨、胳膊上戴着袖章的老师排成一队浩浩荡荡地带去了东北面的遮阳棚处。棚下有两个值班老师，手上扇着小扇子，让家长挨个儿签字登记，并发了号码牌、小别针和一瓶矿泉水。

太阳直直地射在人身上，郑斯琦把外套脱了搭在胳膊上，拿着号码牌对正低头签字的乔奉天笑着说："有种难民营的感觉。"

乔奉天把笔搁下，抖了抖手里的写着"1316"的无纺布："难民营发不起矿泉水，顶多发你一瓢泥水。"

五十米短跑项目是最先进行的，距离短，没那么消耗体力。不参加这个项目的学生家长在旁边站成两排，看着高矮参差的几个家长在起点处按号码顺序依次蹲下，手撑着地，脚掌压在了助跑器上。

郑斯琦将手探到背后一拽，就把被吵闹喧嚷的"人墙"挡得结实的乔奉天捞到身前："看见了？"

"差不多……"

乔奉天清了清嗓子往前站了一步,立刻从起点处传来一声响亮的哨音,举着发令枪的裁判戴着墨镜站在高高的裁判台上,伸手示意他向后退:"那位家长,请不要站到白线外。"

"对不起。"乔奉天连忙又后退一步。

五十米短跑比赛的第一名是代表学生家长发言的副行长,也不知道是腿短的人步子快,还是人家先天运动基因拔群,领先了第二名的瘦高男家长近两秒。

乔奉天一边帮郑斯琦往背上别着号码牌,一边小声地说:"真看不出来,腿短的人反而跑得这么利索。"

郑斯琦听了这话笑了笑,站直了一些,说:"其实看那个人的腿形就知道了,经常泡健身房,姿势很专业,跑得快不奇怪。"

"听你的意思,你也常去?"乔奉天把无纺布展平,手在郑斯琦的衬衣上将了将,不大舍得拿别针在这么好的衣服上戳个洞。

"办了年卡,一周去一次就不得了了,没人家那么勤,我比较懒。"察觉到乔奉天在犹豫,半天没动作,郑斯琦就又笑了,"你戳吧,没事,真的,别下不去手。"

乔奉天皱了皱眉,利索地下手在衣服上穿了个眼儿:"你背后长眼了吗?"

"都说了是先知。"

乔奉天勾了一下嘴角没说话。

太阳升至头顶。接力赛安排在跳高比赛之后,上午场的学生项目结束了大半,围观的人群就更显得熙攘。一至三年级共八个班,一个班四个参赛家长,四个班一个比赛小组,分两场比赛进行。最后优胜的两组家长在各自没有抢跑、掉棒等犯规的情况下,通过跑完四百米的时间判定冠、亚军。

郑斯琦把衬衫袖子挽高,露出了半截儿精瘦的小臂。他是第三棒,排在两个女家长之后,乔奉天之前。

乔奉天也极其纳闷儿自己怎么就无端成了最后一棒,偏头一看,隔壁跑道上的人还正好是那个跑得比兔子快的副行长。

乔奉天抬首看着前方的终点,又回头看了一眼站在百米开外正推着眼镜的郑斯琦,没办法地下蹲做起了拉伸运动,小腿肚子没来由地一阵发紧、发软——这回是成也自己,败也自己了。

"小叔!"

"乔叔叔!"

乔奉天偏头,见人群里钻出一个黑色的脑袋,麦色的脸颊上爬着一层薄红,额头上挂满了汗珠子,是小五子。他的手里还牵着比他矮半头、脸色红扑扑的郑彧,两个人一人手里拿着一张奖状,冲他挥了挥手。

乔奉天转了转手腕,把食指竖在嘴巴上,连忙又往后指指:"郑叔叔在后面,带枣儿去那边看,人少。"

——别在这儿盯着我,盯得我紧张。

预备哨吹响的时候,偌大的跑道陡然安静了一刹那,裁判手里的发令枪发出啪的一声脆响,划破跑道上空,冒出了一缕青色的硝烟,人群立刻爆出不同声调、不同加油对象的助威声。

一年级(3)班跑第一棒的人起跑不快,甚至慢了大约一秒,乔奉天看不大清,只能把手支在额上,遥遥望着远处挪动的四个颜色不一样的小圆点。穿着大红色连帽衫在第一跑道的是他们队的第一棒,在比赛的四个人中暂居第三。

乔奉天紧张地在原地跺着一只脚。

本来第一棒的人跑得就稍显落后,结果第二棒的女家长接棒的时候也犹豫了,居然还抽工夫琢磨了一下是握接力棒的中间好,还是攥着它的前端好。两位女士头碰着头这么一商量,就耽误了一秒半秒的,眼看着其他三个人都冲出去两米了。

乔奉天吸了一口气,捏着拳头咬住了嘴巴。

看着跑上一棒的人逐渐逼近,郑斯琦把前面的头发用指头捋向脑后,露出了光洁的额头,顺手把眼镜往山根上用力地推了推,确认眼镜稳稳当当地卡紧在鼻梁上,又揪着膝上的裤子,把裤脚往上提了提。

跑第二棒的人离他大约还有五米远,郑斯琦弓腰向前做出预跑的姿势,等上一个人急促地喘着粗气把接力棒向前递过来，手一松，接力棒就牢牢地落在了郑斯琦的掌心里。他是第三个接棒的，虽不占先机，但交接与起跑的姿势，显然是最精准的。

到了他这儿，呐喊声明显加足了马力。

从乔奉天的方向看，郑斯琦快得简直超乎他的预期，郑斯琦像拉满弓后利落松手的羽箭，在不占接棒先机的前提之下，凭着手长脚长的优势，轻松甩开了旁边几个对手不短的距离。他迎着风迈腿甩臂也没见有多费力，风吹得他衣衫鼓起，衣摆翻飞。

跑这一棒的人中只有他穿着白色衣服，看着显眼。

一年级（3）班的加油声陡然喊得极其响亮。乔奉天紧张地听着，似乎都能听见郑彧喊破了嗓子。

乔奉天紧张得吞不下唾沫，手攥紧了又松开，松开了又攥紧。他怔怔地立着，见快速跑来的郑斯琦的眉目在阳光下逐渐变得清晰，微微急促的呼吸声似乎也在耳畔明朗起来了。他看见来人镜片下清亮的眼睛朝他轻瞪了一下。

乔奉天愣了愣，见郑斯琦嘴巴微张，继而朝他比了个清晰口型：准备。

他这才反应过来，连忙转身，弓腰，深呼吸。

接棒的时候，郑斯琦携来了带着暖意的气流。乔奉天抿紧嘴巴，手探到后方接棒。

"一百米就那么长，别紧张，慢慢跑吧。"两个人交接时，乔奉天听见郑斯琦絮絮说了一句话。

百米的跑程确实不长，但人要在短时间内骤然做到百分之百地发力，也不是一件轻松的事——容易抻筋崴脚。

乔奉天是最后一棒，即将"鸣金收兵"的关键位置，成败在此一跑。欢呼呐喊声陡然在周遭响亮起来的时候，他一脚迈出了交接区，腰腹上持续绷紧着的肌肉跟着猛地一跳一抽。

新修的红胶跑道和鞋底摩擦在一起，发出沙沙的细弱声响，以防趔趄，乔奉天在奋力甩臂迈腿的同时，不由自主地紧紧蜷起缩在鞋里的十根脚趾，企图

163

增大抓力。

　　跑的方向是迎风的，乔奉天抬手把坠在外套上的两根装饰抽绳丢在了颈后，生出了一小截异色发根的头发，在阳光下随着步履节奏飞扬跃动。

　　乔奉天原先的发色本就不是类同郑彧的乌黑，而是隐隐带着棕的，在光线下，则更像是被水稀释过一般颜色浅淡。或者是因为年少时营养不足，又或者是因为天然无解的特殊体质，"黄毛小子"的外号打小就牢牢地落在他的身上。

　　乔奉天攒足一口劲儿跑了差不多五十米，一边站着的围观家长里蓦然有人冲他喊起了"快，快，快"。他微微地偏头一看，就见那个在他后头接棒的副行长，不知道什么时候已经以追风摄景的速度赶了上来，仅落后他一小步了。

　　乔奉天瞬间像被烫了屁股似的往前猛蹿了一截，甩开了副行长一步。他的速度之快，反应之迅疾，惹得周遭的人连连叫好，弄得他像翻跟头、顶碗，在街头卖艺似的。

　　慢慢跑怎么可能啊！郑斯琦领先其他人那么多后交棒给自己，他要还跑个第二名，责任不全赖自己头上啊？！

　　所以自己到底为什么和这个小陀螺似的副行长被分在一棒跑？！

　　乔奉天想仰头哀叹，奈何没那工夫，只能又攥紧了手里的接力棒再次加速。风在耳边呼呼作响，伴着他短促的呼吸声，眼见距离那道红色的终点线极近了，他也不敢松懈半分。

　　乔奉天和副行长几乎是同时撞线。人群传出一声齐整的"哇"，众人纷纷围过来看最终结果。

　　乔奉天被接应的体育老师一把扯住了胳膊，才没因为惯性再冲出去一二十米。步履一停，他立刻弯腰撑住膝盖，低头粗喘，两条小腿瞬间涌上一阵沉重酸涩的不适感，脚掌湿热，喉咙发紧，漾出淡淡的血腥味。

　　他刚一抬头张口，就立刻收紧了下巴，像有一根羽毛在嗓子眼处轻轻地搔了一下，令他急急地咳了起来。这种带着痒意的咳嗽最是磨人，一般是越咳越痒，越痒越咳。

　　乔奉天拿手捂着嘴巴，咳得眼圈泛红，在人群的间隙里原地转了一圈找水。

"这儿，这儿，别乱转了。"

他的眼前递过来一瓶水，他顺着水瓶往上看，是一截挽高袖子的胳膊。

乔奉天接过郑斯琦手里的水："谢——咳咳。"

"行了，你先喝，先别说话。"

郑彧打头扯着小五子的胳膊一路拨开人群，未见其人，先闻其声："乔叔叔第一！"

乔奉天将嘴里的一口矿泉水咕咚地咽了，揩去了上唇的一串水珠回头看向小五子，确认道："真的？"

"真的！"小五子往登记处指了指，"那边的体育老师说啦，咱们（3）班是一分二十一秒，边上的（2）班是一分二十二秒！"

围观的一众同班的家长举臂欢呼，啪啪鼓掌。

乔奉天舒了一口气，得，险胜。人家郑斯琦一个动笔杆子的"老先生"给夺得先机，领先了那么多，自己却生生让那位副行长追得只剩一秒之差。

郑斯琦抬手往乔奉天沁着汗的脖子处按了按："挺不错的，没输。"

乔奉天蓦然捂着脖子往前躲，几乎感觉到了他掌上的薄茧。

"我……"郑斯琦看他反应迅速，手虚抬在半空中，停了两秒，镜片下的目光一闪，随即就收手道歉，"抱歉……"

乔奉天立刻觉得自己反应过激了，把覆在颈上的手掌撤下，摇了摇头："没事。"

"我……我有点儿不习惯。"乔奉天低头思索着言辞，小声说道。

郑斯琦笑着推了推眼镜："你又在紧张。"

乔奉天抬头看向他，眼里分明表达着：你怎么知道，很明显吗？

郑斯琦指了指乔奉天垂在腿边的两只手，话里有着若有似无的笑意："你一紧张，就攥手，你不知道吗？"

刚要说点儿什么，乔奉天就被负责誊分的体育老师叫去交棒签字。他往前走了两步，突然很想变出一根棉签挠挠耳朵，低头瞧了瞧掌心，攥紧，又松开。

——我不知道。

165

## Chapter 08
## 姜汤

学校给了两个小时的午休时间，一年级（3）班的班主任正是二十出头的如花年纪，捧着扩音器满操场找人集合，晒得脸颊通红，生生把一副清亮的好嗓子喊成了破锣嗓子。

"利大附小"的新校区离陶冲湖颇远，离铁四局更远。乔奉天便不打算带小五子回家，寻思着找个小饭店简单地凑合一顿得了。

郑斯琦有意和他们拼桌一起吃，奈何陆揖铭半路拨来一通电话。她一听郑斯琦正在"利大附小"的新区——就在她工作的写字楼附近——便言辞恳切，定要趁着这个机会请素未谋面的小郑或吃上一顿饭。

先前婉拒了她三次，郑斯琦再也拉不下脸婉拒第四次。

他不动声色地叹了一口气："行吧，我和枣儿就在学校门口等你，行吗？"

陆揖铭赶来的时候，穿了一条孔雀蓝高腰刺绣的百褶裙，衬得皮肤莹白如雪，裙子外头搭了一件铅灰色的短款针织开衫，手上拎了一个巴掌大的牛皮小包，步履匆匆，刮来一阵嗅起来就价格不菲的香风，脸上的妆容依旧非常精致。

见到郑彧，陆揖铭笑盈盈地弓下腰，把一个纸袋递给了她，里面装的是五色马卡龙，又顺手在她的额头细软的头发上抚了抚，温柔亲切地说："第一次见你，你很可爱啊。"

郑彧直勾勾地盯着马卡龙来回看，郑斯琦伸手往她的肩上捏了捏，小丫头立刻心领神会，秉持着吃人嘴软，拿人手短的原则，夸了回去："谢谢阿姨，你也很漂亮的！"

陆揖铭嘴角的弧度随即弯得更明显了。

乔奉天领着小五子往商业街的方向走，经过郑斯琦时，在他的背后打了个响指："先走了。"

郑斯琦回头："哎，等我们吃完饭直接去看台那儿找你们？"

陆揖铭闻声，微微侧头，视线越过郑斯琦的肩膀探了过来。乔奉天与她对视了两秒，被她忽闪的睫毛闪了一下眼睛，便率先偏回了脸。

"成。"

陆揖铭熟悉这一带的餐饮店，带着他们穿过一个小规模的森林公园，去了一家开在水边的港式茶餐厅。她走在前面，回头冲郑斯琦微笑："这家店的人事经理是我的高中同学，给我留的位子一直是最好的。"

等他们跟着服务员落了座，郑斯琦发现环境确实不错——清静平和，鲜有人声，贴着一扇开阔的落地明窗，往外看过去，能见到近在咫尺的假山流水。假山的缝隙之间，还密密地植了苍绿常青的散尾葵与鹅掌柴，也偶尔有飞鸟落在山石壁上，啄吃油绿的藓苔。

郑彧被店里的一缸斑斓缤纷的热带鱼吸引去了视线，郑斯琦就接过了陆揖铭礼貌地用双手递来的点菜单。当真是环境优雅，菜品价格也必定不太一般。

陆揖铭喝水的姿势非常文雅，像怕将口红沾到杯上似的，她只小小地抿了一口。她望着郑斯琦低头时眼镜下露出的一截高挺鼻梁，把一缕带卷的碎头发别到了耳后。

郑斯琦点了一笼虾饺、一份豆豉排骨、一份郑彧应该会喜爱的杏仁露栗子羹，就把菜单合上，交还到了陆揖铭手里。

她翻了翻菜单，又要了一份脆皮烧腩仔、百酱蒸凤爪、蟹籽烧卖，另外还加了一份中锅大小的香菇鸡茸砂锅粥。服务生推着辆锃亮的铁皮小车把杯杯盘盘摆上来的时候，郑斯琦才发现，这家店把精致讲究落到了每一处细节上。

盘盏、杯具是一水儿泛青的素色，绘着的缠绕在一起的枝蔓与花藤，盘绕在盘子中央端正摆着的食物周围。赏心悦目不假，到底少了一点儿人情味，少了点儿烟火气。

郑彧吃东西的时候很乖，闷头儿吃，从不多言。陆揖铭拿过郑彧面前的小碗，替她舀了栗子羹，又夹了一块热气腾腾的烧卖放在她的小盘子里，温柔地说道："尝尝吧，小心烫到哟。"折巾的动作也很优雅。

的确如郑斯仪所言，陆揖铭这个姑娘，活泼又漂亮。

如果郑斯琦再年轻七到八岁，或许还真的会对她动心，抑或怀有无限好感。在敢疯、敢闹、不害怕偏离航线、有路可回头的年纪里，他可能会想要接近甚至去呵护她。

郑斯琦舀了一勺鸡茸粥，含在嘴里往下咽，安静地听着店里放的一支轻音乐。

但他已经算不上年轻了，转眼即将到四十而不惑的阶段，不再有精力和欲念，在田野、地头上抛开一身的包袱去追逐一只漫天飞舞的蝶了。陆揖铭于他，始终还是少了一份可供缓缓停泊靠岸的栖息感。

何况郑彧于他而言是要长长久久陪伴的女儿、世上独一无二的宝物、他好好经营生活的动力，但对别人不是，这不公平。

"郑先生……"

"嗯？"郑斯琦把嘴里的东西咽了，放下勺子看向她。

陆揖铭把咬了半口的虾饺搁回盘里，目光在郑斯琦的鼻尖处流连了两下，忽然又落到了郑彧的乌溜溜的头顶上，弯了一下嘴角："感觉您好像不太喜欢我。"

她这是真想多了。

郑斯琦忍不住笑了，用指关节把眼镜腿往鼻梁上顶了顶："没有，真的。"

陆揖铭抿了一下嘴，用筷子把饺皮拨开，夹中一个粉色的虾仁："但我平常联系您，您也总是推拒，我都知道。您跟我出来……看起来也并不尽兴。我是想说这次相亲……"

她用指尖摩挲着瓷盘的边沿："您如果觉得我们没有继续下去的必要，您可以告诉我。"

郑或不明所以。她一开始只当陆揖铭是郑斯琦认识的朋友，漂漂亮亮，闻起来喷香的，哪承想骤然听见了"相亲"这两个敏感的字眼。

郑斯琦从不有意瞒着郑或这些事，这会儿听陆揖铭这么直白地提出来了，也没想着让小丫头回避。

郑或的嘴里含了块凤爪，她鼓着半张脸抬头想含混地说句什么，就看见郑斯琦把食指竖在嘴边低头冲她眨了一下眼睛。

室外的阳光投进落地窗内，映照在陆揖铭的瞳孔里闪烁了一下。

她从小到大都是被人捧着、护着的那一个，从来都是她拒绝别人，总算遇到了看着颇为心仪的对象，难免有点儿进退失度，不受控制。她受到郑斯琦这样看似谦和有礼，实际不咸不淡的冷遇，虽然不至于气急败坏地摔杯泼茶，但难免感到自尊心受挫。

郑斯琦无论讲话还是做事看起来都很有分寸，怎么想也不像是会吊着别人团团转的人。

"您可以说'我觉得我们不合适，这次相亲失败，咱们以后没必要继续相处'。您可以说得明白直接些……"

郑斯琦低头思索了一下言辞。

"是因为，"他把胳膊平放在桌子上，用手码齐了两根细长的筷子，"你是女性，你很优秀，有你自己的骄傲与自矜，所以给对方台阶下的权利，本来就应该是你的。"

陆揖铭一怔，随后微微地笑了笑。

回"利大附小"运动场的路上，郑斯琦扯了扯郑彧的小手，问："吃饱了吗？"

郑彧摇头："没有。"

郑斯琦挑眉，笑道："一盘排骨和一盘凤爪全落你的肚子里了，你还没吃饱？"

"那还没枣儿的拳头大呢！"郑彧跺了一下脚，噘了噘嘴，把滑下肩膀的背包背带往上提了提。

就那么点儿东西花了他五百多块钱。郑斯琦吐槽。他假借上厕所的机会去收银柜台刷了卡。

郑斯琦看了一眼消费条目，光服务费就收了四十二块钱。

郑彧弓腰拣了地上一片绿里染红的香樟树叶，捏着茎子，放在鼻子下面嗅了嗅，接着又说："而且还没小乔叔叔做的东西好吃呢，一半都没有。枣儿想赶紧到周一，枣儿想去小乔叔叔家吃饭。"

郑斯琦乐了，伸手去挑郑彧的下巴："哎，你看着我，来，你告诉我，你现在——是不是特嫌弃我做的晚饭啊？"他说完还坏心眼儿地往她脸上的软肉上挠了挠。

郑彧皱了皱鼻子，痒得往后躲，假意认真思考了两秒，坚定地摇头："我还是最爱爸爸的！"

郑斯琦从来不担心郑彧的心以后往别处偏，表面上嫌她黏自己黏得比苍耳种子还紧，私下里偷偷琢磨着，还挺知足，挺得劲。可自家的"小棉袄"猛地让旁人拴住了胃肠、擒住了味蕾，一想还是自己的短板，他还小心眼儿地觉得这话不顺耳。

"别给我偷换概念，郑彧小朋友，我现在问你的是做饭，没问你爱谁。说。"

"嗯……"郑彧扪心自问，实在做不到心口不一，睁眼说瞎话。

等郑斯琦他们溜达回北区看台的时候，橘黄的观众椅上，只稀稀拉拉地坐了几个学生和家长。小五子坐在右手边倒数第二排的拐角位置，从后面看，他

170

直直地挺着腰板儿，橘黄的座椅中冒出一截瘦长的小身子。郑斯琦左右看了看，不见乔奉天。

郑斯琦松开了郑彧的手，跟着她往倒数第二排位子走，走近了才看见乔奉天正横霸着三张椅子，头枕在小五子的腿上合眼睡着了。

田径场平坦开阔，阳光均匀地铺洒下来。乔奉天的一张脸，沐浴在一片浅黄阳光里，脸颊被晒得通红，一扫往常的青白，这样看起来，气色比平常要好上许多。

风拂开了他的额发，露出饱满光洁的额头，像原石经流水积年冲刷打磨出来似的，线条天然地流畅平缓。

原来乔奉天睡觉时，不是嘴巴合得很紧的那一类。他上下唇的中间，正启着一道小小的缝隙，从缝隙往里看，隐隐地露着两颗齐整的牙。

这么一看，他的面容一下子就显得更加明净而有清粹之气了。

小五子低头摸着乔奉天的头发，一抬头，见郑斯琦和郑彧站在边上，想动，被郑斯琦用手势阻止了。郑斯琦摆摆手，指了指乔奉天，比了个噤声的动作，接着又把在路上顺手买的两杯玫瑰奶盖绿递给小五子。

小五子受宠若惊似的接过来，给了他一个不出声的感谢的微笑，郑斯琦就越过乔奉天，伸手摸了摸小五子的脑袋。

篮球场上有外校的高中少年溜进来打篮球。在阳光下看着一水儿亮白的篮球像球场上明灭不定的几粒光斑。篮球在他们的手下弹弹跳跳，击打地面，发出砰砰的有节奏的声响。

声音随着徐徐暖风传到看台上时已经很微弱了，像一根手指在耳边嗒嗒地叩着，勾人睡意，惹人生倦。

等乔奉天迷迷糊糊地醒来的时候，因为嘴没合紧嗓子钻了风，正干涩得难受。他咳了咳，咽了咽口水，从小五子的腿上把脑袋挪开。

"麻了吗？"乔奉天伸手替他捏捏腿，问他，"一不留神就睡着了，太阳照得人太舒服了……"

小五子捏着手里的奶茶杯子，笑着摇头："没有，没有，小叔可轻了，像

171

只……"他想说像只鸡在腿上，一想不对，及时收口。

乔奉天揉揉眼皮，指了指奶茶杯子："哪儿来的？"

小五子冲前排抬了抬下巴，把没戳开的一杯新的奶茶塞到了他的手里。乔奉天顺着他比的方向往前看去。

前排的座椅上坐着郑斯琦，他高出椅背一大截，正低着头，不知道是在看手机，还是就着这么个姿势睡着了。乔奉天挺了挺发酸发胀的腰椎间盘，往前探头，先没说话。

郑彧坐在郑斯琦的腿上，窝在他的怀里，正拿着手机噼里啪啦地玩着乔奉天叫不上名字的益智小游戏。郑斯琦果真就这么合着眼皮睡着了，乔奉天听着平缓均匀的呼吸声，感觉他像是睡熟了。

乔奉天被阳光照得眯了一下眼睛，心想所谓春困夏乏，说得一点儿都不假。

正要收回视线的时候，他看见了郑斯琦衬衣领口下，隐隐浮现的一截带青的红斑。

这放在平常应该是看不见的，但因为郑斯琦这会儿解开了衬衣的两颗扣子，头又往下坠得深了些，露出了颈后的一大块皮肤。红斑的面积很小，只有两指合并在一起那么宽，微微往外突出一点儿，可看着既不像胎记，也不像旧伤，倒像是文身被洗掉很久后的样子。

乔奉天一想，总觉得这玩意儿不该是和郑斯琦划成一类的东西。难不成，他原来是在道上混的？

一至三年级的家长八百米长跑比赛安排在傍晚，是最后一项。晚霞绮丽，越接近天际的地方，色彩越浓郁、越明丽，第二天的天气大约很好。

学生们大多结束了项目，三三两两地坐在操场上、看台上。明明还不到时令，操场的围栏外边就有人贩卖起了消暑的雪糕和酸梅汤，生意好得出奇，小贩将零钱塞了一包，攥了一手。

中间郑彧嚷着要吃，郑斯琦不让，气得她哼哼两声扭头就走，去找同班的女同学玩，在树荫底下翻起了花绳；小五子则被男生拖去围观班主任参加的沙坑立定跳远。

学生家长的比赛项目设置得很弹性，如若家长身体不适、情绪不高，又或是时间太紧，临时决定不参加也是可以的。结果要比赛时昚分老师草草地把人数一点，就发现三个年级原先说好报名的四十五个家长，稀稀拉拉地只剩下了二十个。

乔奉天很想扯着小五子溜之大吉，正低头琢磨着怎么开口，一抬头就瞥见郑斯琦一边揉着脖颈，一边似笑非笑地看着他。他思索了两秒，嘴一撇，溜走的想法作罢。

跑吧。他在这人面前撒腿狂跑着追人追两回了，现在认孬说跑不了长跑也没说服力啊。

乔奉天将外套拉链拉到顶，把脖子紧紧地缩在衣服里，手也在口袋里揣得紧紧的。

"你的脖子还成吧？"他又蹲下去紧了紧鞋带。

郑斯琦皱着眉头把头往后仰，霞光给他的镜片染上了透明度高的暖色光："不太行……在嘎吱响呢。"

活该，谁让你那么吊着脖子睡。

裁判把遮阳帽摘了，嘴里半叼着钢哨，挥手让家长按顺序站在起跑的白线之外。乔奉天跺了跺脚："没晕就该知足了。"

郑斯琦被往后退的一个光头家长踩着了鞋，疼得跳了一下脚，倒撤了一步："我们学校的老师中午都是这么睡觉的，放眼望过去办公室跟马槽似的。"他又推了一下眼镜，"老了以后十之八九得慢性劳损。"

一声响亮的哨响过后，乔奉天被几只手推着后背，半甩起胳膊，跟着率先出发的家长往前小步走着："我们店里也可以做推拿，你来，我让大老板给你打折。"

"你们怎么那么多副业？"郑斯琦笑着说。

"杜冬缺钱的时候还想着批发点儿水果在店门口支个摊子卖呢。"乔奉天小步跑起来，回头，刘海儿被吹偏覆在了两道眉毛上，"人都是被逼出来的。"

173

不去考虑速度的话，在傍晚跑步其实是一件很惬意松弛的事情。白昼与黑夜交接，明与暗合宜地融在一起，像独立于时间轴之外的一段附加的奇妙时段。

这时天要黑了，该烧饭了。家的意味在一天之内的这段时间变得尤为浓重明显。

但通常这样值得享受的时间，都是人流往来匆匆的下班高峰期，人们不是在晃晃荡荡的车上，就是行走在车水马龙、八街九陌的路上。很难有人能在忙于生计之外，忙里偷闲地腾出这样的悠闲工夫。

红胶跑道外的一圈香樟树的繁茂枝叶，连带着一众家长的后背，都被染上了天空的颜色。郑斯琦穿的是白色衬衫，故而更显眼，后背更如同一张可绘的白纸，供霞光恣意地涂抹点染。

乔奉天纯想当"炮灰"，根本不在乎名次，只是迈着腿做到不被大部队甩得太远；郑斯琦则可能是蛰伏着准备在最后半圈冲刺，也只领先了乔奉天一点儿，中间隔着两个人而已。乔奉天没跑对姿势，一下子觉得肋骨边仿佛岔气似的抽痛，呼吸也不由得紊乱了起来，吸得绵长，吐得短促。

他咬着嘴巴继续跑，但跑着跑着就又想起了吕知春。想到理发店里还没招上人；想到替吕知春花掉的几千块医药费；想到吕知春像羽毛一样刚落在一个地方，只消风一吹又飘远了；想到自己从那天起再也没联系上吕知春。

只是一瞬间，被隔离开的疏离感与不安全感，就汩汩溢出了乔奉天的心里。

每个人心里或许都有一道线，根据自己的学识、修养与三观而刻定。不知道谦和而有学识如郑斯琦，究竟如何看待他们这样挣扎在底层的人。乔奉天意外地很想知道答案，意外地不想被这样的人排斥。

乔奉天伸手摸了摸发顶，想着头发要重新染色了。

他忍痛跑完了两圈，两片肺叶都快起火了，脸涨得通红，跑了个第十七名，郑斯琦跑了第二名。

乔奉天一天下来，一个名次也没拿到。倒是四乘一百米接力比赛，下午一统计两场比分，一年级（3）班得了个冠军，比乙组的第一名快了近八秒。一张金晃晃的奖状盖了红章发下来，转手进了班主任的手里，成了集体荣誉，郑斯琦和乔奉天谁也没摸着。

日头未尽，年级主任留了家长和学生在操场上按个子的高矮排成四排，拍照留念。乔奉天比来比去，被几个家长调笑着拽到了第二排，郑斯琦毋庸置疑地站在最后一排，动也不用动，还成了两边人对比个子的对象。

摄影的老师弓腰，低头微调了光圈，把相机在手掌上托稳，合上一只眼凑近取景器。

"我数一二三啊！一，二，三！"

"茄子！"

乔奉天没好意思跟着喊，只抿了抿嘴。

出了校门，郑斯琦按开了车锁，要开车顺便送他们回家，乔奉天也没推拒。郑彧高兴能和乔奉天多待会儿，扯着他的手不愿放开，小五子在一边直愣愣地瞪着眼珠子，望着她往自家小叔的身上蹭。

郑斯琦先把小五子送回了陶冲湖，南二环在堵车，他开导航走的通陵路高架。乔奉天怕耽误郑斯琦的时间，就没送小五子上楼，事先打了一通电话给乔梁，让他在门口接着。

乔梁像极乏似的哑着嗓子笑着应着，乔奉天在电话里听了觉得奇怪，皱皱眉嘱咐了两句鸡零狗碎的事，也没多说就挂了电话。

往铁四局开的路上，郑彧在车后座上有一句没一句地絮叨着，过一会儿就没声音了。郑斯琦一回头，就见她横躺在后头睡着了，还心明眼慧地知道往自己的肚子上盖件小外套。

"丫头又不脱鞋……"

乔奉天从副驾驶座上往后看，郑彧的鞋底正牢牢地贴着粉色的车座套。不管瞧几次那一水儿粉色的 Hello Kitty（凯蒂猫），乔奉天都觉得晃眼。

"珊瑚绒的不容易下水，掉毛，你下次换成涤纶的好。"乔奉天说。

"你说座套？"郑斯琦打了方向盘。原来这毛茸茸的玩意儿叫珊瑚绒，他还以为是低配仿貂呢。

"要不然呢……"

"小丫头自己在网上看的款式，吵着闹着让买，我也挑不了了。"郑斯琦看了一眼后视镜，"我发现你很懂这些东西，这些……怎么说……"这些渗透进生活里的很细微的东西。

乔奉天把头贴到车窗上，笑了："这算常识吧，日子过得久了都知道的。"

郑斯琦挑了一下眉，觉得这话是在啪啪打他的脸。

"今天那个姑娘……"遇到了红灯，郑斯琦踩了刹车，"是家里人给我介绍的相亲对象。"

乔奉天听了这话偏头看向他。

是吗？

"告诉你没别的意思，就是你看见了，所以就想和你说明一下，免得你猜测她的身份。"郑斯琦回看他，微笑。

"挺好看的，我说那位小姐。"

"也年轻，比你还小四岁。"

乔奉天一坐直了就觉得头重脚轻，眩晕得不行，连忙又把头贴回到冰凉的车窗上，想着自己可能是累了："条件那么好，比你快小一轮的年纪就得出来相亲，现在人都急得不行，我挺不能理解的。"

"可能……她怕错过我这好男人。"

乔奉天呛了一下，没听错的话，这人是在自吹自擂吧？他张口结舌地看着郑斯琦踩了油门，手搭在挡杆上，明面上一点儿调侃戏谑之意也没有，唯独眼镜下的眼里，泄了一点儿笑意。

"您……夸自己一点儿都不明显。"

"那必须，我是动嘴皮子吃饭的。"

乔奉天望着车窗外倒退的种得齐整的行道树，一边撑着脑袋，觉得太阳穴正一阵阵地抽痛，一边忍不住直乐。

华灯初上，天色黯然了许多，城市在黑夜里，则有一份特殊的陌生感。乔奉天一时分不清郑斯琦开车走的是哪条路、哪一环。他清了清发紧、发黏的嗓子，正要开口问，就听到郑斯琦的声音传来。

"你自己把头发撩开。"郑斯琦说。

乔奉天愣了愣，抬头乖乖地照做了。郑斯琦的手一伸，直直地贴在了他的额头上。乔奉天这才有所反应，有个往后缩脑袋的动作趋势。

按了两秒，郑斯琦收回手，微微蹙了一下眉，问："自己没感觉出来吗？"

"什么？"

"你在发烧。"

郑斯琦又将手往他的鼻子下方探去，特别像武侠剧里的大内侍卫探人鼻息："呼个气都烧手了，还不知道。"

乔奉天发烧的次数少之又少，即便是感觉出不舒服了，发热也好，头疼也罢，通通闷头儿睡上一觉就好。他自己拿手背摸了一下额头，并不觉得有多烫。

"直接送你去门诊？"

"我不去。"乔奉天摆了摆手，将头贴在靠椅枕上，"我回家烧壶开水喝就行。"

"你家里没药吗？"

乔奉天琢磨了一下，张嘴也是语焉不详："不记得了……好像有吧？在床头柜里放着，不对……算了，我回去找吧。"

郑斯琦看了他一眼，挂挡向右打方向盘："跟我上楼。"

乔奉天第一次来郑斯琦的家。他家的小区不新也不小，绿化倒是比较优良，树木茂密，影影绰绰，主道上种着两列挺秀的玉兰树，发着玉琢似的椭圆花苞，甘芳的甜味漫进夜晚的风里。

郑斯琦去摸口袋里的钥匙，抬手把怀里横抱着的郑彧往上提了提。看郑彧的脑袋歪着往郑斯琦的胳膊下滑，乔奉天就用手掌去托，扶稳了，垂着眼顺手温柔地拨开了粘在她的嘴巴上的一缕头发。

郑斯琦把钥匙插进锁眼里，看了一眼郑彧，又看了看他，笑了一下。

郑斯琦抱着郑彧换了拖鞋，又从鞋柜里掏了一双新的："换这个吧，应该有

177

点儿大了。你先坐。"他转头把郑彧的小包往沙发上扔去,把她送回了卧室。

乔奉天低头换鞋,按了按鼻子,一吸一呼之间,觉得鼻腔里有股咸咸的湿意,连忙站起来屏气收住,原地转了一圈去找茶几上的抽纸,唰唰地抽了两张纸团成团往鼻孔里一堵,才舒了一口气。他看沙发就在腿边,顿了两秒,就坐了下去。

郑斯琦的房子地段偏里,安静,温暖。屋顶挑得颇高,足以再隔出个二层空间。墙上粉刷的是涂料,不像是壁纸,是微微带着米褐黄的温和浅卡其色。书架、桌椅、杯盘、电器,干净整饬。隔出的一面供郑彧乱抹乱画的黑板墙,给屋子添了些趣味。

空间大的地方是不容易出错的。与自己的小破屋子相比,郑斯琦家少了点儿用心去精雕细琢的细节,多的却是持重而不迫的从容感。乔奉天把纸巾丢进垃圾桶里,抬眼望着郑斯琦家雪白干净的天花板,耳边听着餐桌上方挂着的一盏摆钟嘀嗒作响。

他突然感觉耳朵一痒,像探进来个异物。

"什么东……"乔奉天下意识地往后缩,用手去挡。

"别瞎动啊,失手给你戳聋了怎么办?"郑斯琦低低地笑出声来,动作应声放轻了些,他用手掌撑着茶几,一条腿支在沙发上,弓腰解释道,"耳温枪,给你量一下看看。"

乔奉天不动了:"真高级,这玩意儿我都没见过。"

"就比水银的贵了几十块,速度快,也量得准。"郑斯琦拿出耳温枪看了看,"37.5℃,烧了。"

"啧。"

乔奉天揉了揉胳膊,觉得骨骼和肌肉酸胀得难受,呼吸间的气流也干涩灼热。

郑斯琦把手里的一个小纸袋递到乔奉天的手里,又给他接了一杯白开水:"喏,退烧药,对这个不过敏吧?"

"没事。"

郑斯琦将手往上抬:"别没事,过敏的程度可大可小,长疹子没事,要是什么呼吸骤停就麻烦了。"

"真的,我真不过敏。"哪儿那么倒霉啊?他吃个退烧药就呼吸骤停了?

"一片就够了。"

"嗯,谢谢。"

郑斯琦刚转身要去放耳温枪,又停下了动作。他垂眼看了看端正地坐在沙发上的乔奉天。

"怎么了?"

"头晕就别坐得那么直了。"郑斯琦碰了碰他绷着的肩,"靠一会儿吧,我要不去给你拿个靠枕?"

"别,别,别。"乔奉天依言懈了腰上的一点儿劲儿,"平常老这么着,就习惯了。"

郑斯琦说道:"我倒是也挺想让枣儿养成这个习惯,到哪儿都跟个小白杨似的。"精神又好看。

乔奉天把手搭在额头上,闭了闭眼:"我这是从小被阿妈打出来的,竹筷子、竹扫帚抄起来就往身上招呼,呼呼地带风,又不让我低头,又不让我塌肩,错了就打。真让你碰枣儿一根手指头,你都舍不得吧?"

林双玉说走到哪儿都要把腰板儿挺得直溜,看着精精神神的,哪怕日子过得不好,也绝不能佝偻着背,不能显出来,不能让旁人看了笑话。这一番很偏激愤世的家教言论,乔奉天却意外地听进去了,并时刻照做。

郑斯琦没说话,抽过了沙发上的小薄被搭在乔奉天的膝盖上。粉色的小薄被上印着花。

"在家里想怎么样都行,不必绷着。"郑斯琦回身往厨房走去,"我给你煮个生姜水,吃姜吗?"

"哎,你别麻烦了!"

郑斯琦背着身子朝他摆手:"你老实坐着。没说让你一个人喝,我和枣儿都帮你分点儿。小丫头下午疯得出了一头汗,我也怕她闹感冒呢。"

乔奉天按着被子起身："要……要我帮忙吗？"

他平时听郑彧有一句没一句地抱怨，郑斯琦这个爹五谷不分。

"不用。"郑斯琦说得异常笃定，过了一会儿又迟疑地转过头来问，"就……就把姜放进锅里加水煮行了吧？"

乔奉天舔了一下嘴巴："你开火吧，我给你远程指导。"

郑斯琦家的厨房是半开放式的，用一张枫木的吧台式餐桌把功能区进行划分隔断。乔奉天坐在沙发上不动，也能看见郑斯琦在灶台边徘徊的背影。

低烧烧得他的眼睛疲乏发胀，他又不能睡，只能盯着一个地方瞧。

郑斯琦换了件贴身的圆领松绿色毛衣，样式修身，是一件很稀松平常的款式。在吸顶的一盏圆罩黄灯下，他挽高袖子，在灶台边来回走动，那份成熟的气质散发开来，很容易就让人想到那句流行一时的歌词——

  来自山川湖海，却囿于昼夜、厨房与爱。

"先把姜洗干净。"

"嗯。"郑斯琦把洗好的老姜用厨房纸巾裹住，拭净了表皮的水渍。

"枣儿怕吃姜吗？"乔奉天问。

"挺不待见的，她上桌见了姜，手里的筷子都躲着走。"郑斯琦往一口雪平锅里加了半壶清水。

"那就别把姜拍散。"乔奉天吸了一下鼻子，"切丝，切一小半就行。"

"行……"郑斯琦应得没什么底气。

乔奉天眯着眼睛，竖耳听着刀刃触在案板上发出的声响——没有一点儿节奏，没有一点儿规律，半天嗒的一下，半天嗒的一下，有时又停顿半天没动静，过会儿又猛地传出咯噔一声，听着就不像正经切菜的动静。

乔奉天心生疑惑，把小薄被从身上拿下去，踩着比他的脚大出一截的拖鞋往厨房走，手扶在吧台上伸头往案板上瞧了瞧。

"郑老师……你要炸薯条吗？"

"我……"郑斯琦心虚地瞄了一眼在案板上七零八落地躺着的小指头粗的生姜条子。

"菜刀不是你那么拿的。"

乔奉天走过去把刀柄接过来，手指往刃上轻轻地抚了抚："刀还挺好，就是你不会使。"

郑斯琦的身子往左让了一步："求赐教。"

"手掌不能完全攥在刀把儿上，重心要靠前。"乔奉天把菜刀向前递，让郑斯琦自己握住，"尽量让虎口贴在刀身三分之二的地方。"

乔奉天垂着眼，去挪郑斯琦的大拇指："大拇指贴在正面，食指和中指放松地搭在背面，剩下的两根指头勾着刀柄……对，用点儿力，握稳。"

乔奉天还是手凉，说话时带着不明显的鼻音，忍不住吸溜了一下鼻子。

"那只手按着要切的东西，不要耷拉在一边不用，往前挪，再往前挪。"乔奉天抬头看着郑斯琦的侧脸，"切东西的时候不要怕，不要缩，手要往前迎，越缩，越容易受伤。"

"好。"

郑斯琦再"耍"起刀来，无疑上手了很多，虽然不像将笔杆子攥在手里时显得那么游刃有余，但至少也不像一开始那么别扭，觉得哪只手都不是自己的了。

为了成品效果，乔奉天中途还是接过了掌刀权。他利落地上下挥刀，迅速地把老姜切成了细密的均匀薄片，又把薄片横向一抹，在掌下微微压平，沉下刀尖，提腕抬起刀尾，由右至左切成不过挂面粗细的姜丝。

等姜汤煮开了，郑斯琦把它倒进了一只干净的瓷碗里，剩下的一半，搁进了保温桶里慢慢地温着，打算枣儿什么时候睡醒了，什么时候连哄带骗着给她一口一口地喂进去。

乔奉天正站在郑斯琦塞得满满的书架旁边左右参观。像他把花架打理得非常干净一样，郑斯琦的书架同样整洁。国内国外、近代现代的书都分门别类地仔细地理好，像有一套自己编订的索引顺序。

乔奉天的眼睛最先直视到的一排，是现当代小说一类，包括王小波、余华、格非、王安忆、迟子建、白先勇等在内的一众名家作品，皆纳其中。里面有乔奉天读过内容的，有他听过书名的，也有他见都没见过的。

乔奉天想起来不知道从哪儿听来的一句话——

世间万难，无非一拖，二懒，三不读书。

乔奉天不敢随便摸，知道有的人嗜书如命。看着这些书，他也不知道该不该信，这千千万万的境况与麻烦，都能在字里行间觅到答案。

"给，小心烫。"

"哎，"乔奉天连忙接过碗，"谢谢。"

他吹了吹，抿了一口，感觉出里面有砂糖的甜味，快速地皱了皱眉。

"你不吃甜的东西？"

乔奉天抬头看向郑斯琦。

"我只加了一点点糖，要不我给你换一碗吧。"

"不，不，不。"乔奉天赶忙端起碗喝了一大口姜汤，"没事，没事。我喝这个就行。"

郑斯琦就看着他笑："有时候我觉得你确实是快三十岁的人了，有时候又觉得……你真的好像就只有十八岁。"

乔奉天盯着郑斯琦没说话，心里暗想：意思是说他幼稚吗？不成熟吗？

客厅的灯光是暖黄的，显得人是朦胧的，是空幻的，是带着毛茸茸的边的。

"为什么这么说？"乔奉天忍了半天，还是没忍住开口问他。

"各方面吧，从你自己都没有察觉到的很多方面感觉出来的。"郑斯琦缓缓说道。

乔奉天失笑，把瓷碗在手里转了一个方向："你说得太缥缈。"

"本来嘛，我这个想法也是无根无果凭空感觉出来的。你要硬让我说个子丑寅卯来，我也只能告诉你这些玄之又玄的东西。"他顿了顿，接着笑道，"你只要知道，我说的关于你的每一句话，可能不客观，但都是褒义的，从来没有探究你或者评判你的意思。"

乔奉天沉默了一刻。

他从不在意别人的难听话，那些话他听得太多了，已经可以游刃有余地左耳朵进右耳朵出了。他不在意的人，说的每一个字，都不能再在他的心上留下痕迹了。

这么些年的时光，这么些年的鸡零狗碎的杂事，已经被他搓圆捏扁，融成心上的一层釉质。

但难得有人像郑斯琦这么说。乔奉天突然发现，郑斯琦即使比他高出一截，但和他说话时，从未给过他压迫感。

乔奉天用手捂着碗，烫热的温度透过掌心传递向肺腑里。他把眼皮子放松，目光发散，能看到空气里小颗粒的灰尘，像精灵一样，悠忽地飘浮在灯下。他一晃神，就再也辨不出刚才盯着的是哪一颗。

身上莫名其妙就涌上来一阵倦怠感，他突然就想这么在这儿站上一整天，什么东西也不想，什么工作也不做，就站着，就看着。

"我去拿个东西。"郑斯琦说，"你想看书就看，随便哪本都可以动。"

乔奉天点头，看着他进了卧室，转身在被摆放得齐整的书籍里来回扫视，随手抽了一本汪曾祺的小说集选，翻过开篇几页自序后，第一篇是《受戒》。

"怎么样，这本？"过了一会儿，郑斯琦又回来了，手里拿着一个纸盒。

乔奉天把书合上，活像上课被老师突然点名站起来提问。一本书里他只看了一篇，也不敢妄自评价："我随手拿的。"

"那还挺巧，我最喜欢的作品就是汪曾祺先生的书。"郑斯琦推了一下眼镜，"田园乌托邦式的风格，语言平淡悠远，独具散文感，囊括其中的道德观也如童话。"

乔奉天听他说了一堆："这是您课上要讲的内容吧？"

"幻灯片里的教学课件。"郑斯琦笑着侧头，"这都听得出来？"

"可不嘛……您这么严肃地跟我讨论这个,我都恨不得掏个小本出来记笔记了。"

郑斯琦笑得更开心了。

"这个试一下。"他笑完便把纸盒往前递。

"什么?"乔奉天接过来,打开纸盒的盖子,里面躺着一副皮质手套。

乔奉天忽地就把盖子合上,将东西往回递,动作行云流水、一气呵成:"我不要。"

"给你的是手套又不是手榴弹。"郑斯琦失笑,"你去考公务员,考上了一定是两袖清风、廉洁奉公、刚正不阿的那种。"

"什么我也不要。"乔奉天皱眉。

"那你先试一下。"郑斯琦自顾自地把手套拿出来,"在家里放了挺久的了,你就先戴上试试看。嗯?"

"我有手套……"

"你不是戴着不暖和吗?"

"那你这个也不是电热的啊……"

"你信我,好的皮手套不比电热的差。"

乔奉天没办法,接过了郑斯琦递来的一只手套。皮料的确很好,纹路细腻,柔软有弹性,还有淡淡的特殊的皮革香味,不像人造革那样死板而干涩。他把指头一根一根地套进去,手套大小正好,只有中指顶部有一点点的紧束感。

"我就猜你戴着大小差不多。"郑斯琦把手掌张开给乔奉天看,"像我就根本戴不上。"

乔奉天拿戴着手套的手和郑斯琦的比了一下,没有贴上,掌心与掌心间留了一层小小的间隙。这样一比,果然自己的手短下去一截,指尖只到对方的第二段指节那儿。

"你不要,我就只能放在家里落灰了,浪费资源。"

"……"

"嗯?"

"谢谢你。"

"客气。"郑斯琦微笑，"虽然现在气温回暖了，但是明年冬天你就可以拿出来用了。你的手，一天都不受寒是最好的。"

春光，是你即使不感恩，也不会与你计较，由得你去肆意挥霍的东西。可若一旦错过了时令，你再祈求、再追赶，它也不会多在意你的枯荣半分，不会为你回瞻一秒。它的宽容怜悯，本身就是温柔中带着支配意味而显得居高临下的。有的人待人，也是如此。不匹配的地位、不对等的价值、不一样的境况，在人与人之间隔出的是从早春到隆冬的巨大间隙。

乔奉天遇到过这样的人，心思明净，待人和善，看人从不带着鄙夷、轻视之意，但听你提起过往的种种时，无不带着悲悯和同情之心。好像他愿意向你伸手递出一根友好的橄榄枝，他就是莅临人间的救世主，而你则要变成一个蒙他恩惠的小信徒。

话说得有些夸张，但意思是那么个意思。

而郑斯琦不同。他与人交往时，表现出来的善意与尊重是内敛的，是隐含的，是巨大光源下的沉默背景、淡淡底色。

"我特别想知道……"乔奉天把手套摘下来攥在手里，"您是怎么看待我们这种人的？"

郑斯琦看了他一眼："怎么看待？"

"嗯……"乔奉天被他看得忽然怀疑自己问得是不是很突兀，很没头没脑。

郑斯琦停顿了许久，一只手环臂，另一只手托着下巴，像陷入了回忆。过了一会儿，他慢慢地说："我也有点儿好奇，你觉得我和你到底有哪里不一样？"

乔奉天张着嘴沉默了一会儿，觉得这还用说吗？可要他明明白白地讲出来，他又不知道从何说起。

"你……"乔奉天思索着说，"人很好，又体面、富足，有学历，有事业，有儿女，有些人一辈子都要拿你的人生当目标，你就是那种最'标准'的正常人。"

"就我这种把姜丝切成'薯条'的人？"郑斯琦先是笑，随后说，"我说得难听一点儿好了,我今天之所以可以人模人样地站在你面前,背后当然有我的努力,但是还有父辈的积累和命运的安排。"

他斜倚上书架:"说学历,我有你没有,那是因为我的家庭让我注定要走这条路,你如果和我条件相当,你未必比你更刻苦;说工作,不见得我的工资就比你店里的流水更高,你扎根到哪里都可以生存下去,我离开大学就未必了;至于儿女,你才多大?不能拿我的人生进程跟你的对标吧?何况这种事情本来就是随机的。

"你我他,当然会有世俗意义上的高低之分,但你要承认并且顺从他们制定的标准吗?你可以掀桌走人的。人格永远是平等的。"

乔奉天手心发热,心中熨帖:"我也想这么说服自己……"

"不急,慢慢来。"郑斯琦歪了一下脖子,把手贴在腮下揉了揉,平静地说道,"迷茫的话,就多找我聊天,我随时都可以。"

一句话像一记小锤,稳稳地敲在乔奉天的心上。

他突然觉得有股热流顺着鼻腔往下淌,以为是清水鼻涕,连忙抬手去按,可触手的感觉一点儿不黏腻,鼻间还有一股淡淡的腥咸味。于是他低头往指头上一看,发现染的全是红艳艳的血。

"我去……"乔奉天不禁脱口而出。

郑斯琦应声抬头,吓了一跳:"哎,仰着点儿脖子,也别仰得太狠,血会回流。"

他赶紧把盒子放下,两步上前把乔奉天扯过来,啼笑皆非:"你今晚怎么回事?一出接一出的。"

乔奉天被他用手腕托着后脑勺儿,望着天花板,无话可说。

郑斯琦引着他跟跟跄跄地走到餐桌边,抽了两张面巾纸,揉成小团往他的鼻子下面堵。

乔奉天的皮肤白到血管能清晰地显现出来,以至殷红的鲜血染上去,有些触目惊心。

"你不是因为受凉而发烧,你是心火旺吧?"郑斯琦把用过的纸团丢进了垃圾桶里。

"可能吧，姜汤一冲更热大发了。"

郑斯琦似笑非笑："怪我咯？"

"没有，不敢。"乔奉天仰着脸，小声说道。

"我看看你的脸擦干净没有？"

乔奉天把头垂下，看着郑斯琦，没有说话。

郑斯琦指了指乔奉天的上唇角："这里，还有一点儿血。"

他把手套连同那本汪曾祺的小说选集，一起让乔奉天带回了家。他说"把书拿回去看，看完可以再借其他的书读"，又说"读书这种事情，没有时空限制的，随时随地都可以，都值得"。

乔奉天已经很久没有沉心静气地开着台灯看一本上面只有满满的文字的书了，但只因为郑斯琦那样的人，喜欢这样的书，看过并且可能不止一遍地看过这本书，他就想试着读进去。

烧已经退了，乔奉天倚着床头，把书摊在膝上，翻到《大淖记事》一章，刚看了一页，封皮与书册夹合的缝隙里，就飘落下一片四方的纸。

乔奉天站起来去拾，把纸拿在手里，才觉出它单薄平整，像是在书里面压了很久不曾被想起。

纸上一排墨蓝的钢笔小字已经看不清了，署名是"JY"。

## Chapter 09
## 车祸

乔奉天又换了一个发色。

杜冬替他挑的色卡，黑色渐变的苋红色。漂发时避开了发根，苋红从发中开始渐变，色彩递增加浓。摘了遮布，杜冬掸去乔奉天颈上的碎头发，乔奉天在镜子前甩了甩头，抿了一下嘴。

挺好，颜色算中规中矩的。

李荔在市里的幼儿园找了一个教师的工作。她原先一直不爱工作，嫌拘束，嫌不自在，这回老老实实地去上班，倒挺让乔奉天吃惊的。

李荔用手卷着耳边新烫的小波浪头发，笑得意外地含蓄腼腆。她说："万一有了孩子，总不能靠冬瓜一个人养家，当妈的得给孩子当榜样。将来孩子烂泥一摊可不行，不成材，得成人。"

杜冬隔着老远听到了这话，就在里屋一边替人洗头，一边哼着小曲。

挺好，两个人和如琴瑟。

理发店新招的学徒是个短发的男孩儿，看了网上挂的消息直接来店里应聘的。他长着一双眯缝眼，身材滚圆白胖，家里有父亲和两个在上学的妹妹，是本地人。乔奉天要了他的户口本、身份证、驾照和一寸照，坐在小板凳上，不苟言笑地对他进行了半个小时的"盘问"。

小伙子满脸尴尬神情地说："我这应聘的不是理发店，是FBI吧？"

杜冬拿干发巾啪地甩了乔奉天的胳膊一记，挑眉道："你差不多得了啊，回头再把人吓跑了。"他说完又冲小伙子微笑："他这是一朝被蛇咬，十年怕井绳，你多担待。"

小伙子咧了咧嘴，笑着说："没事，应该的，保险点儿总没错。"

乔奉天也就没再多说，把他留用了。

挺好，小伙子也只比吕知春大一岁。

郑彧照旧来乔奉天家吃午饭，话依旧多，饭量依旧大。她见了乔奉天新染的头发，伤心了片刻，便又对他这个新鲜模样提起了满心的兴趣。

乔奉天中午做的是豆皮春卷，薄薄的一层豆皮里裹了香干、芫荽和白虾，做的时候手一松，多做了许多，以至于三个人吃了一大盘不算，另外又多出了两个人的量。乔奉天打包了一份让小五子带回去给乔梁，嘱咐他提醒他爸多休息，别太累；另一份打包让郑彧带回去给郑斯琦，嘱咐她一定要说是做多了的，没别的意思，让郑斯琦吃之前拿微波炉热一分钟就行，配一碟酱油醋的蘸料吃。

连同汪曾祺的那本小说，乔奉天也一同让她带回去还给了郑斯琦。

那一片纸，乔奉天不知道郑斯琦是从来没有发现过，还是知道有，却随手夹在了一本书里，于是寻不到了踪影。

他看见就当没看见吧，这是别人的私事。

这天周末，傍晚。

理发的客人陡然增了许多，铁打的座椅流水的客，乔奉天站在椅背后头梳梳剪剪，就没有挪过地方。他揉了揉右眼，用密齿梳挑了客人外层的一把头发，折绕，拿中型夹固定在了头顶，觉得右眉骨依然一突一跳地难受，就使劲挑了一下眉，把眼皮硬翻出三道褶儿。

杜冬给店里换了新的直发板，把插头插到了接线板上，低头用指腹摸了摸瓷贴面的温度，挑了客人鬓边的一缕头发，夹稳，下拉，再吹一吹，头发丝丝缕缕地垂坠飘舞。

新招的学徒抱了一摞整理好的干发巾推门进来，白嫩滚圆的胖手在肚子上打着圈地揉抚。

"嗬，今儿外面这天，醉人啊！"他笑眯眯地说。

"怎么了？"杜冬回头。

"火烧云！满天都是，漂亮得不行，我看路上有不少人拿着手机在马路牙子上站着拍呢！"他把手往门外指了指。

弯了一天脖子的乔奉天，这才应声抬头，见到了漫天的赤红霞光。

利南大学地处利南市的最高处，以至夜晚时登高望远，能赏到最完整的璀璨夜景。观赏天空时，也同样如此。门外空中的云层片片堆叠，如同在榴花红的底色上加以大笔写意晕染，绘成了利南市今日傍晚色彩浓郁的火烧云景象。

利南市已经很久没有出现过火烧云了。

火烧云后，大多是万里无云的晴好天气，最宜出游、远行。

乔奉天怔怔地盯了火烧云一会儿，无端觉得心头一窒，心脏像短促地停止跳动了一秒，继而咯噔一下。

他手一抖就落下了剪子，剪错了一刀，原本平齐的发尾没来由地斜出去一道。乔奉天皱眉，"啧"了一声。

"怎么？"客人察觉到不对，动了动涂得殷红的嘴巴，伸手顺着发中一路抚到发根，追问道，"怎么了？有问题吗？"

"对不起，"乔奉天透过镜子望着客人，说道，"给您剪错了一刀。"

"啊？"客人慌忙地偏过了脑袋，水晶指甲上下一翻，把发尾捋至前胸，"哪儿啊？哪儿剪错了？！"

杜冬和学徒都偏过头看来。

乔奉天默默地把平剪揣回围裙的口袋里，伸手从客人的头发里夹了偏斜的一缕发尾，如实地比给她看："就这里，歪了一点点，真对不起，这次就不收您的钱了。"

"哎哟，你这人怎么回事？！"她皱起眉，眉端夹出一个浅浅的"川"字，一只手扯着遮布，另一只手支着椅子扶手要起身，"给我剪个那么大的豁口！你怎么回事啊？！"

"真不好意思，我给您重新修一下吧……"

"修什么啊？！我让你给我剪到锁骨，你给我剪错了重修，不越剪越短？剪成个'扫把头'我怎么出门？！"

乔奉天往后撤了一步，抬手顶了顶右眉骨："不会的，不会修成'扫把头'的，您放心……"

"是啊，我放心啊，我放心的结果就是你给我剪豁口了啊！拿我在这儿试手呢？"客人依旧不悦，满目鄙夷之色，穿着高跟鞋往乔奉天的面前一站，足足高出他半个头，她的两条眉毛画得浓而飞扬，皱起来的时候凶相毕露，"不会剪的话，开什么理发店？挂什么牌子？赚什么坑蒙拐骗的钱啊？"

"哎，怎么了？怎么了啊？"杜冬赶忙连走几步上前来，往乔奉天的面前一挡，满脸堆笑，"好端端的怎么就着急上火了，美女？"

客人将食指一伸，指向乔奉天："问他！"

杜冬回头，压着嗓子问："怎么回事？"

乔奉天最见不得旁人得理不饶人，也最忌旁人信口怀疑他的工作、他对待客人的诚心，偏偏这天又赶上了他疲而生厌的时候。他偏着头叹了口气，耸了一下肩："剪子下得猛了，扎出只'炸毛鸡'呗。"

"嘿，你说谁'炸毛鸡'呢？！"客人心里的怒火直接燃上了天灵盖，高跟鞋咯噔一声往前一踩，伸手就要去抓乔奉天的脸，"老娘撕了你的破嘴！"

"哎！别，别，别！有话好好说，有话好好说！"杜冬挺着胸膛往前挡，抬屁股把乔奉天往后拱。

新收的学徒也猛地扯着乔奉天的胳膊将他往后拽，他才不致躲避不及，被生生地挠破相。但乔奉天依旧觉得头皮一痛，眼看着被她活生生地扯去了五六根苋红色的头发。

"你们店的人就这素质？我今儿也是开了眼了！"

"哎，您别气，您别气！我帮您重新剪！保准您满意！您想做什么护理、什么柔顺都行，今儿我给您全免费，算是赔不是，您别气。"

"喊。"客人极为不屑地勾了一下嘴角。

杜冬咧着嘴，回头给乔奉天使了一个眼色。

乔奉天把腰上的活结解开，摘了围裙甩在沙发上，捋着刘海儿去了理发店的后门。

他蹲在门口的两级矮矮的石阶上，盯着前面酒店后厨的铁皮烟囱里飘出的缕缕白烟，伴着炝锅的噔噔声响，小巷里弥漫着满满的油烟。

生意做得久了，无礼的客人他们也就见得多了。之前再口无遮拦、再胡搅蛮缠的客人都有，乔奉天和杜冬都一一赔笑着忍了。如果两个人实在咽不下气，就提早关门，去大排档要一桌的烧烤啤酒，把压抑的不悦愤懑之情全丢进酒里仰头咽了。

什么事揣进怀里裹着被子陪自己睡一夜，不都隐匿得无影无踪？乔奉天总是这么想。

也不知道是不是被某个人分外心平气和地对待了，自己都妄自尊大，显得尊贵了，禁不起骂，也受不起气了，以为谁都瞧得起自己、不给自己委屈受了。

他突然想明白了，有的人，还是不能贴得太近、挨得过久。亮的东西盯得久了，目眩神迷，让人总以为自己也是能发光的那一类，拎不清自己几斤几两，拿捏不住自己的处境，擅自以为自己也是能信步踏进光圈里的一个。

只有偶尔一瞥，他才会觉得惊艳，才会觉得遥远。

晚风渐起，乔奉天的衣兜里的手机正嗡嗡作响，振得大腿连带着腰际一阵酥麻。

乔奉天揉搓着右眼眶，随手按了接听键，把手机举在耳旁，轻轻地应了一句。

等他再望向天空时，西边的火烧云愈烧愈烈。

时值晚高峰，利南大学的临街上车辆堵起了长龙。

192

乔奉天抓着手机，穿过熙攘的人群，却感觉看不清他们的面孔。手抖、脚冷、脑袋发蒙，他从头至脚不停地打着寒战，连头发丝都在忍不住地抖。

他想伸手拦车，可车流从他眼前急速驶过，一辆空车都没有。手表指针旋转的细微动静变得尤为响亮，嗒嗒的声音像是在催逼着他似的，让他快一点儿，再快一点儿。

乔奉天看见对面似乎有一辆空车拐弯进了岔口，他一时疏忽了左右正在行驶中的车，拔腿要跑过去追，耳边霎时间响起短促尖锐的高声鸣笛。

他惊得倏忽回神，转头看着来车，却一时顿住，不知道自己该是进还是退。来车的驾驶员快速地向左打方向盘，后视镜堪堪蹭着乔奉天胸前的拉锁驶过。

驾驶员动了动嘴，一定骂了人，但乔奉天也没听见。

"车祸""抢救室""你的哥哥"——陌生号码打来的电话里，这三个词几乎是不分先后凶猛地撞进他的脑子里的，再无限放大、放大，挤得他脑袋发蒙。

乔奉天说不出来是什么感觉，害怕还是心慌都说不上来。他像是被人当头一掌猛地拍进了冰凉的水池里，水从鼻子里汹涌地灌进来，脑子里霎时间水声轰鸣，成了一片让人张皇失措、抓不到支撑点的空白。等他回过神来的时候，他发现身体已经先大脑一步在往门外飞奔。杜冬只来得及看到一抹残影，只来得及听到一声合门的震动。

乔奉天最终拦到一辆黑车，开门，上车。关门的动静太响太重，寸头的司机不悦地透过后视镜皱起了眉，嚷嚷道："哎，轻点儿好吧？我这是新车呀！"

乔奉天的上下嘴唇哆嗦着，他用力地抿了抿唇，艰难地吞咽了一下口水："利南市委医院，急诊大楼，快。"

"现在二环堵，我给你从高架上绕，三十块钱你看——行不行？"司机侧头，视线触到乔奉天苍白的脸色时，怔了一下。

"你快点儿开！多少钱都行！"

乔奉天倚着车窗，看着利南黄昏之时的风景。他觉得心一直悬在喉咙眼那儿，既吞不下，也吐不出，既没着没落，又不上不下，不由得就心生急躁，焦虑的情绪骤然膨胀。

车开到医院时，乔奉天额头上的汗几乎打湿刘海儿。他丢下五十块钱就奔下车，明明脚踩着地，却又像一脚踩空似的感觉自己在往下掉。

乔奉天顿觉膝盖发软，重心向前一倾，差一点儿就跪倒在了坚硬的水泥地板上，仿佛霎时间全身被抽尽了筋骨和气力。

抢救室外的急诊大厅内，人流涌动。人人都怀着不安忐忑的情绪，踱步的、抽烟的、争吵的、哭喊的……即将彻底西沉的太阳光把大理石地砖分成浓色和淡色的两面。生死只在一瞬间。

乔奉天似乎对抢救室有着挥之不去的心理阴影，只觉得堪堪踏进来，就感到一阵眩晕。他不由得皱紧了眉，两步上前，伸手抓住一个在抢救室外徘徊的保安。

保安上下地打量了他一眼。

"我……找人。"

"找什么人？"保安用警棍顶顶檐帽，眨了眨眼睛。

"我找——"

嘀的一声响，抢救室的电子门开了，里头钻出一个戴着口罩，只露着一双眼的护士。她敲了敲手上的写字板，对着人群喊："乔梁！乔梁的家属还没到吗？！"

"这儿！"乔奉天听了浑身一激灵，转过头高高地举起手，嗓子哽了一下，声音都喊得哑了。护士一听，远远地招了招手，喊："马上跟我进来！快点儿！"

他快步地跟着护士走进了抢救室，在显得拥挤的空间里，惨淡的白光映射在人的脸上，药物的味道浓而刺鼻，嘤嘤的吵嚷声中夹杂着此起彼伏的痛吟，抢救室一直是让人直面就会感到不适的地方。

走到拐角一张拉着帘子的病床前，乔奉天看护士停下了脚步，转头问他："你是他弟弟？"

"对……"一帘之隔，乔奉天根本控制不住颤抖的声音。

"还有其他家属吗？"

"阿爸和阿妈……暂时不在本地，其他……没有了……"

护士了然地点头，只淡淡地睨了一眼写字板，语调平淡而徐不疾："病人的伤势比较严重，家属要做好心理准备。他是交警送过来的，办了欠费，等等你去缴费，办一下住院手续。医生那里还有手术文件和通知书。男孩子，坚强一点儿，情绪不要太激动，抢救室里还有其他人，好吗？"

护士说完，侧身拉开了挂帘，让出了空间。

乔奉天胸腔里擂鼓似的咚咚地响个不停，他感到十分惶恐，下一秒就畏惧得想逃避，却又不得不进到帘子后面。

有些东西，一次就能入心而不是入眼。

细细密密的电线牵连起周围嘀嘀作响的仪器，时刻监测着病人的心电、血压与微弱的脉搏。

乔梁蜷躺在病床上，盖着一层薄被，身下的床单凌乱，血迹在床单上殷红分明，几乎浸染了大半。他肿胀的脸上歪戴着呼吸面罩，几道医用胶条缠住耳朵将之固定住，裸露在外的眉眼染着未擦净的干涸血迹，眼皮浮肿，半启半合。

他的眼缝里好像蒙着一股黯淡与涣散的将死之气，短促且艰难的呼吸仿佛都让生命以一种不可逆的方式流逝。

乔奉天的喉咙干得一阵发紧，像被虚空里伸过来的一只无形的手死死地钳住了，感觉下一秒就要被掐断气了。他有点儿慌张地想张口呼吸，想开口说话。

可是他该说什么呢？他想不到，脑子乱得想不到任何合适的话——能完完整整地讲出来，不会牙齿打战咬到舌头，不会说到一半就崩溃地大哭起来的话。

乔奉天艰难地抬脚，挪近一些，企图站到床边，握一握乔梁的手。他睁大了眼睛紧紧地盯着乔梁的眼睛，看乔梁的身体突然一阵抽搐，从呼吸面罩下发出一阵喑哑得模糊不成调，且没有意识的呻吟。

这声音听得乔奉天头皮一炸，他瞬间脸上血色全无地倒退一步，怔怔地看着急诊科的看护医生闻声凑上前去。

乔奉天神情恍惚地连忙转身后退，一脚绊在了床腿上，向前踉跄了一步。他抬手捂上嘴，紧紧地咬住牙根，仿佛要把后槽牙碾进牙床里。

郑斯琦接到乔奉天的电话的时候，车正开到"利大附小"的门口，见了来电号码，也没多想，直接按开了蓝牙。

"嗯？怎么了？"郑斯琦的声音听着很温和，语气平和得让乔奉天呼吸一滞。电话那头有清楚的背景音——室外，街上，人声掺着车辆的鸣笛声。

"郑老师，麻烦你接一下善知，稍……稍微帮我看一下，我晚上就去接他，不会耽误你太多时间，行吗？"

郑斯琦一愣："怎么了吗？"

乔奉天顿了一下，才说道："一点儿小事。"

"可以是可以……他要问的话，我要怎么说？"

乔奉天接着说："就……说他爸临时加班，我这儿客人太多抽不开身。再麻烦你跟他说，我很快就过去，让……让他别着急……"

郑斯琦推开车门下车，抬头看见两个孩子老老实实地牵着手立在门卫室的门口。

"可以。"

"谢谢你。"

挂了电话，郑斯琦紧紧地盯着屏幕看了很长时间。他既不傻也不聋，分明听见对方说话时声音微不可察的颤抖和旁边不知道谁喊出的几句"起搏""心率""盐酸肾上腺素"。

乔奉天是在医院里。

扶疏路四岔路口的交通事故，迅疾登上了利南市傍晚的各大晚间新闻节目。只是再凶险的经过，也能被加工过滤成不咸不淡的一分钟新闻稿，如蜻蜓点水，一掠而过，成了人们的饭后谈资。

乔梁是飞来横祸。他在扶疏路的四岔路口为躲避抢黄灯的助力车紧急转弯，被超速疾行的水泥罐车猛烈地撞向了路口中央，车身几乎面目全非。当时车的副驾驶座上还坐了一个要去利南南站乘高铁的女大学生，所幸被撞的前一刻，乔梁猛地向右打了两圈方向盘，护了女生一命。他们被送到医院的时候，女生人还清醒，乔梁则昏迷不醒，意识全无。

乔奉天怔怔地被交警围在了抢救室的门口，太阳穴一抽一抽地突突跳着，深深蹙眉，完全消化不了此刻的境况。

眉毛浓密的交警拿笔敲了敲记录本，上唇的细胡楂随着语调的变化而上下颤动："当事人在外头开黑车揽私活，你做家属的都不知道吗？！"

"我……我真的不知道。"乔奉天低头努力回想着乔梁话语里的蛛丝马迹，只是想来想去，除了察觉出他总是疲倦之外，怎么也想不到他会瞒着自己做起这种摆不上明面的生意。

"不知道？"交警摸了摸胡楂，"他这车，本来就是非法运营车辆，是要扣留罚款的，我们这边也查了车牌，这车的户主还不是他本人，车也没有上保险！现在真出了事，哎，我问问你们，钱谁赔？责任谁担？啊？！人家小姑娘的家长还不知道呢！"

周围一圈路过的医生和病人，或是忍不住回头，或是停步探视，都侧着耳朵，三三两两地站着议论。乔奉天没说话，盯着自己的鞋尖，心乱如麻。

钱谁赔？我来。责任谁担？你们说谁就是谁。这些乔奉天都不在乎，也没有余力去关心。乔梁躺在里头生死未卜，乔奉天只想知道他能不能活下去，就算现在天立刻塌个窟窿洞，都没有这件事情来得重要。

后头戴檐帽的小交警扯了扯前面人的衣服，侧耳小声说了句："刘队，差不多得了啊，人家的家属还在里面躺着呢……"

"唉，"男人抖了抖肩，拧上笔盖，将笔插进了前襟的衣兜里，嘴巴微动，极快地轻轻说了一句，"知法犯法。早知今日，何必当初。"

一个人到底要有多丰富的阅历，才能把别人的痛苦看得如此透彻呢？乔奉天不知道。他深谙为人处世，不能把自己的经历拿来"绑架"别人，也别随意试探人性。看惯了瞬间生死的职业从业者，对待他人，理智以待是太惯常的现象。

可疼在自己身上，乔奉天才觉得不可遏制地伤心。他把手攥紧，直到关节泛青，掌心出汗，再慢慢松开，脱力地垂在腿边："对不起。"

交警半天没言语，末了用手顶了顶檐帽，咳了一声："我们这边就先回队里处理一下细节问题，后续还要联系，请保持手机时刻通畅。我姓刘。"

"麻烦了。"乔奉天抬头看着他。

"应该的。"

郑斯琦打来电话的时候，乔奉天正不安地徘徊在抢救室门口。抢救室有严格的规章制度，不允许家属多待。乔梁现在的心率、脉搏、血压皆不稳定，达不到推上手术台的标准。脑外科的主任正加班加点地进行着临时的一台手术，还要再等一会儿才能来看诊。

杜冬的电话乔奉天全部没接，郑斯琦的电话接了，纯粹是他害怕小五子出了什么状况。

"喂？"乔奉天坐在长椅上，胳膊支在膝盖上，手掌抵在额头上。

"你在哪儿？"

乔奉天顿了一下，回道："在店里。小五子是不是问了？你跟他说……"

"你说实话。他没问，是我在问你。"郑斯琦看着倒车镜。

"就……医院。"乔奉天答得含含糊糊。

"利南市委医院？"

"对，没什么事，你别和小五子说，我等会儿就过去接他。"乔奉天用指尖掐着眉心。他也不清楚自己什么时候走得开，什么时候能整理好这敷衍隐瞒的言辞。

"知道了。"郑斯琦关了蓝牙，将车变道右转开上了一环。

乔奉天的十个"没事"里，大概只有一个能信。郑斯琦摇下了半扇车窗，吸了一口气，又踩下油门。

利南市委医院郑斯琦来的次数不少，一方面是常带郑彧过来打疫苗，一方面是常被郑斯仪一通电话催来，充当车夫免费地替她搬单位发的一堆油粮米面。郑斯仪这天不值班，郑斯琦就把她叫来家里看着两个半大的孩子。

他不清楚乔奉天的具体位置，只能先进了急诊大楼，进去后站在原地巡视了一圈，很快就寻到了对方的身影。

乔奉天坐在水蓝色的塑胶长椅上，弓腰，埋头，两手交叠，十指扣紧地抵在额头上。从大厅那高高的天花板上投下的白光笼在发顶，显得他单薄渺小，像个随意复制粘贴上去的粗糙背景。

那个姿势，既像是信徒在忏悔，又像是虔诚地在祈祷。

郑斯琦走得急了，稍微有些喘。他原地立着，静静地看了一会儿，理了理衣领走上前去，在乔奉天旁边的椅子上坐下。

"怎么了？"郑斯琦将手搭在乔奉天的右肩上，轻轻地拍了一下。

乔奉天抬头，一刹那满眼迷惘之色。郑斯琦这才看清他的脸色苍白如纸，于是眉目就更显得浓重，眼下的淡青色痕迹也更显他郁郁寡欢。

郑斯琦的心忍不住地跟着揪紧。他敛下眉眼，越发觉得事情严重，继续追问了一句，口吻更轻地试探："怎么了？"

"你怎么过来了？"

"不太放心。"

乔奉天没说话，既没问他小五子呢，也没问他怎么找到自己的。乔奉天清楚，郑斯琦要是预备好了来找他，旁的事情一定能处理得滴水不漏。他很放心，没必要问。

"你到底……"

乔奉天攥了攥手机："我哥，小五子他爸，出车祸了，在抢救室里，我在等脑外科的主任来。"他用力地抿了一下嘴，压出点儿不自然的血色，"急救科的大夫说，问题不在身上，在脑子，说是有严重的脑损伤，所以……"

郑斯琦怔了怔。

乔奉天的语调从一开始的极力平静，到后来漾起微澜，听起来压抑得很辛苦："要心率、血压和脉搏达到标准才能进手术室，但他现在情况一点儿都不稳定，各项指标都很低……我也不知道要等到什么时候，抢救室里不让我一直待着……我没办法，就只能等。"

乔奉天扯了一下嘴角，挠了挠头："搞得我现在……我……我也不知道我在等个什么东西。"

郑斯琦望着他的侧脸，没说话，搭着他的右肩的手也始终没有拿开。

"他瞒着我开黑车，挣外快，我都不知道他从哪儿借来的车，他哪儿来的胆子……

"出事的还有个乘客，是个小姑娘，也受了伤，通知了家属，对方在外地还没到，我……我不知道他们还得怎么闹，让我怎么赔。

"我不知道该怎么和阿爸、阿妈还有小五子说……我开不了口。

"我怕他熬不过……"

乔奉天絮絮地说了不少话，声音小而无力，倒像是在说给自己听。郑斯琦挨得近，分明听清他说那个"过"字时，到了尾音已经完全变了调。

"手续办了吗？"郑斯琦问。

"我带了一张卡来，刚办上。"

急诊大厅里人声喧嚷，能听到不知道从何处传来的撕心裂肺的哭闹声。乔奉天一点儿要哭的迹象也没有，连眼圈都没有一丝泛红。只是从郑斯琦的角度看过去，他单单坐在这儿，满身的哀恸无措情绪就那么明显。抢救室的厚重电子门每次嘀的一声开合，都能引起他轻微的焦急惊颤。

郑斯琦伸手一揽，如同相识多年的老友一般，拍了拍乔奉天的肩膀。他明显感到乔奉天先是一怔，再是一直持续不断地颤抖，凑近一点儿，还能听见嗒嗒的声音响在乔奉天的腮边，是牙关抑制不住地上下碰撞的动静。

他真瘦啊。郑斯琦一瞬间这么想。

看他平常穿衣倒不怎么显，只有偶尔瞥见他从衣领口"戳"出的一截嶙峋的锁骨，郑斯琦才能意识到对方的瘦削。今天郑斯琦无意识地一伸手，才发觉外套在视觉上让乔奉天看起来壮了不少，其实这种"壮"都是虚的，这人的躯干清瘦异常。

郑斯琦在乔奉天的背上落下了手掌也是意外之举，他竟把拿来哄郑彧的法子用在了这么个成年人身上。别说乔奉天了，连他自己都意外。

在这静谧的时刻，乔奉天感觉到背上那只手的拍抚节奏，正巧合上了他不安的怦怦心跳。

"别怕，别慌，我在这儿陪你。"

利南的夜色愈加浓重，云霭黯然，有风无星。

抢救室外不断有推车来往匆匆，白大褂与护士服在眼前摇来曳去。郑斯琦陪着乔奉天，一直没离开。乔奉天就直直地盯着顶灯反射在地砖上的斑驳白点，腰板儿在不知不觉间又挺直了。

没过多久，头发花白的脑外科主任带着一众随行的看诊医生步履颇急地从楼梯口走来。他皱着眉不时地转头和身边人小声讲话，手里比画着动作。一行人进了抢救室不久，戴着口罩的护士又探出了头，喊："乔梁家属！"

乔奉天闻声猛地站起身来。

护士冲他招了招手："你快进来，主任来了，有详细的情况跟你说！"

乔奉天勉强平复的心情，又紧张了起来。他想往抢救室的方向走，却下意识地快速回头，不安地看了眼郑斯琦，张了张嘴，又一个音也发不出来。

"我们一起进去。"郑斯琦把他轻轻地往前推，"走。"

乔奉天这才深吸了一口气，用力地咽了咽唾沫，跟随着护士的身影，径直地奔向乔梁所在的拐角位置，立在一边，看七八个医生将小小的病床团团围住。

"怎么样？"

"他的伤势很重，人现在是不清醒的，心率和血压都不稳定。"

主任摘了花镜，说话很是温瞬，带着细软的南方口音。他仔细地向急诊科的值班医生大致询问了病人的外伤情况，又戴上花镜，掀开了薄被，亲自检查了乔梁周身的外伤。

乔梁身上一共有七处外伤，最严重的一处在左小臂上，是严重的开放性骨折。急诊科的医生不得不捆上了令病人极度痛苦的止血带加压包扎，才勉强止住了血。

然而比外伤情况更加复杂的是肉眼难断的内伤。主任带着几位医生拿了刚拍的片子在灯下端详，表情严肃地侧身交流了片刻后，很快确诊——是因为头部受到外力撞击造成的颅脑损伤，引起内出血。

乔梁正处在千钧一发、生死攸关的时刻。

乔奉天怔怔地听他们讨论着，只能听懂一半的话，心里的惊慌害怕之情难以名状。他将指甲紧紧地嵌进肉里，焦急到想抱头蹲下，但他没办法插进去说一句话。不是不想，而是不敢，他不敢主动发问，害怕收到不好的回复。

"主任，这个是病患的家属，他的弟弟。"那个护士接过了主任手里的片子，引着他走向一边的乔奉天。主任绕过床头，一边伸手理了理胸牌，一边往前走。

乔奉天觉得心闷气短，连这群人逼近，都让他无端地倍感压力与惶恐。郑斯琦上前一小步，没说话，但和乔奉天并肩站在了一起。

"伤势很严重，内外伤都不轻，家属要做好心理准备。"主任微微低头，两只手比画着，话说得缓慢，几乎没有情绪起伏，"这个一定要先跟你说清楚，知道吧？"他将手停在半空中，半天没再说话，一边立着的医生和护士顺势点头，一起望着乔奉天。

乔奉天觉得无比被动，想着自己也应该点个头。

"对不起。"郑斯琦又往前走了一步，突然沉声说。

"现在的具体情况，下一步的抢救治疗方案，包括有没有风险，风险多大，另外家属该做什么，该怎么配合，有什么需要了解和准备的东西。"郑斯琦推了一下眼镜，"我们在等您说，这是现在的重点不是吗？"

主任听了一愣，将目光转向郑斯琦，从平视变成了微微仰视，又推了一下花镜。

有个约莫是骨科大夫的人，高高瘦瘦的，率先开口："其他的外伤不是大问题，止住血，清创缝合都是小问题。病人左臂的情况很严重，开放性骨折，有截肢的风险，医院只能说尽力给你保。"

主任沉吟片刻，慢吞吞地点了点自己的太阳穴："现在最大的危险是颅内出血，最好是立刻手术，开颅清血，这是个大手术，大手术势必有风险。"

风险，风险，风险。句句话里都是"风险"。

乔奉天想拉着点儿什么，拽住点儿什么，别让他就这么站着沉沉地往下坠。

"截……截肢不行……他……那他以后怎么生活，怎么工作……"乔奉天说得断断续续的。

瘦高的大夫皱眉，上前一步："所以说是有风险的啊，医生给你尽力保啊！"

这种事情都不是百分百的，即使我今天给他接上了，明天还是有坏死的可能。命不比手重要？家属还想不明白这个吗？"

郑斯琦伸手往乔奉天的背上轻轻地拍了拍。

乔奉天捋了一下刘海儿，深吸一口气，问："开颅手术什么时候做？"

"各项指标达到手术标准的话就可以立刻上手术台，以病人现在这个情况，手术肯定是越快进行越好。"主任回答他。

乔奉天紧接着想问风险，可话在嘴里含着，实在难以开口。

郑斯琦替他问道："风险大概多少？"

主任将手慢慢地揣进衣兜里，似乎也在飞快地计算着风险有多大。

"理论上是有六成的把握，但术后可能会出现不良反应，像术后感染、偏瘫、部分五感或语言功能丧失等等，这些现象都是有可能发生的。恢复期也可能会很漫长，病人和家属都会很辛苦，这些家属一定要有心理准备。"

六成。

情况险之又险。

一瞬间，乔奉天似乎又变成了浑浑噩噩的状态，以至无暇再去听主任后面断断续续嘱咐的一小段话。等被推到一纸写着术前协议的文件前时，他才发觉自己的手颤抖到连笔都握不稳了。

等乔梁上了手术台，是生是死，就定了，反不了悔，回不了头。

"麻烦抓紧一下时间，手术室已经在准备了，抢救室里也还有其他病人要进行手术，受伤的不止您哥哥一个。"护士看得着急，轻叩着签字板，不由得出声催促。

"奉天，"郑斯琦轻轻地拿过了乔奉天手里的笔，腾出一只手来再次在他的背上轻轻地拍着，"放轻松，深呼吸试试。"

乔奉天听他的话，深深地吸气。满含消毒水味的冰凉空气灌进鼻腔里，刺激着脆弱的鼻黏膜，等他再吐出一口气，意外地觉出有短短一刻的释然舒缓之感。

乔奉天转过头去看郑斯琦，看到他极淡地微笑了一下，接着把笔塞回了自己的手里:"签吧,别怕,你哥哥在等着你呢。"

乔奉天提笔,用力攥紧,急速而潦草地签下了自己的名字,像是交付又像是躲避似的,手一颤,推开了签字板。

从准备手术到送乔梁进手术室之间的时间间隔很短。抢救室的大门大开,一个护士一边高举着输液瓶,一边扶着病床上的氧气枕。另一个护士推着病床跟在医生的后头,脸朝着驻足观望的人群。

"让一让,让一让,麻烦让开一条通道!乔梁家属?!乔梁家属?!"

"在,在!"乔奉天立刻小跑着上前去。

"跟着去六楼的手术室,人手不够,你过来推一把床。"

乔奉天点点头,伸手去抓床栏,不知道该聚焦何处的视线不受控制地落到病床上的人的脸上,心像被用力猛捶似的一恸。

乔梁还是那个模样躺在病床上,只是那头乌黑浓密的头发被剃掉了。彼时乔奉天不过乔梁的腰高,就羡慕他的发质极好,头发颜色一点儿也不褐黄,不像自己的头发细软一把。

此时乔梁头顶裸露的青皮上,还有两道因为剃发者不甚心细,手一颤,刀片划破头皮,留下的细长血痕。

这次乔奉天与乔梁的距离更近,看得更清楚,更让他呼吸不畅,手抖如筛糠。乔奉天突然觉得自己很奇怪,明明咬牙忍了一路,此刻不过看到乔梁没了头发而已,却要忍不住掉眼泪了。

"对不起,对不起,等一下。"乔奉天连忙松开了手,背过身子捂了一下脸。

"你走,我在后面推。"郑斯琦将手虚搭在乔奉天的胳膊上,把他往自己的身后带,"别哭。"

傍晚六点三十分,手术开始,红灯点亮,六成的把握。

大事当前的人,常常喜欢把常规的事情戏剧化,无限放大小范围的概率因素。就像手术有六成的把握,大多数人不去想那个"六成",反而自虐似的要去揪着那"四成"不放。乔奉天到底是肉体凡胎,也一样。他不知道如果乔梁救不回来，他该怎么办，林双玉、乔思山和小五子，以后的路要怎么走。

没有这么一个人存在，许多东西对乔奉天而言，似乎也失去了大半的意义。

巨大的哀恸与恐惧无助的情绪再次涌上他的心头。

乔奉天揣在衣兜里的手正紧紧地握拳。

"现在的医生说话会给自己留很大的余地，尤其是那种身经百战的老医生，比如刚刚那位主任级别的医生。"走廊上，郑斯琦开腔开得突然，可那沉缓的调子一传到乔奉天的耳朵里，就能让他心安。

"什么意思……"

"就是说，'六成'是他们的保守算法，甚至可以讲，他们在真实情况下往下压了至少两成。医生都是这样，阑尾炎手术都说只有八成把握，其实是为了留后路。利南市委医院脑外科医生的手术技术一直很精湛，是西南地区一流的。我不是让你盲目乐观，但你也不要杞人忧天，嗯？"

"真的吗？"乔奉天问得小心翼翼的。

其实郑斯琦也不知道，他说的这些都是他从小说和电视剧里瞎看来的，可与其排山倒海地重复没用的"别慌、别怕"，不如把事情分析得条理清晰，去佐证乔奉天心底里的渺小希望。需要安全感的人不会去过多纠结其中的对错，要的只是那一句话。

"我姐是这里的护士长，相信我。"郑斯琦点点头，"你哥不会舍得你，也不会舍得小五子的。"

手术室外的惨白的灯光投在二人的发顶上。

郑斯琦突然想到，季寅临终前也是被送到了利南市委医院。只是那个人，连手术都来不及做，人就不行了。现在他猛然想起来，依旧像一场梦一样。

## Chapter 10
# 生气

杜冬又"夺命连环"似的打来了十几个电话，乔奉天挂一个他打一个，挂一个打一个，乔奉天的手心都给振麻了。

"接吧。"郑斯琦望了一眼，"再不接他要报警了。"

乔奉天一愣，抿了一下干巴的嘴唇，按了接听键："嗯？"

"你在哪儿呢？！一回头你就没影了！电话不接！什么都不说一声，我急得头发都薅没了！"杜冬张嘴一通喊，声音震得乔奉天的太阳穴突突跳，他赶忙把手机拿得远了点儿。

"说话啊！！你在哪儿呢？！"

乔奉天咳了一声："利南市委医院。"

"医院？"

"我哥这边……出了点儿意外。"乔奉天咽了一口唾沫，悄悄抬头，看了一眼郑斯琦沉静的侧脸。

杜冬骑着借来的电动车，一路飙车过来。乔奉天在医院回廊的拐角处见了他，发现他满额都是沁出的汗。

"怎么样？什么情况？人没事吧？"杜冬边走边连珠炮似的问，走到乔奉天的身边时，一把扯住了他发热的胳膊肘。

乔奉天皱眉，低头，指了指手术室门口亮着的一盏红灯："不知道……手术还没结束。"说完他吸了一口气，再吐出来，"挺麻烦，也挺危险……听天由命了。"

杜冬张了张嘴，没说话，顿了半晌，猛地伸出胳膊把乔奉天往怀里拽，将手放到他的后脑勺儿上将人往自己的肩上按："没事，没事！啊！"

杜冬把手往乔奉天的背上拍得啪啪响，力气大得乔奉天的头发丝都在颤动。

乔奉天一声都没吭，任对方把自己按得又牢又紧。

"这不有我和李荔呢吗？别怕！啊！我这嘴啊，开过光，说没问题就没问题，你信我！"说罢，杜冬又在他的背上揉了揉。

郑斯琦贴墙立着，能看清乔奉天伸手紧揪着杜冬的衣摆，和他从杜冬肩膀处露出的一双眼睛——黯然，蒙着一层若隐若现的水光。

"奉天，"郑斯琦往前走了两步，看乔奉天闻声从杜冬的胳膊里挣出来，"要不我先回去吧，孩子还在家，你朋友来了我就放心了。"郑斯琦冲他笑了一下。

"那小五子他……"

"你打算让他知道吗？"

乔奉天愣了一刻，随即苦笑："虽然这事迟早要说，但是……现在还不想说，太突然了，而且还不知道手术的结果。"

"那我不说，你放心。"郑斯琦低头看着他，"事情解决好之前，你别担心孩子的事，等你都解决好了，再去接他就行。"

郑斯琦的工作也并不轻松，他们又非亲非故的，乔奉天既愧疚又心虚。

"小五子他……他要问呢？"

郑斯琦淡淡一笑："我一个靠动嘴皮子吃饭的人，哄一个小孩儿还不绰绰有余？你安心。"

"那我一定尽快去接他，不会麻烦你太久的，最迟明天晚上。"

郑斯琦往边上看了一眼，又接着说："如果你遇到什么麻烦，别躲别藏，跟我说，能帮我一定帮，嗯？"

乔奉天抬头，极力扯出微笑，看了对方垂在眉目处的额发一眼，又低下头，轻声说道："谢谢。"

"客气。"

乔奉天看着他转过身去，发现他的衣服上无意沾了走廊墙上的白灰，在深灰色的衣料上看着明显得很。他小声把人喊住了，见郑斯琦回头望他，就走过去往对方的呢子外套的衣摆上轻轻地拍了拍，然后把沾在指头上的墙灰默默地捻了。

乔奉天说道："行了。"

郑斯琦低头瞧瞧衣摆，顶了一下眼镜："有结果了，给我来个电话，多晚都行。"

乔奉天点头："好。"

杜冬见人走远了，摸着下巴靠过来："是'利大'的老师吧我看着，人文学院的，来咱们店里理过发。他刚才怎么搁这儿陪着你呢？"

"他女儿和小五子是同班同学，还是同桌。"

"你们熟得很？"

"没，"乔奉天捋了一下额发，"普通朋友。"

利南月朗，几近午夜，乔奉天却愈感清醒。

手术是成功还是失败，乔梁是活还是死，好像就在一刻之间，不受个人任何的行动和思维所控。医患之间的信息极端不对等，让乔奉天感觉比和老天爷玩色子还悬——玩色子，至少是自己动手去摇。

午夜十二点半，手术室前持续亮了六个小时的红灯忽地灭了。

两个人从椅子上站起来，乔奉天觉得心脏都快要停止跳动了，一颗心鼓胀在咽喉处，只要一咳嗽，似乎就能滚到自己的脚面上。

主刀医生出来的时候，身后跟了一个护士帮他解手术服后头系着的那个结。杜冬两步上前，乔奉天却站在原地不敢动，揪着衣服角，等医生摘了口罩开口说话。

"家属不要紧张。"主任解着耳朵后头的口罩挂绳,"手术蛮成功的,右臂暂时——我说暂时,是接上的。"

乔奉天在原地踟躇。他怕自己没听清,听错了。

"愣着干吗?!"杜冬倒是率先用胳膊肘把他往前搡,"医生说成啦!没事啦!"

乔奉天这才张了张嘴,在这一刻干脆利落地割断了心里那根紧绷着的弦,如释重负。

他把脸埋进掌心里,松懈下来的四肢瞬间被潮水般涌上的强烈倦怠感与酸痛感席卷,于是一屁股摔坐进了椅子里,既不哭也不喊,安安静静的,只有肩膀在默不作声地颤抖——是绝望消弭后的满心希望,悲伤过境后的巨大悸动。

杜冬侧过身子,用手大力地揉搓他柔软的头发:"你看,我的嘴真的开过光,我没骗你,对吧?!"

"不是说完全没事了。"主任累得头疼,先回了休息室,留下一个小护士接着跟他们说病人的情况,"术后还有观察期,这个不能忽视。"

乔奉天撑着膝盖站起来,犹豫地问护士:"不……不能看看病人吗?"

"病人直接走绿色通道被送去了监护病房,监护病房是专人24小时看护的,家属不能进,也不用守夜,你们住得近可以回去稍微休息休息,商量一下后续打算。有什么情况医院会及时通知,你们随时保持手机畅通,其余别太过担心了。"

"谢谢,谢谢,也替我谢谢里面的医生和护士,大家都辛苦,都辛苦。"杜冬伸出了手,颇激动地摸了摸脑袋,想和护士握一握。

"不用。"小护士笑了笑,"分内的事。"

顶着夜色,杜冬陪乔奉天去了陶冲湖。

他们拦了一辆出租车,乔奉天脱力似的倚着车窗。街边的路灯有序地排列着,两盏闪耀的灯之间是大片的昏暗,车从路上过,路灯照得他的面庞也忽明忽暗的。

乔梁的衣物、日常用品，不管用不用得上，都要一一整理出来，以后是场漫长的硬仗。

乔奉天琢磨着，地产公司那边的活计乔梁不能再做，合同没到期，他还得抽空去办手续，把情况详细说明；小五子不能一个人住，乔奉天没法儿想以后怎么办，只能把书本、衣物都装上，暂时先搬去他那儿，学习不能落下；出车祸的车是乔梁找人借的，乔奉天得问清楚了，责任是谁的，该赔多少钱都得赔；车祸时还有个小姑娘，她的家属还没找上门指着鼻子闹腾，乔奉天没来得及问，乔梁要不要负刑事责任，负多少，后续得怎么处理，这些都得找刘交警一一问清楚；林双玉和乔思山还不知道这事，还不能跟他们说，不能让他们风尘仆仆地赶来大哭大闹一场，乔奉天实在分不出三头六臂去照应他们……

想起乔思山，乔奉天不知道他的降压药还够不够吃。他去年又轻微脑梗，半只胳膊都麻了，动弹不得，得长时间配合着吃药，慢慢恢复。这些药都得买。

乔奉天手里的存款拢共也就五万块，是从犄角旮旯里抠搜出来的；林双玉和乔思山的钱得养老，不能动。

他的房贷还要还几年，本来还能凑合，飞来横祸使得他极度拮据。乔梁这儿急着用钱，要不把房子转手吧？可真要卖了，钱也未必够。

小五子上学得要钱；乔梁后期恢复得要钱；如果照顾不过来，请护工要钱；还有医药费、手术费、生活费……

人活着怎么这么累，这么辛苦？

乔奉天揉了揉鼻子，又揉了揉眼睛。他摇开半扇车窗，让风吹吹昏沉沉的脑袋，吹吹疲惫的心。

乔奉天站在漆黑的楼道口，把房门钥匙按在杜冬的手心里："你先上去吧，去帮我找个手提袋出来，我哥的柜子里应该有。楼道里东西多，你小心别撞到。"

杜冬紧张地扯住他的手："你去哪儿啊？！"

乔奉天轻轻地乐了一下。

他还能去哪儿呢？

"打电话。"他挣回手,"给郑老师打个电话,你别担心,我问问小五子睡了没。"

杜冬犹豫了一下:"我先上去等你。"

"嗯。"

乔奉天上了顶楼天台。

天台空阔,夜色笼罩下,看东西十分朦胧,但依稀看得出地上很脏,积着一洼一洼的雨水。乔奉天不留神踩进去了一处,溅起的水花沾湿了裤脚。护栏的扶手上都生了红锈,只一触,就沾了满手褐红的污痕。见此状况,乔奉天没有靠着护栏,只隔着一段距离,直直地站着打电话。

郑斯琦接得很快,乔奉天觉得他根本就没睡。

"打扰了吧?"

"没有。你哥怎么样?"他的声音很沉缓,很温柔。

郑斯琦在整理课件。书桌上亮着一盏台灯,他将腿支在椅子上,敲打着键盘,刚做完一页幻灯片。

乔奉天盯着远处一扇还亮着昏黄灯火的窗户:"医生讲,手术暂时算成功,还要观察。"

郑斯琦没说话,静默了一刻,才开口:"嗯。"

乔奉天吸了一口气,问:"小五子呢,没多想多问吗?他……从小就心思细,有时候察觉到了什么也不说……我明天去接他。"

"你放心,他在枣儿的房间里睡觉呢。"郑斯琦起身走到厨房,往杯子里接了一半热水,"什么时候来接都无所谓,别把自己逼得太紧。"

乔奉天没吱声。

很多东西他早就已经无所谓了——是否被理解,是否被接纳,能不能被祝福。一直抠着这些细枝末节不现实,也没必要。

对他来说,不必为住哪儿发愁,不必担心明天要饿着肚子,家人健在,他在意的每一个人都能过得平凡恬静,就足够了。

好听的故事大多是人编的,那些人也不得不被往后零零碎碎、周而复始的

211

生计催逼着承认——有些东西它就是一堵高墙，就是一道深坎，就是一条要一步一屈才能越得过的鸿沟。

乔奉天现在要面对现实，要艰难地往前走，说不害怕，那才是瞎话，那才是假的。

"不紧点儿逼自己，日子可就过不下去了。"乔奉天颇为自嘲地低头笑了笑，看着自己的手掌在夜色里惨白兮兮的。

他觉得郑斯琦体会不了这种感觉。

郑斯琦嘴里含着一句话，想了半天也没说。有些假大空的东西，真正到了现实面前，确实显得分外单薄无力。有一个句子出自斯蒂芬斯之口，这个人说，每场悲剧，都会在平凡的人生中造就出英雄来。

乔奉天半夜拎着大包小包从陶冲湖赶回铁四局的房子，翻出了柜子里的户口本、存折和银行卡，把半个家当搂抱在怀里。他在床上仰面躺了一刻，吐口气，揉揉眼睛，又站起来出了门，去找ATM把卡里的五千块钱整取了个干干净净。

乔奉天熬了一宿，人看着好像都矮了半截儿，两个黑眼圈如碗大，卧蚕耷拉成眼袋，快要坠到了下巴上。

杜冬一路陪着他，拎着东西，脚下带风。同样是熬了一夜，他的精神头倒比乔奉天足得多。

破晓时分，乔奉天从街角的铺子里出来，张嘴赶杜冬回去开店门。

杜冬听了就蹙着眉头往乔奉天的胳膊上一掐："开什么店门？！这会儿我能放心得下你吗？！别一剪子下去再把人家的头发给剪坏了！"

乔奉天把五千块的红票子揣进兜里，仰头朝他抿嘴笑了一下，没说话。

"来，来，来，钱给我揣着！那么浅的兜，当心钱掉了。"

乔奉天把钱拿出来，将手里的一沓钱，连带着一袋豆浆、两颗红豆沙馅的青团，都塞到他的手里了："你先吃吧，跟着我跑一宿了。"

"分你一半。"杜冬伸手拈了一个大的青团往前递，像在职高的时候，乔奉天打饭总分他一半一样。

"不。"乔奉天摇头躲开，扬了扬手里的豆浆，"我不吃甜的。"

利南市当下的清晨还是带着凉意的，空气清冽，饱含水汽。乔奉天其实每天起得都早，从不赖床，只是再早，也早不到这种晚星方隐、路灯将熄的地步。风吹得他鼻尖泛红，路上渐渐有汽车鸣笛的声音。

他蹲在路牙子上揉了揉鼻尖，掸了掸袖子，往利南市委医院走去。

和乔梁一起出车祸的姑娘，进了医院四楼的骨科，已经从急诊科的抢救室转到了看护病房，住的是单人单间。乔奉天问了医生，除去外表擦伤、软组织受挫不提，那姑娘主要是肋骨骨折加盆骨骨折，部分采用保守疗法，部分要择日手术。

乔奉天抱着一捧唐菖蒲，跟着护士，半低着头，立在了病房门口。杜冬跟在后面，提了一个装得满满的果篮和一箱牛奶。

乔奉天很纠结，也很踟蹰。

他最不会的就是对人低头服软、出声讨好。错就是错，该打该罚他都能忍，就是做不到给人点头哈腰、卑躬屈膝，摆出一副十足的卑微模样。无论对谁他都不行，他都硌硬。

只是今天状况不一样，他为的不是自己，是乔梁。

那姑娘的病房里围了几个中年男女，俱是北方人的模样和个头儿，面色皆是忧愁不善。护士推了推白帽，按开了手里的圆珠笔，弓腰摘了挂在床头的夹着病历的签字板。

"感觉怎么样，昨天晚上疼得厉害吗？"小护士朝门口抬了抬下巴，上下睨了没说话的乔奉天一眼，"那什么，司机的家属来看你了，人在门口站着呢。"

病房里的人都霍然抬头，齐刷刷地皱眉朝乔奉天投来了视线。

乔奉天飞快地在心里打了一个简短的腹稿，脸上摆出了温和的微笑，准备开口上前。

"奉天小心！"杜冬喊了一声。

"对不起，您好，我——"

小护士将手里的签字板一丢:"哎,你别!"

乔奉天来不及后撤,就被人狠狠地搡出了房门,对方的力气大到他不受控地趔趄着倒退两步,肩胛骨猛地撞上了走廊墙壁上的瓷砖。他痛得喉咙一哽,整个胸腔都震动了一下。

杜冬扔了手里的果篮和牛奶,大步上前伸手揪着来人的衣领往后一拽:"你干吗呢?!"

来人猛力挥出去的一拳微微打偏,却仍结结实实地贴上了乔奉天的嘴角。他嘴里的嫩肉磕上了牙,嶙峋的齿尖割破了肉,弥漫了一嘴铁锈似的血腥味。

乔奉天疼得立刻弓腰紧紧地捂住嘴,顿感掌下的皮肤发热发烫,正微微地跳动膨胀起来。

真野蛮,不给人说半个字,上来就是打。

"把我好端端的闺女给害成这样!我今儿告诉你,要治不好我跟你没完!"动手的男人被杜冬揪着衣领往后连连直退。

"你干吗啊?!"杜冬将胳膊往前伸,锁住了男人的下巴颏儿,"一上来就动手!"

男人顺着杜冬的胳膊一路往上,反手揪住了杜冬肩上的衣料,咬着腮帮子猛地往前扯:"你算个什么东西!"

"滚!"杜冬提起一条腿,抬脚用力地往他的膝窝上踹去。

男人吃痛地"哎哟"了一声,踉跄几步,膝盖咯噔一下就半跪在了冰凉的地上。乔奉天贴在墙边站着,肿着半张脸,看他皱眉蹲在地上掐着小腿。

病房里余下的男人和女人这才反应了过来似的,嘴里"哎哟哎哟"地快步出了门,都撅着屁股弓腰去扶地上正咧着嘴叫唤的男人。

小护士花容失色地冲出门,对闻声赶来的其他护士摆了摆手:"叫医生来,叫医生来!这儿有人要打架闹事了!把保安也叫来。"

杜冬啐了一口,捏了捏拳头,小声笑着说:"叫什么保安……"

拎着个拎包的中年女人猛地转身,两道文过的粗眉扬起来像两条鲜活的黑泥鳅。她倏地撇了一下嘴角,满脸充斥着对目无法纪者的嫌恶之情。她用指甲上缀了珠翠的手颤巍巍地点上乔奉天，又点上杜冬的脸。

杜冬右眉一挑，往前站一步，居高临下地望着她。

"你……你……你……你们——"

杜冬说："怎么？"

"没有王法了还！你们害了我闺女还不够，还敢动手打人！简直畜生！都得抓进局子里坐牢！"

乔奉天揉着嘴角想说话，杜冬伸手拦住他："你别，你让她说，我看她还要说个什么出来。"

女人神色一凛，厉声说道："我告诉你，我闺女的事没完，咱们法庭见！告不倒你们这些个像寄生虫一样的黑车头子，不让你们伏法低头，这事咱不算完！"

动手的男人义愤填膺地应和："告！肯定告！"

乔奉天心里一抽一紧。

"我哥他……"他忍着嘴角抽动的不适感，连忙开口说。

"说什么都不管用，你个开黑车的！"女人"哼"了一声，"数你们开黑车的人心最黑了！坑钱不说，还要命！人家都说'不坐不坐'了，还非堵在人眼前不走，苍蝇似的嗡嗡地在耳边转悠，偏要拉人上车！"

乔奉天今天过来不是想打架，也不是想闹事，是想私了，想偷偷地解决此事。

他一定不能上法庭。

他不能把事闹大。他没门路，也分不出精力。

乔奉天的语气里带着三分慌张之意："对不起，这件事真的——"

女人见他局促，倒像是逮住了把柄，更加咄咄逼人，一步步靠近："真什么？开黑车本来就是违法犯纪，关他个十年、二十年也是咎由自取，也是他活该！"

杜冬听不下去了，伸手就是一搡："你当自己是人民法院哪！还判十年、二十年，这事弄清楚了吗？！"

女人大惊失色，被推得趔趄了一下。

杜冬一急就容易口不择言，嘴里又说了几句不好听的话。

"杜冬别瞎说！"乔奉天扯住他的胳膊，慌忙踮脚去捂他的嘴。

男人从地上唰地蹦起来："你……你们——"

"你什么你？！"杜冬的衣领被乔奉天扯得大敞，但他不管，甩开乔奉天钳着自己的胳膊。

"这事没完！咱走着瞧！"男人喊道。

乔奉天盯着地上散了的花，心里像坠了圆磨似的重重往下沉。

郑斯琦去开门的时候，锅里的一把意大利面正好差不多半熟。这玩意儿好做，他不用操心调味，红酱和白酱都可以在超市买现成的，热一热往面上一浇，他只管煮熟了面条就行。

"来了，别急。"郑斯琦擦擦手，关了灶，往玄关处走去。

乔奉天立在门口，穿着黑色夹克，戴了一个口罩："郑老师，我来接小五子。"

郑斯琦了然，侧身让他进门，沉声问："来之前也不打电话，我要是不在家呢，你不就白跑了？"

"我没多想就……"乔奉天没换鞋，不打算进去，"小五子人呢？我领上他就走，不耽误你……"

"在屋里和枣儿写作业呢。"

郑斯琦站在台阶上看着他，盯着他的脸不动。

乔奉天眨了眨眼睛，问："怎么？"

"嘴。"郑斯琦垂下眉目，伸手扯了一下他的口罩，"你的嘴怎么了？"

乔奉天啪地伸手挡住。

——他是柯南道尔还是福尔摩斯啊，怎么发现的？！

"没有啊……没事。"

郑斯琦不理，继续上手去扯口罩："你说'没事'，我就更不信了。"

他摘下口罩,发现乔奉天的嘴角高肿,隐隐青紫,斑驳一片,连带着脖根那儿都微红。

郑斯琦就着玄关的灯光左右端详,皱眉"啧"了一声:"谁打的?"

"跌倒摔的,医院的地滑得要死,拖地就拖地,非要在水里掺洗洁精……"

"胡扯。"这明显是被人打的。

"你都不躲吗?"郑斯琦就奇怪了,这人怎么总是动不动就受伤流血?他自己还一点儿不在意,一点儿不伤心,就这么藏在肚子里,闷不吭声的,打算谁也不告诉?

"哪儿来得及躲?谁打人之前还给人提前打招呼啊……"乔奉天低头摸了摸下巴。

"等着。"郑斯琦往鼻梁上顶了一下眼镜,"别让小五子听见,出来看见你现在这个样子。我去拿药给你涂一下。"

"没事,我不涂,两天就好了。"乔奉天压着嗓子想叫住他。

郑斯琦吸了一口气,回头,眉头明显地蹙在一块儿。

"你能不能别总说没事?是真没事吗?!"

乔奉天愣了,没说话,怔怔地看着郑斯琦。

他怎么……怎么好像生气了?

郑斯琦的眉间是有一颗痣的,很淡,很小,不仔细盯着看,不容易察觉到。

乔奉天今天才看见。

眉毛如龙痣似珠,若眉间有痣,称"二龙戏珠"。林双玉的樟木箱里压了一本看相的书,书中说"二龙戏珠"是大福之相。

"嘴张开。"

乔奉天倚贴着楼道里的墙,不好意思张嘴。

郑斯琦捏着两根并在一起的棉签:"我看看里面,就张一下,好吧?"

乔奉天这才咽了一口唾沫,摸了一下鼻尖,垂下眼,仰头半张着嘴。

郑斯琦把棉签小心翼翼地伸进去,伸手把乔奉天的肩膀往前拽了拽:"别靠

217

墙，有灰。"他用棉签把乔奉天嘴角处的口腔内壁拨了拨，"啧，全磕烂了，红通通的。"

乔奉天开不了口说话，含混地哼哼了两声。

"说什么？"郑斯琦收回棉签，看向他。

乔奉天咽了一口唾沫："不是很疼。"

郑斯琦挑了一下眉，不置可否。他摆弄着手里的药膏，拆了一个冰袋递给乔奉天。乔奉天接过冰袋，握在掌心里，觉得水润又舒服，冰袋还是圆圆的粉色猪崽儿的模样。

乔奉天强笑道："还挺可爱的，枣儿挑的吧？"

"嗯。"郑斯琦拧开药膏的盖子。

"就……这样贴着就行了吧？"

"嗯。"

"小五子……小五子昨天睡觉还老实吧？我以前带他睡过，他不认床，其实挺老实的。"

"嗯。"

乔奉天不知道自己哪儿错了。他以为人怒起来都是翻云覆雨、地动山摇的，根本不知道有郑斯琦这么一类人，心里不悦也敛得深深的，不靠语言，只靠眉目、音调、姿态，甚至呼吸的频率来让你感觉出些许不适，等你有意识了，才发觉到对方已经默默地很不高兴了。

乔奉天以为自己又给他添麻烦了："对不起啊。"

郑斯琦递棉签的手顿了顿，棉签上沾了琥珀色的药膏，里头掺了薄荷脑，闻着有清凉淡薄的苦味。他用指甲抠了棉签一下。

在乔奉天说"对不起"之前，他都没有发觉自己闷不吭声地给人摆了脸色。

他是在生气吗？感觉像是。

生什么气啊？不清楚。

有些时候，郑斯琦的情绪的确会来得莫名其妙的，连一点儿征兆也没有。虽然如今年纪渐长，他不像从前那么容易冲动，那么不可理喻地突然情绪膨胀，但他终究是个人，心情还是会有跌宕起伏的时候。

可多是对至亲，对挚友。

乔奉天算什么？郑斯琦心里拿他当朋友，他还总是一惊一乍，跟兔子似的，关心他一下，他恨不得一口气蹦出二里多地去。

乔奉天就差划定半个圈，指着那道"三八线"说"别越界，别过来，这是我的地盘，我的事我自己解决，跟你没关系"了。

他把自己的软肋捂得严严实实，裹得密不透风，摆出全副武装的姿态，怯于向前走一步。

可照郑斯琦看，他明明就是一个瘦溜的塌肩小个子，心生得很宽广，能温温柔柔、大大方方地装下他在意、不在意的所有人，唯独把他自己看得最轻。

这种不可名状的奉献型人设，看得郑斯琦很不爽，莫名其妙地非常不爽。

要是赶上他念高中那会儿，他早扯着领子在乔奉天的耳朵边骂开了——

"你以为你是谁啊？"

"铁打的还是铜铸的？"

"低个头示个弱怎么了？"

"谁还能看不起你怎么着？"

"非就什么都不说，打碎了牙和着血往肚子里咽是吧？"

"你这么逞强，谁能给你钱花是吧？"

郑斯琦早就不大容易生气了，师承其父郑寒翁，把"闲云野鹤一匹夫，泛舟独钓寒江雪"的清孤做派学了八分。他平常跟谁都能笑眯眯、乐呵呵的，无论看见什么令人发指的人和事，作壁上观地说几句也就算了，平淡得像一个勘破世俗，入定修行，除了五谷不分没别的毛病的老道。

偏偏就是乔奉天，怎么那么有本事啊？怎么那么能让他不高兴啊？

"对不起什么啊？"郑斯琦把棉签按到他的伤口上，见他疼得倒抽一口凉气，眼眶都湿润了，咧着嘴要往后退。

"别躲。"郑斯琦的口吻如同长辈，"现在知道疼了，刚才被人打的时候怎么不躲？受伤了怎么不上门诊啊？"

219

乔奉天便不退了，紧咬着牙根让他涂。

在医院里闹了一通，杜冬当时就扯着他要上门诊看看。乔奉天没那心思，快步追上女孩儿的父母想要好好解释，跟他们赔个不是，大不了再让男人捶上一两拳。只要能不让乔梁上法庭，怎么都可以。

只是那夫妻俩似乎无意再和他多说半个字，进了病房，就重重地摔上了房门，任由乔奉天再怎么等、怎么敲门，他们也不理、不开门，只是骂。

后来护士站的护士，领着值班主任和大厅保安来了，客气又不容拒绝地把他和杜冬赶出了看护病房所在的那层楼。乔奉天吊着一颗心，绷着嘴角，在大厅里枯坐了半日，往乔梁的监护病房来来回回跑了七八趟，问得值班护士不堪其扰，烦不胜烦，恨不得直接动手赶人走，更是直接说道："先生，没醒，没醒，说了人没醒！"

郑斯琦给他涂好了药膏，开口道："我看你这瘀血一天两天消不了，还得去药房开个药片。你随便找一个药店，买那种十几块钱一盒的就行，刷医保卡说不定还能打个折。"

乔奉天心里过意不去，终于不犟了，老老实实地点头说好。

"你这伤到底是怎么回事？"郑斯琦问了出来。

乔奉天也就如实说了。

郑斯琦像是在琢磨什么似的，看着他的嘴角没说话。

日将西落，楼道里的一扇窗从外透进点儿不甚明亮的灯光，照得郑斯琦的鼻梁一侧是光洁的，一侧是晦暗的。就像他这个人，看着总是坦荡敞亮的模样，可一旦接触了，还是能察觉到，这个人的内里是一潭深邃的湖水，表面上寂静无波，甚至能糅进满天的温柔晚星，可真要探进去，未必不深，未必不没顶。

泰山崩于面前而岿然不动地四两拨千斤，这种人可能是雨，是风，是辽阔大漠，是葱郁群峦，是你竭尽全力地去翻越他，弄得狼狈不堪，精疲力竭，抬头才发现他始终伫立于远处。

"等等，我打个电话。"郑斯琦掏出了手机，在屏幕上按了两下，再把手机举到耳朵边上，转身拐进了消防绿色通道的楼梯口。

乔奉天不知道他要打电话给谁，要干什么，还有什么话要跟自己说，就又戴回口罩，安安静静地等着他。

郑斯琦这通电话的时间打得不长，五六分钟。他的声音沉而温厚，断断续续能传过来一两声。他像在问候一个老友，时不时低声地笑起来。

乔奉天忍不住往前多走了一步。墙将郑斯琦的身形遮住了一半，乔奉天只能看清他高挺的鼻梁和随着呼吸起伏的胸膛。

乔奉天把郑斯琦和与之相关的事情想得很感性，以至不敢靠得太近。郑斯琦的形象在他心里是虚幻的，是模糊的，是有一个温柔谦和的轮廓的，但郑斯琦内里的核心，乔奉天还看不透。

因为郑斯琦对他的善意从来看不出一丝目的性，简直像从身体里生长出来的一样，自然而然，理所应当，没有因由。

乔奉天庆幸自己不是一个得寸进尺的人，感激他是一回事，心里清楚自己和他这类人有多不一样，又是另一回事。

乔奉天没来由地就看得深了，以至郑斯琦打完了电话回身出来的时候，他来不及收回自己的目光。

"你……"

"我……"乔奉天慌忙地抬手去摸鼻梁以做掩饰，"我吹一下风，你打完了？"

"嗯。"郑斯琦推了一下眼镜，"打给了闻李嘉。"

他说的这个人乔奉天不认识。

"我当年上大学的时候，他是政法学院的学生会主席，"郑斯琦看着乔奉天，解释道，"是'一路绿灯'过了司法考试，拿了全额奖学金留美回来的'大神'。"

乔奉天怔了怔。

"他现在自己开了一个律师事务所，不在本地，接过不少关于交通事故的案子，在这方面算拿手。"郑斯琦摸了摸下巴，"你哥哥的大致情况我和他说了，我不清楚详细的情况，就说了个大概。按他的意思讲，大多数人选择了私了，

221

但真要被家属追着闹你也别怕,这种情况上法庭不吃亏,不必怕。"

郑斯琦往前走了一步,把手搭在乔奉天的肩上:"这事别急,人在气头上口不择言很正常,等他们消了火,咨询完律师,分清了利弊,自然不会一门心思只想着找你的麻烦。你别太担心。"

乔奉天看着他,抿着嘴,眼睛微亮。

郑斯琦继续说:"真要闹上法庭你也别怕,月底他来利南,我可以带你见见他,你把详细情况都跟他说清楚。他在大学欠我一个大人情,一定会帮你的,嗯?

"有什么困难,都跟我说。"

郑斯琦微笑时,如同春和日暖。他专注看人的样子,其实很容易让人联想到文墨里的晚月清风。

## Chapter 11
## 闲谈

小五子在五岁的时候，问过一次李小镜的去向，唯一一次。

源于同村一同玩耍的男孩子或许是无意，或许是不怀好意地发问——

"哎，你怎么没阿妈啊？我们都有啊！"

"我奶说你爸是关……关……关什么？怎么说来着？！"

"鳏夫！"

"对！鳏夫。哎，是不是啊？小五子，哎，你说说嘛，是不是啊？鳏夫是不是没老婆的意思啊？"

李小镜走的时候，小五子四岁。在此之前，她虽然精于算计，庸俗市侩，得理必要进三分，可对小五子真真切切地当身上的一块肉，论起疼爱，比乔梁有过之而无不及。以至她毫无征兆、干脆利落地走了以后，乔奉天怕极了某天她折回来偷偷地带小五子走。

可惜乔奉天臆测错了，李小镜被五光十色的生活带得太远了。至于小五子，她再没回来见过一次，也再没来过一个电话。

小五子懵懵懂懂地去问乔梁。乔梁出工，不在家，小五子便又极没眼色地去问林双玉:"奶,什么叫鳏夫?阿爸是吗?我怎么没阿妈?"

林双玉盛粥的饭勺当啷一声落在了灶台上,小半勺热粥泼了一脚。她的面庞登时由红转青再转白,眉头紧皱。

她用手指头颤巍巍地点上小五子的鼻尖:"你说什么?你再说一遍!"

"我……我说……我阿爸是不是鳏……"

不到一米高的小五子被林双玉举着指头粗的藤条追着打,从楼上打到楼下,惊得隔壁家的那条皮毛油光水滑的小黑狗,隔着一堵矮矮的土坯墙,响亮地汪汪叫起来。旁观的邻居越是去拦去阻去劝,林双玉越是怒火中烧,越是心绪难平。

"哎哟,你就这么一个孙子,莫打坏咯,打坏咯就没第二个咯。"

"小孩子没教好,不懂事,不会说话是正常的。"

"你莫急哟,小崽子大了,你们家的事要试着慢慢地跟他说咯,你越瞒,对他越不好,你知道吧?"

…………

那些人明明是在劝,一个个却都挤眉弄眼地笑。

乔梁收工回来,掸着头顶的灰土一进门,就见小五子背上满是鲜红痕迹,睫毛上挂着泪珠,在林双玉的怀里抽噎地睡着了。

林双玉背对着院门,嘴角下撇,眉目低敛,蜷坐在藤椅上,沉默不语。月色清凉如水,洒在她一截赤着的嶙峋足弓上,她用一只手揽着小五子瘦削的腰杆子,一只手举着蒲扇在他的耳边徐徐地摇摆,替他赶去蚊虫。

"阿妈……"

"作孽啊。"

后来,小五子发烧了,烧了两天。他吃饭也吐,喝水也吐,脸色蜡黄,在棕丝床上蜷缩成小小的一团。

乔梁急忙打电话叫回了在利南市的乔奉天,背上小五子,赶着浓重的夜色去了鹿耳镇中的儿童医院。结果诊出小五子是轻微肺炎、食道灼伤、重感冒……一身大大小小的毛病,他足足挂了三天药水,生生消下去一圈本就不多的肉。

再后来，小五子再也不在大人面前多言多语。大人说什么，是什么，吩咐什么，做什么，他既不犹豫，也不多问。

哪怕他有再多的疑惑，也不出声，全攒起来，深埋心底。

四岁之后，他用比别的孩子快两倍的速度，辛苦而孤独地茁壮成长。

所以当乔奉天把小五子往杜冬家里领的时候，小五子老老实实地紧紧跟着，一句话也没有问。他将嘴巴牢牢地合着，像"爸爸呢，怎么不去找爸爸""爸爸去哪儿了，昨天怎么没来接我，怎么让我住在郑叔叔家呢""怎么今天也住在外面，怎么今天也见不到爸爸呢"这类的问题，全没问。以至乔奉天和郑斯琦花半天时间对好的说辞全堵在了嘴边，半个字也用不上。

"在郑叔叔家里住得还舒服吗？"乔奉天握着小五子的手腕，按着他突突跳动的脉搏。

"嗯，书房里有一张沙发，拉开是一张好大的床。郑阿姨做的疙瘩汤也很好吃，她问我是谁，为什么在郑叔叔家，我说爸爸和叔叔有事，暂时不能照顾我，我很快就会走的。她就笑着摸我的头，说她不是那个意思。"

乔奉天沉默了一刻，低头看向他："郑阿姨？"

小五子抬眼："嗯，郑叔叔的姐姐。"

"那你要叫大妈妈，不能叫阿姨。"

小五子弯起眼睛笑了起来，脚边有一个水洼，就跳起来蹦了一下："可是她看起来很年轻嘛。"

利南市的上空挂着一弯牙白新月。

杜冬早就把李荔从网咖二楼的储藏间接回了自家的新房。他们的新家不大，两室一厅，还是按揭买的，在离理发店隔了两站路的清水龙苑。低档的小区里，房子大多建得密密匝匝的，还见缝插针地拼命加盖，如同一座座排列齐整的塑像般，沉闷，蔽日，障目。

路口的几株法国梧桐倒是良品，丰茂高大，需要两个人才能环抱住。晚风吹拂，叶片发出窸窸窣窣的微响。

乔奉天愧疚极了，难过极了，最怕把孩子蒙在鼓里，让他一个人胡思乱想。在心里埋上东西，其实是不会消解的，而是会生根，会发芽的。人的每一次思考，每一次忧虑，都是阳光雨露，都能促成它的枝枝蔓蔓无声地伸展繁茂。

心智越不成熟，越容易被反噬。

可在确定乔梁会平安无事之前，乔奉天又绝对不能擅自明说。他没办法给小五子一个明确无误的保证。

乔奉天在树下蹲下，把小五子的裤脚折了一道，念叨着："下次再买新的吧，一定不买这么大的了，把裤脚卷得跟要下田插秧似的……"

小五子乐了，还预备说"买大了能多穿几年"，想起来乔奉天不喜欢，就没有说，笑着点头："好啊。"

乔奉天的心皱成一团。

"再在杜冬叔叔家待一两天，最多一两天……就没事了，就回家了，好吗？"

"好的，小五子知道了。"

乔奉天忍不住说："你怎么就不多说两句呢？"

怎么就不多耍耍赖，多撒撒娇呢？你才八岁啊。

小五子不说话了，看看地面，看看乔奉天，就是不张嘴。他漆黑的眼睛里，像下过一场雨一样湿漉漉的。他伸手揪了一把乔奉天的领口，再用拇指小心地摸了摸乔奉天卧蚕下方淡青色的地方。

杜冬下楼后温柔地摸摸小五子的头，把他接走了，跟在后头的李荔回头，冲乔奉天使了个"放心吧"的眼色，乔奉天就冲不断回头的小五子摆了摆手。他等他们上去了，才转身离开。

乔奉天确实不能在那儿逗留，医院来电话了，乔梁今晚就快醒了，家属要尽快去。

这几天反复地去利南市委医院，以至于之前总找不到南门和北门的他，现在几乎能闭着眼睛摸到监护病房。

监护病房外的走廊上禁止交谈，禁止吸烟，禁止家属长时间地逗留。但这晚，乔奉天是个例外。他可以肆无忌惮地踮脚，隔着门上明净的玻璃方窗，牢牢地看着头上裹着厚厚纱布，阖目安静地躺在病房床上的乔梁。

——覆着被子的腹部缓缓起伏，能看出他是活着的。

踮着脚很累，小腿发酸，乔奉天却舍不得落下脚跟，只是反复踮脚，把前额抵到玻璃上。冰凉的温度仿佛隔着一层额发透进脑袋里。

他突然想起以前看过的一句话——事实上，医院的墙壁比教堂聆听了更多虔诚的祷告。

能力很重要，钱很重要，但是活着更重要。

乔梁没有钱，也没有能力，但乔奉天拼了命也要拽住他、护着他。一母同胞可能是比父子或母子情谊更深的存在吧？

如果要让他把下半辈子的精力全部预支在一个人、一件事上，他当然不甘，当然苦恼，但如果一定要面临这么一个必然的境遇，他也一定不会犹豫，不做他想。

乔梁是晚上八点多的时候醒的。

一堆医生拥进了病房，主任被拥在中间。乔奉天被挤在小小的拐角处。

乔梁醒了后，几乎做不到四肢自主地活动，只能做到简单的睁眼，反应十分迟钝，眼神涣散迷茫，眼睛也偶有渗泪的情况。他仍要插着呼吸机，不能进食，喉咙里只能发出咿咿呀呀的不成语的调子，如同初生的婴孩。

乔奉天做好了最坏的打算，心却仍然不受控地猛地一沉。

主任收了测试瞳孔反应的手电筒，隔着攒动的人头，向乔奉天招了招手："家属啊，来一下我的办公室。"

主任的办公室也并不是很大，里面又隔出来了一间偏屋，是一个小小的家属交流室。交流室里放置着一张桌案、一盆绿萝、两个靠背椅，墙上装了一盏矩形的阅片灯。小小的空间里，弥散着一股淡淡的柠檬洗手液的香味。

他带的两个实习医生进来把一沓病历放了在桌上，出门前对乔奉天笑了一下，轻手轻脚地带上了房门。

"坐。"主任先在洗手池洗了洗手，紧接着抽出个一次性的纸杯弓腰接水，"坐吧，别急。"

乔奉天抿了抿嘴，抽开靠背椅，坐下了。

"听你的口音，不像本地人啊。"不知道是不是为了缓和气氛，主任以家常琐碎事开启了话题。

乔奉天点了点头："家不是市里的，在下面的镇上，鹿耳镇。"

主任看了一眼他的发顶，把水放在他的手边："鹿耳啊，我年前去过，好地方哟，山清水秀的，漂亮得很啊，政府现在不正要开发那边吗？"

"就那么一说罢了。"乔奉天握住纸杯，"听您的口音，也不是本地的，是南方口音。"

主任翻了两页病历，慢吞吞地说："我是南方人，当年考大学考过来的，上的是西南医学院，啊，就是现在的……利南医科大学！等上了研究生后，我来市委医院实习，就在这儿扎根了，几十年了。"说完点点头朝他笑了一下。

"哎，你这个，"主任指了指嘴角，"嘴怎么了？"

"磕的。"

"哦。"

乔奉天悬着一颗心，只听了半截儿闲话，就盯着自己淡色的指甲盖，不出声了。

"病人是你哥哥是吧？"

"对。"

主任将两只手交叠在一块儿，侧了一下头，两个大拇指贴在一起相互绕圈，说："说实话啊，他的恢复情况不是特别乐观，你们要做好出现一系列后遗症的准备。"

乔奉天看着他。

"你的哥哥清醒时间不长，现在只能说是暂时清醒，但是随时会有继续昏睡的可能性。他现在刚醒，我们不能确定他还能不能认人，像记不得你们是谁、叫什么的情况都是有可能出现的，这和电视剧里演的不一样。"主任尽量将语气放得和缓轻松。

"这个是脑神经损伤造成的，恢复是需要时间和环境条件的，包括感官刺激这些辅助的东西……说话的话，你的哥哥也有失语，也就是语言功能障碍的可能性，和我刚才说的那个同理，太专业的东西我也不多说了。"

乔奉天低头，把主任的话从头到尾捋了捋——乔梁，三十二岁，可能以后记不得家人，说不了话，这种情况可能很长时间才能好。

多残酷。

主任捋了捋白发："叫你来办公室，不是说让你知道他恢复得怎么样了，以后该怎么治，这是医生应该考虑的事情，不是家属考虑的。何况具体术后恢复的情况，要等明早放射科上班了，去做磁共振和脑部CT才看得出来。

"我们院方的意思是，以后照顾病人的工作，家属可能会非常辛苦。你一个人照顾，肯定是不行的，肯定是不够的。你有没有其他亲戚朋友能叫过来一起帮忙？"

乔奉天张了张嘴："家里有阿爸和阿妈，病人有个儿子，阿妈要照顾阿爸，阿爸也是身体不好，离不开人。病人的儿子也很小，才上小学。"

"哎，上次在抢救室陪着你的那个高个子、戴眼镜的人呢？"主任说的是郑斯琦。

乔奉天摸了摸鼻梁："那只是个朋友，不太熟。"

主任笑着说："不太熟？我看你们挺熟的。他处处帮衬着你。"

停顿了一会儿，主任咂了咂嘴："也就是说你们家现在就你能挑能扛，而且你还要工作赚钱，是吧？"他瞧着乔奉天尖细的下颌、窄窄的平肩。

"对。"

"那我建议你们请个护工。讲真的，病人后期恢复是非常需要人细心照顾的。病人生活不能自理，包括吃饭、洗漱、上厕所、翻身……都是要人陪着的。你想啊，这不马上就要入夏了吗？天一热，流汗一增多，病人躺着不能动，是非常容易生褥疮的，这是很棘手的一个问题。而且他的腿部骨折，近期也要做牵引治疗，把一根细钢管打穿到腿里，再坠上秤砣，你看，是不是又一个不小

229

的麻烦？"

乔奉天苦笑。

"而且，而且……"主任说得更加温暾，似乎欲言又止。

"您有什么话，直说就可以。"

主任屈起食指，敲了敲桌面："你的哥哥有医保吗？"

乔奉天摇头："没有，他才到市里工作，做的临时工，没签长期合同，没有五险一金……"

"啧，你瞧瞧，要有医保你们能报销一半费用。"

他这是在暗示要准备好医药费。乔奉天抿了一口水。

这倒也确实没错，把手术费、治疗费、住院费等杂七杂八的费用都加上，绝对不是一个小数目。医生通知缴费，也无可厚非。

乔奉天只觉得惭愧："对不起，实在对不起，这事我记着呢，我会及时缴费的，你们放心。我这几天忙得不可开交，耽误了，过段时间，过段时间我一定会把费用缴齐。"

"哎，这个不急，这个不急。你回去和家人商量一下怎么安排后面病人的照料问题，这个是关键。这个事情一定要好好做准备，努力克服困难。家属配合得好，医院的工作才好做，病人也能尽早恢复健康，你说是吧？"


乔奉天出了利南市委医院的后门，一掏兜，才发现手机早就因为电量耗尽关了机。手机打不出去电话没事，他就怕重要的电话打不进来，最怕的就是那个刘交警有什么案情通知。

他进了家粥店，点了一份茶树菇砂锅粥，又找老板要了一个板砖大的充电宝，匆匆忙忙地开了机，嗡嗡嗡地蹦出来一二十条显示未接来电的消息。

乔奉天挑了一个靠窗的拐角位子，动了动手指，点开未接来电记录，一目十行地扫过去——三个显示"骚扰电话"的，五个通信公司的，两个打广告的，正经来电只有杜冬的四个和郑斯琦的一个。

乔奉天点开看了一下郑斯琦那个未接通话的来电时间，晚上八点四十五分——两个小时前。

他犹豫了一下，还是打了回去。

郑彧在房里写作业，郑斯琦则在书架旁边摆了一张单人的奶茶色绒面沙发。他早已把教案备好，不至于那么紧赶慢赶。接到乔奉天的电话时，他正在翻着一本读过好几遍的书。

"嗯，怎么了？"郑斯琦接电话，好像不大爱说"喂"，通话时透出的姿态，始终给人准备充足的泰然印象。

"你……你给我打的电话。"

"我估摸着你在医院，想问问你情况，结果是关机。"郑斯琦翻了一页书，顶了一下往鼻梁下方滑的眼镜。

"醒是醒了。"

郑斯琦没接话，等着乔奉天继续说。

乔奉天低头抠着桌子上一块褐色的凹处，盯着窗外利南朦胧的夜色："就是好像不能说话，可能认不得人，也不怎么能动……"

医学上的东西，郑斯琦不懂，也无法强行装懂，做出不专业的解释。他摸着下巴琢磨良久，只徐徐说道："一切尽力配合医生就好，需要帮忙的话你就找我。"

老板娘端了一个大大的托盘过来，托盘上放着一口热气腾腾的圆形砂锅。乔奉天偏开身子，腾出空间让老板娘把东西摆上桌，看见托盘上还有一小碟青白的酸笋，里面掺了两个黄绿的泡椒。

老板娘见他在打电话，就搓了搓围裙，只笑着比了个口型：送的。乔奉天回了她一个笑容，拿起了碗里的温热瓷勺。

"这我知道。"

"买药片了吗？"

乔奉天吹着粥："什么药……哦，忘了。"

郑斯琦轻轻地笑了起来："没指望你能记得。"

乔奉天咽了一口粥："除了我自己的事，谁的事我都能记得。"

郑斯琦在沙发上换了个姿势，合上书，伸手调暗了落地灯的亮度，挑了一下眉："哦？我要是跟你说了我的生日，你也能记得，还会给我送礼物吗？"

茶树菇炖得很烂，很好嚼，在舌尖上有一股菌类特有的甜鲜蔓延开来，乔奉天拣出一根大的，用筷子拨去表面的绿葱，回道："记是能记得，至于送不送礼物，要看我愿不愿意了。"

"那你是愿意还是不愿意呢？"郑斯琦合了眼皮，轻轻地问道。

"你什么都不缺。"

"那是我缺的东西没让你瞧见。"

乔奉天低头笑了笑，笑意转瞬即逝，但如同星辰般闪烁。

郑斯琦听到话筒那端有细弱的鼻息声，便能猜到他在笑，一时也松下心弦，不再过多忧虑对方的情绪。

两个人把这一通电话当成了一次平常得不能再平常的闲聊，什么鸡零狗碎的杂话都拿出来一一说了，既不觉得小家子气，也不觉得是在偷懒。

他们从郑斯琦明天要上的课，聊到课堂上有几个总带早点来吃的小男孩儿；从杜冬买房的那个低端小区，聊到李荔准备今年就要个宝宝；从郑或这几天嚷着吃不到乔奉天的饭不大高兴，聊到郑斯琦苦心学会了一道拍黄瓜。

两个人从城市的一端到另一端，正浅浅联结。

乔奉天察觉到了自己话语与行为的不一致，明明和主任说，他和郑斯琦不太熟，此刻他们却又像相识多年的旧友。

乔奉天觉得这样很安心。

"等会儿回家吗？"郑斯琦问。

"嗯，马上从医院这边出发了。"乔奉天出了粥店，"还是不用在医院守夜，值班护士都在。"

"再聊一路？"郑斯琦倚在靠背上，把双腿也支到了沙发上。

乔奉天走在深夜岑寂的街道上，抬头望着明月和高楼里亮着的灯火："行啊。"

路灯将乔奉天足下的黑色影子拉得斜而纤长，像水墨丹青画里，挥毫而下的最后一笔浓墨收锋。

　　何前的人脉颇广，一定要卖房子的话，乔奉天只能找他帮忙。
　　他们很长一段时间没怎么联系，偶尔看见对方发一条不咸不淡的朋友圈，便随手点赞。乔奉天不知道怎么开口找他帮忙，打起电话来，觉得挺尴尬的，顾左右而言他，半天说不到重点。
　　何前在办公室里扯了扯领带，跷着腿说："有什么你直说，我一定帮。"
　　"我想卖房子。"
　　"你还想买啊？你哪儿来的钱——"
　　"卖！我说我想卖。"
　　何前在那头听了这话，半天不作声。
　　中午交班后，何前把西装外套搭在胳膊上，抬脚就要进乔奉天的家门。乔奉天跟被踩了尾巴似的，蹦着就过来了，伸手把何前往后搡，说："换鞋！"
　　"嚯！我差点儿让你给推到地上！"何前伸手撑了一下白墙，蹭了一袖子的灰，"你求人办事怎么还这么多毛病呢？"
　　"我乐意。"乔奉天朝地板上丢了一双棉拖鞋，"给我换。"
　　我刚把地拖干净。
　　房子的装修是老式的，地板刷了涂料，材质不是复合地板，更不是实木，连瓷砖都不是，脏与不脏，看不大出。可如若家里不整洁，乔奉天在心理上是一秒都不能忍受的。因着这一点儿偏执神经质，乔奉天这么多年的生活才没有偏向脱轨。
　　这房子虽旧，地段不错，户型也好。乔奉天买的时候赶上了时机，还算便宜，如今要转手，如果不是着急等着用钱，市价一定能抬高不少。
　　何前想坐沙发，坐之前又犹豫了片刻，屁股悬在半空："坐你家的沙发不用请示吧？"
　　"坐吧你。"乔奉天翻了一个白眼。
　　乔奉天早上认认真真地洗了澡，换了一身干净衣服，脸上勉强退去了憔悴的神情，显出几分生机。他正剥着一个朱红的拳头大的橘子，按说入了春，橘子不算应季了，看着却还是饱满油亮。他把白络抬去，将橘子递给了何前。

"你好端端的卖什么房子？"何前张嘴吞了三瓣橘子，嘴巴一动，霎时间皱起了脸。

乔奉天皱眉："酸啊？"

不能啊，他挑果蔬素来一绝，从不失手，堪比驰骋菜市场十余年的叔婶姑伯。

"甜到忧伤。"何前仰头，眯眼。

"哎，滚，你个戏精。"乔奉天气得扬嘴，伸手又剥了一个小的橘子，"想换个地儿住，这儿都是老头儿和老太太，住着不舒服，就想卖了。"

"你少来！你从来就不是不安于现状的人，还住着不舒服呢。"何前嗤笑，"这借口蒙你那小侄子行，认识你的人，谁也不能信你这话。"

乔奉天没说话，把橘子一瓣瓣分开往嘴里送。

"你嘴上那伤……"何前摸了摸脖子，"跟你卖房子……有没有关系啊？"

乔奉天本想贴个创可贴遮一遮伤痕，但想着遮了反而有"此地无银"之嫌，便坦然露着，真要被问了，还说是磕的就行。

"没关系。"

"我不信。"

"那你还问。"乔奉天的喉结一滚，他咽下了满口汁水。

何前是泥菩萨过河，自身难保，乔奉天不告诉他，纯粹是不乐意把家事到处说。

"你家是不是出事了？"何前把身子往前探，胳膊搭在膝上，脊背把衬衣撑得绷起，试探地问，"是不是你阿爸……"

"我阿爸好得很，你别说丧气话。"乔奉天翻了个白眼。

"那你——"

"哎，你说重点行不行，我这房子能不能卖？"乔奉天撂下了橘子皮，搔了搔发顶，"等事情办完了，我一五一十地全给你讲清楚，再给你写份两万字的总结报告好不好？"对着这人，乔奉天特别容易暴躁。

何前"啧"了一声，努着嘴巴停了半晌，才说："奉天，说真的，卖房子不是小事，你别头脑一热就冲动行吗？"

乔奉天不置可否。

"这个房子是你在利南的家，再旧、再不舒服，房子没了，你自己的小家、小天地可就没了，以后你就是一片云，吹一吹就飞了……你明白吗？"

乔奉天想过啊，也知道啊，那能怎么办呢？这个家，莫说一房一厅，一叶一木，哪怕是案板上的一道纹路，墙上的一个指痕，柜里一抹灰尘的味道，乔奉天都舍不得。可那能怎么办呢？

"你说的我都知道。"

"知道你还卖？"何前佯装着要抬手扇他。

"那现实就是这样，就是没办法啊。"

"没钱你借啊！"

"我不借。"

乔奉天说得干脆利落。他仰头倒到沙发上，看着花架上一株抽了新芽的文竹。文竹的叶脉细密，远看像一团拢在一起的青绿的薄雾。

何前啼笑皆非："你成天支着一身傲骨有什么用啊？你就是一根筋，学不会'曲线救国'！"他在话里用了一个成语，听起来用得还不错，何前不禁沾沾自喜。

如果在平常，乔奉天转着弯也要拿话还击。现下乔奉天既没脑力也没精力，只起身进了卧室，带出一沓大大小小的证件，啪地拍到茶几上。

"贷款还剩五万没交，我去银行全部缴齐解押，立刻把房子转手，四十万就卖，家具、家电我全不带走。"他顿了顿，补充，"只有一个要求，全款现付。"

乔奉天要的不多。他粗略地算了一番，乔梁的医药费加起来二十万打不住，后期请护工的费用也得提前备上；在事故中报废的是辆国产江淮车，车损费用至少四到六万；如若乘客受伤的责任乔梁要全担，又是一笔不止十万的开销。乔奉天满打满算，四十万也不够，可拼命往高了抬价也不现实，只能擦着二手房价水平线算，先过了这道坎，留一刻能喘口气的工夫。

总归他手能挑，肩能扛，往后的花销，再走一步看一步。

何前看看那一沓证件最上面的房产证，又看看乔奉天。

"你来真的？"

"不然呢，我费半天劲儿是跟你逗猴玩吗？"

"你才是猴呢。"何前抽出房产证，翻了一页，"可四十万未必能……如果你一定要全款现付的话。"

乔奉天揉了揉眉心，捋高刘海儿，露出光洁的额头，只说："你尽力把价格往上抬吧。"

等送走何前，听他临出门前说"等我消息"后，乔奉天并不觉得轻松愉悦。脚底下踩的这块地，往后一个月，一周，或许一天就将和他姓乔的再无瓜葛。

这个房子是他二十四岁时买的，住到了如今，转眼他就到了而立之年，依然困苦，依然迷惘。买的时候，他咬牙贷款，没求任何一个人，以至如今卖了它，也坦坦荡荡，无所瞻顾。

何前有句话说得对，这个房子是他在利南市的小家，是他不能言说的安全地。

他这么多年的喜怒哀乐、点点滴滴……都在这个四方的空间里生根发芽，渗进墙壁，渗进天花板，渗进随风轻拂的棉布窗帘中。这里随处都是他想要好好生活的痕迹。

乔奉天依旧如常地收了衣服，把它们叠整齐后，放进衣柜；他扫了地，清理干净畚箕，给笤帚换了一个簇新的柄头；等绕到花架那儿的时候，他没来由地感到一丝心慌、一阵局促，不敢再多看。

房子要卖了，自己以后居无定所，一盆都带不走。留下吗？可买主若不会养，或是不精细，被自己宠惯的它们，莫过寂寂枯死的下场。

乔奉天扯了扯袖口，偏过头，满目青翠——个个像是有生命，有灵气，都像是探头不想走似的。他一边暗暗鄙夷自己的思绪细腻得像个柔软的少女，一边又深深地疑惑，那些能抛弃亲生骨肉的年轻母亲，究竟是怎样无情冷峻。

至少，找人"抱养"也好啊。

"抱养"……

乔奉天猛地想起住在前面一栋楼的王大爷。王大爷独自住在一楼，有个小庭院，种植了两株栀子。每年夏天栀子花开了后，他会折了花，一栋一栋、一层一层地送给邻居们。

王大爷面庞上褶痕满布，但层层纹路里，似乎也藏着花香。栀子花易染虫蚁，气味也过于浓郁甜腻，乔奉天不太喜欢，总是随手插在一只盛了水的牛奶瓶里，让它随意绽放，再自在凋零。

善良如他，伺候花草拿手如他，此刻像替待嫁的女儿精挑细选合宜的婆家。送了吧，一盆盆全送走吧。乔奉天一边想着，一边拿起小剪子，剪去了一片打卷的枯叶。

下午，乔奉天再次见到了受伤的姑娘的父母，不是在医院，而是在利南市交警大队。眉毛浓密的刘交警拿着一沓案宗快步走进了交流室里，就见乔奉天正被鬈发窄裙的女人钳住双腕。

"干吗呢你们？！"刘交警皱了皱眉，"我就拿个案宗的工夫，你们跳探戈呢？"

乔奉天审时度势，不徐不疾地说："她还想揍我。"

女人扬眉："你胡说！我——"

刘交警抬了抬帽檐，出口打断："你先放开他！"

刘交警是个并不年轻，看着却仍然气盛的男人，没有镶着警徽的帽檐的遮掩，浓密的眉毛显得有几分滑稽，但胜在鼻梁如郑斯琦一样高挺，滑稽也仅仅有几分而已。

如若再往后几年，他头上谢了顶，看起来就尤其像古早刑侦剧里刚正的男主角。

刘交警从胸兜里掏了一包烟，从中抽出一根烟，用手弹了弹，抬手含进嘴里。穿着制服在旁边捣鼓电脑键盘的文员"哎哟"叫着，抬头指了指墙上的禁

237

烟标语，说道："出去抽好吗？"

刘交警不理，依旧眯眼点着了烟，咔嗒一声合上了打火机："就抽一根！"

乔奉天刚递交了乔梁的伤残鉴定，望向刘交警，发现同样是老练的抽烟姿势，郑斯琦的总比旁人的显得流畅。乔奉天见过郑斯琦的，再看旁人的，总觉得比他要多一丝粗糙和不从容之感。

刘交警偏头吐了一口烟，人中掩进雾里，显得影影绰绰的。他弓腰看着乔奉天，问道："你这脸上的伤，是他们打的？"

乔奉天如实地点头，把夫妻俩弄得窘迫极了。

"哎，刘交警，我们不是——"

"哎，别急，别急。"他把烟夹在两指间，手掌往下按了按，"我是交警，不是片警，打架斗殴不归我管，你们别跟我解释。不过，我还是要多说一句，打人不对。"

女人犹嫌不能再逞一番口舌之能，不能再得一次机会，把乔奉天这样她视若渣滓的小人物踩到土里。她坐下来将鬓发别到耳后，小声嘀咕："活该被打……"

乔奉天听见了当没听见，皱了一下眉头去看窗户。

"行了，知道你们都忙。来，你们三个，"刘交警朝夫妻俩招了招手，"来，把这个车辆技术鉴定书和事故责任认定书签了，一条条都看清楚了，你们签了字之后，我们接下来再写申请材料和起诉书。"他伸长胳膊从文员那儿接过一沓A4纸，一份份捋好，铺在桌子上，"一式两份。"

乔奉天没动。女人则率先提起放在膝上的手包，往桌边走去，男人跟在身后。女人拿起责任认定书上下反复地瞧，显得很不明白似的和身后的丈夫侧耳交谈。

刘交警玩着手里的打火机，接着双手抱臂玩味地看着他们眉心渐蹙，像是有多大意见似的撇下嘴角。

"哎，刘交警……"女人犹豫了一下，"这……这……这不对吧。"

刘交警站直："嗯，您说。"

女人看看责任认定书，将纸张抖得哗哗响，睨视乔奉天，又讪笑着瞧着刘交警："他家怎么一点儿责任都没有啊？"

乔奉天怔了怔，立刻起身上前，去看桌上铺着的另一份责任认定书，上面白纸黑字，分分明明地写着一句话——根据《道路交通事故处理程序规定》第四十五条第一款第二项规定，认定徐大陆负该宗事故全部责任，乔梁不负该宗事故责任。

乔奉天害怕看错，深深地弓下腰，紧紧盯着"不负"二字不放。

"这……这怎么能没责任呢？！"男人不信，一把抓过责任认定书往桌上拍，越过女人的肩去指乔奉天，"我闺女坐他家的车出的事！今儿下午要做第二次手术！我闺女才二十岁，就有一身的伤！他怎么不负责？！他是个杀人犯，他怎么不负责？！"

刘交警皱眉，摁灭了烟屁股。

"当时没跟您说吗？超速行驶变道的是渣土车，江淮车是正常行驶，技术单位和现场监控调查出来的结果都是一致的，您有疑惑的话，可以走正规法律程序，再次申请重新认定。"刘交警低下头，摸了摸肩上的徽章，"您女儿的遭遇我们都同情，不过我觉得需要跟您说明一点，没有这位当事人，她可能连做手术的机会都没有。"

夫妻俩极为一致的神色，一瞬间凝固在了面庞上。

"现场调查的结果是，事发当时，江淮车的驾驶员紧急往右打方向盘右转……你们知道这是什么意思吗？"

乔奉天从责任认定书里抬头，紧盯着刘交警。

"人在紧急情况下有自我保护的本能，通常在出车祸的前一刻都会往左打方向盘自保。当事人是往右打，也许当时就只能思考 0.01 秒，他往右打，你们现在知道是什么意思吗？副驾驶是车子里最危险的位置，你们不会不知道吧？"

刘交警几乎是直接告诉他们，他们追着打着要告上法庭索赔的人，其实救了他们的女儿一命。

乔梁最心善，可即使是善，也不至于到舍命去救一个陌生人的地步。艰难的事态之下，他那样的"人下人"，首先要利己，才能再考虑利不利人，这都是无可厚非的。

乔奉天露出悲愤的神色，直直地盯着一时哑口无言的夫妻俩，脸上的伤口似乎又灼热地突突跳动起来。

"那……那他也是个黑车司机！他也是无照运营……"女人微微地抬了抬下巴，迅疾又收了回去。

刘交警摸摸头顶上一丛短短的发楂，直截了当地说："交通事故是交通事故，无照运营是无照运营，这是两件事，希望你们搞清楚我们现在的交通法，好吗？我们走的程序都是严谨合规的，偏袒任何一方都对我们没有好处。"

"哎哟，可是——"

刘交警抬手道："有任何疑问或者不信服这个结论，请走正规程序申请重审，十五个工作日之内申请都是有效的。对这场事故该解释的，该说的，认定书上都明明白白地写了，正经文员打出来的文件，你们请先仔仔细细地看完认定书。"

男人犹豫地伸出了手，指向乔奉天，不甘心地问："他们家……一分钱都不用赔？"

刘交警答道："不负责任为什么要赔？"

一直沉默不语的文员也忍不住停下了敲键盘的手，端着杯子抿了一口水，远远地伸头说："渣土车司机负全责，您仔细看看责任认定书。"说完，文员又冲刘交警抱怨："刘队，开窗，呛。"

屋里一时安静，只有铝合金的窗框摩擦出的唰啦一声。

阳光投射到腿上，映出一截仿佛蒙着滤镜的浅香槟色。乔奉天积累多日的无助感登时消减去了一部分。

他慢慢地在文件上签下了自己不甚工整的名字，又紧紧地握了握笔，抿了一下嘴，才将笔撂下。

夫妻俩不善掩饰情绪，将心里的"九曲十八弯"轻易挂上了脸。他们寻求依靠似的迅速对视了一眼，又互相生厌似的抓着文件同时偏开了头。

"后期赔偿问题还要等肇事的渣土车司机出院之后再做安排。等会儿我们也要把文件带到医院让当事人签字。医院那边还有事的话，两位就可以先回去了，保持电话畅通。"刘交警礼貌地伸手，欲和他们握一下手。

乔奉天被单独留下了。

刘交警坐回了办公桌旁边，从抽屉里抽了个黑色皮质的硬壳记录本。他指了指乔奉天身后的沙发："坐啊。"

"不了，还有什么事，您抓紧说吧。"

刘交警挑挑眉，努努嘴，翻了一页记录本，问："你哥在事故中被撞毁的那辆车，我们这边查了一下原户主……是利南鹿耳人，叫张峰，你认得吗？"

乔奉天听了怔了怔："谁？"

"张峰。你认识吗？"

张峰是郎溪村里，乔奉天家隔壁张家的二儿子，尖头，小个儿，近些年离家来利南市北做起了茶楼生意。他怎么能不认识？

"怎么会是他？"乔奉天皱眉。

乔奉天想了一百个人都没想到是他。乔梁究竟是怎么跟他做起"开黑车"这么个名不正言不顺的生意的？

"这个你就得问车主，不能问我了。总而言之，事故你们不用负责，无照运营的责任这两个人都得给我一一负起来。"刘交警合上了记录本，"车主已经联系上了，他今天或者明天就能来一趟交警大队。你要有事没弄清楚，就赶紧回去问问，等真到了这儿，我们把事情一问、责任一摊，就由不得你们扯皮耍赖了。"

"不该我负的责任我一个都不会负，该我负的责任我一个都不会躲，你尽管放心。"乔奉天抿了抿嘴。

刘交警盯着他上下瞧了一阵，倏地笑了："你？不是你，是你哥。"

"我的就是我哥的。"

刘交警似乎被乔奉天那副不卑不亢的模样逗乐了，忍不住再次开口："要是要被拘留，要被判刑呢？"

乔奉天的腮帮子突了突。

"你也去替他蹲？对不起，法律不允许。"刘交警摸了摸眉毛，手又顺下来摸了摸鼻梁。

他的嘴角颤动着，视线从乔奉天的眉目上滑到窄肩上，一路流转到瘦削挺拔的四肢躯干上，再堪堪落到对方并拢的一对鞋尖上。

最后，他又开口说道："逗你呢。"

## Chapter 12
## 浅浅重合

周末，郑斯仪接走郑彧去了海洋公园，郑斯琦得闲，回利南大学还了从借阅室借来的几本期刊。

清明临近，雨水频繁，杏雨梨云，利南大学植被丰茂，静而阔。郑斯琦偶尔遇到了曾经教过公共课的学生，他们都还颇为礼貌地点头微笑，端端正正地喊了"郑老师"。

郑斯琦承认，当初选择进大学教书，有避世的心态。他这么多年不醉心于评职称，高不成，低不就，仍然只是个讲师，也因为他本身并不那么思进取。

郑斯琦深知自己的惰性是含而不露却又无法剔除的，太过顺风顺水是一方面原因，将世情看得太虚太浮又是另一方面原因。就好比他能理解乔奉天这样的人，胖手胝足，有着一身坚硬筋骨，却无法认同乔奉天的牺牲、隐忍，以及只露出万分之一的伤痛。

如同张爱玲在《花凋》一篇中所写的——

笑，全世界便同你一起笑；哭，你便独自哭。

以及——

"世界对于他人的悲哀并不是缺乏同情，只要是戏剧化的，虚假的悲哀，他们都能接受。可真遇上了一身病痛的人，他们只睁大了眼睛说：'这女人瘦来！怕来！'"

郑斯琦通读名家作品，并不钟情于张爱玲，但她某些观察入微的世论也的确犀利老辣。

他走在往停车场去的路上，拿手机翻看了几页民生新闻，一眼就瞧见了乔梁的事故后续报道。新闻稿的引语夸大，通篇行文却十分寡淡索然，内容无非是愤慨地问责，话锋两三下就要直指社会规范与制度。

郑斯琦抬头快速地按黑了屏幕。

他开车出利南大学南门的时候，特意绕了一个大弯拐去了阳光天街，经过乔奉天的理发店的时候，摇下了车窗。

郑斯琦没看见乔奉天，店里只有那个光头、高个儿的大老板，和一个圆脸的伙计。怕人是在隔间没出来，他就踩了刹车，挂挡，拉起手刹，偏头又静候了一分钟。没人出来，乔奉天确实不在。

郑斯琦没忍住，先给乔奉天发过去一条短信，再发动了车。

"不在店里？"

五分钟后，他收到了回信："在医院。"

郑斯琦看了短信内容，没有着急上二环往家开，而是在路口掉了个头，直接上了高架。临近利南市委医院，他才又给乔奉天发去了消息："我去看看，给个病房号吧。"

郑斯琦在医院门口的临时车位上停了车，下来进了一家叫"袭人"的花店。花店里的空间不大，几平方米，堆满了一桶又一桶鲜艳的花。郑斯琦要了半束红掌和半捧郁金香，递给女店员让她另添了一段格纹的绿绸仔细扎好。

郑斯琦都付完钱出门了，甚至琢磨着是再买个果篮还是买箱奶，乔奉天他

"老人家"才不急不缓地打来个电话。

"别来，说真的，护士不让进，什么东西也不让带进去，一个个都可凶了，就算你来了，人家也把你赶出去。"

郑斯琦攥着花，停下步子立在人行道上："不早说。"

"怎么了？"

郑斯琦抬手顶了一下眼镜："刚买了束花。"

他听见对面的人沉默了片刻，才小声道："我在北楼边的那排丝杉树下等你，那里有个池塘。那……那束花……既然买了，要不就给我吧……反正别浪费。"

郑斯琦挂了电话才反应过来，忍不住乐了。

乔奉天还真是不喜欢浪费，连送给病人的花也要"截和"，生怕他扔掉。但是这些鲜艳浓郁的花，跟乔奉天好像也不搭边啊。

一定要打比方的话，乔奉天倒更像是蒲柳，看着瘦削，却并不羸弱，即使真的是如人所说"望秋先零"，也不轻易佝背折腰，和他的处事脾性很像很像。

郑斯琦往丝杉树那边走，远远地望见了那个新凿的小池塘。偶尔有家属推着轮椅带着病人从他身边擦过，带着一股药剂的苦味。他把花半托在胳膊上，只能隐约瞧见有人影在岸边，碍于视力实在太差，一路往前这么靠近着，也没看清楚对方是不是乔奉天。

乔奉天偏头，抬手摇了摇。

不过两三天，郑斯琦看他像是又瘦了。他的下颌角原先线条清晰，现在生出了锋锐凌厉感，像在那儿扫了一层炭灰的修容粉，抚平了他原本还丰盈一些的脸颊。

据说人要是瘦了，五官也会有些改变，郑斯琦走近看他的脸，心道确实如此。乔奉天两眼间的山根突出而光亮，面孔的轮廓也愈加深刻明晰，只是嘴角处的伤还没完全好，卧蚕处也发青。

"你是不是瘦了？"郑斯琦推了推眼镜，停在他的旁边。

乔奉天看看自己的胳膊和手腕："没称过，应该没有吧。"长肉对他来说虽难，可掉肉也没有那么容易。

245

"我看着像。"

"显得瘦吧。"乔奉天笑了一下,摸了摸脸,"总是睡不好,看着颓废得要命,才显得瘦吧?"

"可能。"郑斯琦把花换了只手托着,"你得再胖点儿才好。"

乔奉天从口袋里掏了半片裹在包装袋里的方切吐司出来,像是早上没吃完的。他掐了一小块面包,在指头间碾碎成屑,往身后草坪上点头啄着什么的麻雀群里抛去。小鸟们上下转了转眼睛,扑棱两下翅膀,点头点得更欢了。

乔奉天往前走了两步,蹲下,一只膝虚抵着地,又抛了一小把面包屑。

"你有什么长胖的诀窍吗?"

郑斯琦听了这话,低头顺着他的发尾,看到他后颈处突出着的竖着排列工整的三块骨节:"你看我这身段像是有这方面诀窍的人吗?"

"那保不准你身边的朋友和同事都是胖子。"乔奉天盯着一只从远处踱过来的像是预备抢食的白头鸭。

"还真是,胖的多瘦的少。"郑斯琦也跟着半蹲下来,"怎么说呢……我们这种做案头工作的,一旦过了三十岁,体重就刹不住车地疯长,这是比吃鱼卡刺还正常的事。"

乔奉天转过头上下地打量他:"那你怎么画风清奇,特立独行?"

"那说明……"郑斯琦到底没忍住,也掐了一块面包往前丢,"我人品好。"

他丢的那块面包正巧砸在那只肥润的白头鸭的尖喙上。小家伙吓得倒退着滴溜溜地眨眼,极委屈地扑棱了一下黑翅膀,扭屁股冲着阳光飞跑了。

得,话说得一点儿不假,人品是真好。

郑斯琦邀请乔奉天去随便吃点儿中饭,乔奉天也就跟着去了。郑斯琦找了一家店面不大的苏帮菜,要了碧螺虾仁、樱桃肉和一小锅太湖银鱼汤。

大堂中央建了一个四方简朴的仿古舞台,中间坐着一个化淡妆、穿旗袍的年轻姑娘,端着琵琶低唱苏州评弹,吴侬软语的听着婉转,至于地不地道,两个人都是门外汉,评不上一二。

乔奉天几乎不来这样讲究的地方吃饭，贵不说，也不见得比他自己烧得好。将花搁在一边，郑斯琦给他倒了一杯清茉莉花茶："这家我没吃过，但苏帮菜普遍口味偏甜。"

郑斯琦看着他，"甜"字脱口才猛地想起他不吃甜的："你是不是不吃？"

乔奉天只是顿了一下，郑斯琦就明白了。

"换一家吧。"郑斯琦的语气中带着歉意，"前面还有一家，要不去那家吧？"

乔奉天端着清茉莉花茶："没事，我吃得惯。"他也是刚说出口，才猛地想起对面这人莫名其妙地不大喜欢他说"没事"，就连忙又咳了一下来掩饰，补充道，"不要紧。"

郑斯琦没有再坚持，点了点头又低首去翻搁在一旁的菜单："把樱桃肉换了吧，换成蟹黄芙蓉，应该没那么甜。"

乔奉天深知对方是周到入微、做事处处合宜的人，这顿饭一过，这样的认知又加深了很多。

郑斯琦这天穿的是一件卡其色的短风衣，稍稍立领的款式，两排简素大方的金属扣，颜色意外与眼镜腿的颜色相称。

他翻东西的时候，手指自然地屈起落下，神情专注。仿佛他的手下不是一份菜单，而是一本书。

乔奉天低头喝茶，心里十分羡慕读书人这份怡然的气度。

他毕业于职高，没正儿八经地上过大学，对高学历的人才，总会不由自主地产生钦佩。郑斯琦有文化，有涵养，还写得一手好字，更成了他心中的"偶像"。说到写字，乔奉天又想起了郑斯琦在月潭寺那根红绸上写的字。

那条红绸上"乔奉天"三个字如行云流水般，至今还在乔奉天的脑海里。除了"奉"字，"乔"和"天"的笔画都少，很少有人能把这三个字写得比例合宜，一样挺秀。

乔奉天自己写字像鳖爬，也从来不对别人的字体和笔法有所期待和要求，但一个人能把字写得好总是加分的，总是优秀的。

乔奉天抬头看了看郑斯琦。

郑斯琦突然开口："我脸上有东西吗？"

"啊？"乔奉天听了愣了愣，继而摇头，"没……"

"那你一直盯着我看？"

"我没有。"

郑斯琦"哦"了一声，尾音上扬："这样啊。"

乔奉天觉得自己一不小心就被取笑了。

"我真没看你。"他搓了搓手掌，犹犹豫豫地说。

郑斯琦就颔首，嘴角噙笑地看着他，也不出声。

乔奉天一看就知道他根本不信，索性低头不说了，把这事翻篇儿，爱怎么样就怎么样，继续喝水。

旗袍姑娘将膝上的琵琶拨得琮琤作响，时而檀板轻拍，声音如同溪流触到卵石般清越明快。

郑斯琦带过很多学生，合作过的学院很多，沟通交流过的外校也不少，算得上阅人无数。只凭他看，乔奉天的身上有一种很矛盾的气质。

乔奉天第一眼看着其实很浮躁，像路边带刺的凌厉野花，艳丽而卑微，又自尊自艾。这种人大街上一抓一大把，郑斯琦见得太多了，很容易看得透，不会感到很稀奇。

可乔奉天又不那么单调普通，他内里的人格是有第二层特质的，或者说，第二层特质才是他最本真的、最熨帖灵魂的——仁与温柔。

郑斯琦觉得他很温柔，无论是对人，还是对物，都怀有关怀之心。可是这份温柔好像被他自己所深深厌恶与嫌弃，他像是一直在企图躲避逃离那样一个如影随形的自己，以至于想对整个世界示好的意图被独立的思想全盘否定，踟蹰又郁躁地换上有着最坚硬外壳的自己。

乔奉天在郑斯琦看来就是这么"杂糅"。

郑斯琦想，乔奉天能拥有这样复杂的个性，某些先天因素是一方面，而更重要的因素，一定是他的家庭或者经历。这一部分，也是郑斯琦偶尔想一探究竟的地方。

并且，乔奉天的性格依旧在不断地被打磨乃至重塑，他的人生仍在马不停蹄地继续遭遇好的、坏的经历，甚至有一部分，正在和郑斯琦的人生浅浅地重合。

后真相时代，人们对事实的关注太少，产生的情感太多。郑斯琦和乔奉天相处时，积攒过剩而无处投放的情绪很容易外泄。他对乔奉天有同情，有无奈，有无语，也有钦佩。虽然这些情绪表现得都不明显，但依旧使他的感知变得丰富。这是要比通过读书去体味白纸铅字上的人物来得更细腻直观的感觉。

菜上得很快，一一都在桌上摆齐了，两个盘子，一盆汤锅，两只瓷白的小碗边附了两套骨筷。

郑斯琦挨个儿夹了一口进嘴里。

"都不甜，就是淡。"他顶了一下眼镜，伸手把盘子往前推，"尝尝这个吧。"

碧螺虾仁是苏帮菜里的招牌精品菜。这家店的碧螺虾仁颜色呈素色，茶香很淡，入了肚，仿佛也做不到传闻中的唇齿留香。

乔奉天尽量把动作放慢放轻，盛汤的时候也是小心地拿起勺子，小心地放下，几乎不发出器皿相互碰撞的叮当声响。他的心拘谨着，动作也显得拘谨，倒真的像是个高中生被不苟言笑的班主任带去家里吃饭，就怕班主任冷不丁地撂下筷子，来一句："这次期末考试，你啊……"

两个人吃得都安静，远不如旁边的几桌人，生生地把苏帮菜吃出了麻辣火锅的热闹红火。

郑斯琦间或抬头问两句"够不够""怎么样""吃不吃得惯"，乔奉天只是"嗯"一声或直接点头。

这顿饭花了四百七十块钱，乔奉天问郑斯琦时，他只说花了"二百七"。他深知乔奉天是有多计较你来我往的一个人，怕乔奉天介意，也不想乔奉天为难，索性少说了近一半的价格。

殊不知"二百七"都让乔奉天惊了一下。

"就那两盘菜、一盆汤？"乔奉天差点儿没再跟一句"盘子还没您闺女的脸大"。

郑斯琦摸摸鼻子，推了门帮乔奉天抵着，后悔怎么没说是七十块钱："对，就两盘菜、一盆汤。"

"是不是马上到'3·15'了，我能不能举报他？"

郑斯琦听了说："人家那是太湖的虾和银鱼。"

"他说你就信。"乔奉天嘀咕道，"那我下次炒盘荷兰豆，我说我在荷兰摘的，你信不信？"

郑斯琦觉得阴霾未退，还有闲心在鸡毛蒜皮的小事上较真的乔奉天很逗，于是笑着按开车锁，嘀嘀一声响。

"信，你说你在火星上种的我都信。"

乔奉天不回医院，要先回趟家取点儿东西。

"路"运不济，郑斯琦将车开上二环，眼看下一秒就能上高架，偏偏就在这位置上被堵得严严实实的。嘀嘀直按喇叭的不文明司机虽然占少数，可连续不断猛响起来的几辆车的喇叭声，也吵得人头疼。

见左右是走不了了，郑斯琦摇上了四扇车窗，将车熄火。他把车载广播频道调到"道路一点通"，听主播说是前方路段发生了恶性交通事故，这才导致不是下班时间，也堵得像"晚高峰"。

只是广播还没听一分钟，郑斯琦就关了。他调了一个播放轻音乐的频道，转头看着倚在椅背上的乔奉天："还早呢，困了就睡吧，到了我叫你。"

乔奉天看看他，又看看窗外："嗯。"

在旁人面前睡觉是很考验关系的一件事。毕竟人最不设防的时候，就是昏昏欲睡或混沌将醒的一刹。

乔奉天连着几宿都没能安心地合眼了。他晚上越是想睡越是不安心，越是怕第二天起不来，反正就那么点儿只够睁眼和闭眼的时间，干脆也就别睡了，熬着吧，以至黑眼圈浓得什么粉都盖不住。

乔奉天一瞬间还挺感谢这场大堵车的，让他合情合理地忙里偷闲了一次。

他把下巴缩进衣领里，头贴上车窗，望着隔壁一辆黑色路虎上的光亮的后视镜，目光逐渐发散。

"你那么靠着睡容易落枕，你往后躺着试试。"郑斯琦示意他把座椅往后调。

乔奉天稍微一使力，椅背与座位的弧度瞬间就从九十度的直角扩成了一个大大的钝角。

"行吗？还要不要再往下？"郑斯琦看他也从平视变成了俯视。

"就……这样就行了。"乔奉天觉得躺着说话特别别扭。

"你要小薄被吗？在后座上呢，枣儿的。"

乔奉天摇头："不用，车里挺热的。"

郑斯琦转正身子，调小了车载广播的音量。

乔奉天没觉得自己能睡着，毕竟是在别人的车里睡觉，回头睡过头了流口水可怎么办？于是他只合上了眼皮，还把脸冲着对方看不见的方向。

耳边是极小声的流水衬着钢琴的一支小曲，和郑斯琦轻轻的均匀呼吸声。乔奉天说是不睡，可困倦感真要袭来，睡与不睡，根本不受自己所控。

等郑斯琦看完了手机里所有媒介平台的民生政治新闻，又去网站上搜了几本有折扣的儿童读物，最后憋得实在没招儿，横过手机玩了两盘在线"斗地主"以后，前头的车子终于动了，普天同庆。

郑斯琦拉开手刹，再偏头看，乔奉天早就入梦了。

乔奉天左手的食指关节抵在嘴上，脸对着窗外，歪着点儿脖子，身子也在向郑斯琦所在的反方向倾斜。不知道是有意还是无意，他的碎头发垂下来覆在侧脸上，盖住了眉目和睫毛翘出的那个弧度。这是一个很小心翼翼的姿势。

郑斯琦顺手拿了个东西替他遮了一下射进来的光，见乔奉天的眼珠在眼皮子底下微微地动了动，他咂了咂嘴巴，没醒，表情挺安心的。

乔奉天醒的时候被吓着了，车是停着的状态，向窗外一看，漫天金色的云霞，居然已经是傍晚了。

他动了动睡得僵硬的脖子，转出了嘎吱嘎吱的动响，腰腿酸痛，心里却无比满足。他做了个梦，已经记不得内容了，只觉得迷迷糊糊的，仿佛这一觉，睡过了春秋战国，睡过了迷雾伦敦，睡过了翡冷翠的一夜，睡过了漫长的中世纪，最后又笔锋一转，还是收尾于利南的黄昏中。

乔奉天低头看了看身上的粉红小薄被，连忙偏头去看驾驶座，没人。他撑起身子探头看向车窗外，看见一片湖和一个人。

郑斯琦的一只手插在兜里，另一只手的手心里攥着七八个烟头，他嘴里还叼着一支烟，袅袅地冒着白烟。

湖是金鸡湖，引的护城河的水，就地依势建了一个森林公园。这里离铁四局不远。

郑斯琦听见有车门开合的动静，夹着烟转头，看见乔奉天扒拉着碎头发一路过来，脸上还有浅浅的粉红印子。乔奉天的神色木木的，像是睡久了，一时之间连有动响的空间都变得陌生了。

"怎么停这儿了？"

"等你醒，我抽根烟。"

"印子明显吗？"乔奉天按着脸，觉得贴着椅背睡的半边脸都是滚烫的、熟的。

"嗯，明显。"

郑斯琦看他懊恼似的揉了揉刘海儿。

"耽误你的事了吗？"郑斯琦倚上护栏。金鸡湖的护栏是上半年重新翻修的，粉刷了白漆，还算干净。

他冲着另一个方向吐了一口烟："要不现在就送你回家？"

乔奉天摇了摇头："等你抽完这根吧。"

郑斯琦正倚着护栏，乔奉天则背倚着，两个人中间隔了一人半的空隙，背景是林木下镀金的熠熠湖面，只这么远远地看着，挺像一幅结构合宜的油画。

"你……是不是一有时间，就这么攒着劲儿地抽，恨不得把先前没抽着的烟都给补回来啊？"乔奉天侧头看着他手里捧着的一小捧烟头。

郑斯琦乐了："哪儿有你说的这么夸张。"

乔奉天用手摸了一下鼻子，竖起了两根指头："两次，我统共就见过两次你抽烟,两次都是抽得这么凶。我阿爸抽了小半辈子的烟,前年被逼着戒了,难受得围着我们家的房子一圈一圈拉磨似的转,也没见他像你抽得这么'难舍难分'……"

郑斯琦是第一次听他主动说起自己的家人,开口问:"烟龄太长的人戒烟是很难受的,为什么要逼着他戒呢?"

乔奉天顿了一下,扯了扯袖子:"身体不好,想保命呗。"

郑斯琦听了,不敢擅自开口追问,只侧过头看着他。

"就……"乔奉天扯完了左手的袖子扯右手的,"高血压和支气管炎呗,老毛病了。前几年他在家里晕了一次,查出来是中度脑梗阻,外加心脏一直也不是很好。"

郑斯琦垂下了眼,问:"怎么……不把老人留在利南市呢?"

市与镇比,医疗资源总是更好的,而且交通便利得不止一星半点儿。

"我提过,可老家有房有地要照顾,阿妈也放不下小生意,他们都不愿过来。"乔奉天盯着小路上一对来公园散步的老头儿、老太太,看他们步履矫健地挽手走着,"我阿妈不可能同意跟我住一块儿的,她最不想……最不想看到我了。"

说完,乔奉天径自盯着鞋尖笑了一下。

郑斯琦见他仿佛独自陷进了一些不愉快的回忆里,心下一紧,不自觉地伸手过去拍了拍他的肩膀。

乔奉天怔了怔:"你……"

郑斯琦这才感觉自己唐突了。

"我是……我是想说,你……就你啊,"郑斯琦抬了一下眉,缩回手,转移话题,"你想不想知道,那个……我是什么时候第一次尝试抽烟的?"

"哈?"所幸乔奉天也很给面子地没说"不想",郑斯琦就依势顺着话头一路往下说了,绘声绘色,声情并茂。

郑斯琦第一次抽烟是在一个周末。那年入夏极早,天气酷热,尽管有一台吱哇乱响的破风扇在脑袋顶上瞎转,但什么用都没有,屋子里还弥漫着郑寒翁

253

研出的老墨臭味。

郑寒翁下楼一边跟人聊天，一边逗猫。郑斯琦心不在焉地趴在一张巨大的红木案上，跟猴似的蹲着，顺手掏出郑寒翁裁好的一沓宣纸过来打草稿。

有理数和无理数，同位角和对等角，横轴、纵轴和坐标系，边角边、角边角和角角边……知识像一锅糖粥似的在脑袋里咕嘟地煮开了，冒出个大的泡来，又噗地被戳炸了。郑斯琦眉一皱，纸一揉，笔一撂，脚一跷。

他偷摸地从笔盒里掏出一个皱巴巴的纸卷，一层一层剥开，里头赫然躺着根烟——他那个成天不着调的同桌送的。棕褐的烟嘴上嵌了一道细溜溜的金边，窄短的一截烟身里，密密实实地填上了顶好的烟丝。

会抽烟就是有范儿。郑斯琦在那个不懂事的年纪，就是这么错误地认为的。他摸进厨房，开了煤气灶，凑过脸生疏地去点烟，闪得慢了，灶台的火险些没把他的眉毛燎下去小半截儿。

郑斯琦人生中第一次抽烟，就一口都没有被呛住。哪里知道人算不如天算，他正在这儿偷摸地抽呢，郑寒翁就抱着橘猫哼着曲开门回来了，在玄关处弓腰，乐呵呵地换鞋："哎哟，这天真是说下就——"

他一下就看见郑斯琦背对着房门仰卧在椅子上，脚恨不得跷上天，脑袋顶上还袅袅地升着白烟。

郑寒翁两步上前，一掌结结实实地拍到他的后脑勺儿上，响起利落的啪的一声脆响以及喝问声："躺在这儿干吗呢？！"

郑斯琦像回忆起那天的痛似的，伸手去按自己的后脑勺儿。

"真没想到，我爸这么个舞文弄墨的老学究，打起人来那么疼，我到现在都怀疑后脑勺儿是不是被他拍进去一块……"

乔奉天瞪大了眼睛，觉得自己活像听了段评书。

"然后呢？"

"然后？然后我就被吓坏了，不知道是跪下来抱着我爸的大腿哭好，还是死不承认好。"郑斯琦笑着推了一下眼镜，"然后就心一横，当着他的面把半截儿烟给握在手心揣进兜里了。"

"啊？！"乔奉天难以置信似的挑眉，"不……不烫吗？"

他怎么干出这么"决绝"又没谱儿的事啊……

郑斯琦失笑："废话，能不烫吗？燎得我一手大泡，烫得我当时都想把桌子掀了。"

郑寒翁自然要教训一下这个"逆子"，郑斯琦被父亲揍了一顿，保证再也不敢学这些不良习气了。

乔奉天想了想那个画面，倚着护栏，这么些天头一回笑得不能自已。

郑斯琦就把手支在护栏上，手掌抵着下巴，安安静静地听他笑。

"我原来还以为你是那种从小到大都特别正经的好学生呢。"乔奉天哈哈大笑。

"哪儿能啊，老郑家上下，最皮、最不服管的就是我，上学时什么学生不该干的事我全干了，光高考我都考了两次呢。"郑斯琦望着湖面，"我爸那些同事，见了我都跟见了孙悟空似的，每回都得咂咂嘴，哼哼唧唧半天跟我爸说：'哎，你啊，你这个儿子哟，啧，一瞧就是个混世魔王哟。'"

乔奉天接着又"破功"笑了，撑着额头，回想起郑斯琦颈后那块疑似被洗掉的文身痕迹，或许那也是他年少疏狂的一部分。

"那你怎么就……就能转了性呢？"

乔奉天好险没说"你怎么就从个'混世魔王'活成了个看着像'斯文败类'的人呢？"。

郑斯琦琢磨了很久才说："脑袋突然开窍了，想明白了，想明白自己要是一直这样下去，想要的东西不会来，不想要的包袱也一直丢不掉。"

郑斯琦将话说得异常和缓轻松："我爸和我姐一辈子自尊自强、好面子，总不能走出去，真让人在背后议论'哎，他儿子，或者她弟弟，败类一个'吧。"

有飞鸟落到护栏上。

"那这样的人生是你想要的吗？"

"想不想要是会变的，不会是日复一日，年复一年不做修改的。遇到坎儿的时候，觉得不是自己想要的；顺风顺水的时候，就觉得又是自己想要的。这个问题的答案没那么容易简单地概括出来。"郑斯琦十指交握，停了一会儿，才继续说，"我只能保证，我做的每一个选择，都是在前进，而不是躲避后退。对错与好坏这种东西，要留给后人去评价。"

郑斯琦把车开进了铁四局的小区里头，离乔奉天住的那栋楼还差一小截的时候，乔奉天出声让他停了："到这儿就行了，再往前你的车不好掉头。"

郑斯琦踩了一下刹车，瞄了瞄倒车镜，又把头伸出窗外往后看了一眼："说真的，你们家这儿吧，停在哪儿我都不太好掉头……"

"那你随意吧，掉不出去我打电话叫人给你抬。"乔奉天忍住不笑。

"开玩笑。"郑斯琦收回视线看向他，顶着眼镜乐了一下，顺手打了一圈方向盘，"我这科目二白学了？"

车身堪堪摆正停下，乔奉天按开安全带，听郑斯琦说了一句"闻李嘉"，手下动作一顿。

"啊，对不起。"乔奉天眨了一下眼，转头，"这事我忘记告诉你了。"

乔奉天这才把乔梁的事故责任给郑斯琦一一说明了，前因后果，事无巨细。可明明是一件挺令人高兴的好事，郑斯琦却越听越察觉到对方话里隐着的歉意。

乔奉天低头道："对不起，没来得及跟你说。"

"为什么？"

乔奉天愣了愣——为什么？为什么说"对不起"吗？

他下意识地就说出了道歉的话，一定要问"为什么"，倒不那么容易从容地对答。

乔奉天顿了一下，说："就因为……因为觉得白白浪费了你的一个人情呗，就觉得让你为难了，还得麻烦你跟他解释一通别人家的私事，你平常……学校那边也忙得很吧？"

说完他笑了一下。

天色半明半暗，车窗外望过去是不着边际的湿雾，回南的天气，水水地润着人。

"帮我向郑彧问好。"乔奉天下车轻手合上了车门。

"嗯，知道。"郑斯琦扶着方向盘笑。

乔奉天背过身子抿了一下嘴，犹豫了片刻，低头嗅了嗅郁金香。

他"截和"了一捧这种被扎好的捧花，吃了一顿安安静静的午饭，将就着睡了一场不算长的好觉，听了一段短小的趣事。再难过的思绪，好像都被吹散了些。

乔奉天进了楼道，上到二楼就不再向前走了，蹲在楼梯口，黑洞洞的狭小空间堆着废旧成捆的瓦楞纸片。

他把头埋进膝里，嘴巴紧抿，憋住一口气。

过了一会儿，他把头抬起一半来，露出一双眼睛。他的手掌来来回回地翻覆，手掌看着白皙，手心则更白，目光在白与更白间流转，比较着不同的密匝匝的纹路，最后把头完全抬起来，站直身子，转了转酸麻的小腿。

乔奉天上到最后一层楼梯的时候，没来由地脚步轻松——好也好，坏也好，就是这么个状况，就是这么回事了。

可当他看见家门口站着的林双玉的时候，那点儿轻松感又被一掌猛按进水里，沉底了。

"阿……阿妈？"

林双玉穿着涤纶的灰衣、灰裤，上衣一排塑料的圆扣从上至下扣得整整齐齐，裤腿上沾了一片不起眼的黄泥点子，脚下穿着一双三四寸大的黑绒面的纯色布鞋。她将黑白参半的短头发一缕缕地梳好绾在脑后，箍了一个脱了漆的铁质发圈，嘴角顺着眼睑松弛的方向，一同默不作声地下垂。

林双玉在黑洞洞的楼道里，像一道投在墙上的斑驳窄短的阴影，乔奉天有一瞬间以为是他眼花，是他的错觉。直至靠近了，她沙哑地出声了，他才知道不是。

"奉天啊。"

乔奉天破天荒地开全了家里的灯。

他从卧室里取了一条簇新的裤子让林双玉换上。裤子宽松柔软，是全棉的好料子做的。他把林双玉换下来的裤子拿去洗，将干净的一只裤腿夹在腋下，脏了的另一只裤腿攥在手里，低头站在池子边，开着水龙头，一圈圈轻轻地搓揉。

衣服上的味道遥远陌生，但又仿佛就藏在他心底触不可及的深处。

泥点子很容易洗，干了的只要用水润湿，再用指甲抠一抠就能弄掉。乔奉天挤了一小泵洗衣液在掌心里，打发出绵密的泡泡，再拿指头尖舀着泡泡往衣料上抹。他想起小时候在家里帮着洗衣服，皂角粉的用量都是有讲究的，不能多用，不能浪费。

林双玉背对着他坐在客厅里的沙发上，手里端着一杯温开水——临时找不到多余的纸杯，乔奉天给她用的是自己的喝水杯。

"您怎么……一个人就来了？也不提前来个电话，家里就剩阿爸一个人。"

林双玉没接话，径直坐着。

乔奉天抿了抿嘴，不再追问，抬起胳膊蹭了一下发痒的鼻尖。

从他独自离开郎溪村来到利南市，至今为止，林双玉来的次数屈指可数，以至于他光是在脑海里想象一下——林双玉的面孔浮现在一派高楼林立的都市背景之下，都觉得是一个极其不可思议的画面。

如果乔奉天真是少年意气地一去不回头，那他恐怕连她逐年衰老的模样都不明晰了。

乔梁这几天在医院里醒了又昏，昏了又醒，要定时送去做CT、做磁共振、做胸透、导流排尿，以及按摩翻身，这些要反复不休地做。人依旧没能被推出监护病房，不能进食。

小五子又无故被强塞在杜冬家多待了一晚，上学和放学都由李荔暂时照看着。乔奉天即使没明着把乔梁的事跟他说，也猜他能把事情算准个七八分。

唯独林双玉和乔思山，这事乔奉天没和他们说，不敢说。

"你哥啊……"

乔奉天停下手里的动作，关上了水龙头听她说："嗯？"

林双玉把杯子咯噔一下搁到了茶几上，简短地问："在哪个医院呢？"

乔奉天嘴角刻意扬着的弧度僵住了，好像只这么一句话，他拼命藏着、敛着、不想露出马脚的满身倦怠感和无助感就要开闸放水似的泄出漫漫一地了。

只有两个人的空间显得尤其寂静。

林双玉的嗓子里，分明咕噜地哽出了一声，又被她自己不动声色地给咽了下去。乔奉天沾着满手的泡沫，沉默着走近她两步，视线越过她那窄塌微颤的一侧肩，去看她搭在膝上的手。

灰袖稍长，盖住了她半截儿嶙峋的手背，手上的关节粗肿得像一颗颗磨砺而成的圆木珠，埋在表皮里，排布在指头上。她的左手紧紧地掐攥着右掌，像奋力压制着什么。乔奉天只看她青白的指尖，就能猜得出她用的气力之大。

乔奉天张了张嘴，一下没说出话来。

他不知道林双玉是怎么知道乔梁的事的，也不知道林双玉是怎么一路忍着情绪来到利南市，来到他家，平平静静地和他说上一句话的。

"你瞒我，你瞒，你瞒到最后只苦了你自己……"

乔奉天的心里霎时间像被剃去了一块肉。

"老的到小的，小的到另一个小的，咱们老乔家这坎儿，挺过去一个还有一个……你说别人家怎么就这么顺呢？你说咱们家怎么就这么犯太岁呢？日子怎么就这么难过呢……"

乔奉天拿手腕挡着嘴巴，偏着头，冲着无人的方向，眼睛红了。

林双玉既悲又嘲，响亮地号了起来，一瞬间仿佛又成了郎溪村那个得理不饶人，能打能上的命苦的小老太太。只是这声音在喉咙眼里含含糊糊地滚了一圈，还是沾了雾，蒙了霭，化成了一段不成调的呜呜声。

乔奉天不敢去看她现在紧皱着五官的一张脸，他心里五味杂陈，眼泪就这么含在眼里，死活都出不来。

林双玉一辈子要强，一身的硬骨头，是一个能背过身子，把难关变成一碟咸菜，就着馒头嚼碎了咽下去的人。

259

那个年代，不用说也明白，她和乔思山的婚姻不过是听媒妁之言而成的。

乔思山一辈子拖沓温暾，不刚不韧，顶不入眼；林双玉烈性，泼辣，心里自有一杆秤，左右高矮从来都是按她自个儿的标准来。

乔奉天听着林双玉骂了乔思山半辈子，也看着她一声不吭地照顾了他半辈子。乔奉天上学的时候，她还能提着口恶气举着扫帚绕着郎溪村追着他一圈两圈地打，后来熬啊熬啊，熬成了个瘪嘴的小老太太。

如今她走两步路，去地里砍两把自家种的莴苣和芫荽，也不那么快手快脚，不那么轻巧灵便了。背一旦佝偻了，人就不是显老了，是真的老了。

乔奉天知道自己最像她，把她一辈子刁钻偏执的特质都遗传到了身上。于是相同的两极，亘古不变地互斥。

林双玉和乔奉天其实彼此心照不宣——我看见你不自在，你看到我也未必快活。莫不如咱们各退一步，海阔天空，就这么藕断丝连地牵着一根母子关系的线，不多提，不多见。

等到林双玉入土，乔奉天哭一方小木头盒子，哭一抔白骨灰，这关系就这么了了，结束了。

所以林双玉再怎么厌恶乔奉天，他都不恨她，不怨她。他们的关系至多变成一根吞不下的鲫鱼刺，他总以为刺软了，没了，哪里知道冷不丁地顺口一咽，还是疼。

于是他时时刻刻地戳弄着自己，提醒着自己：别回头，大步走。

杜冬拦了一辆出租车，让李荔带着背着一个小书包的小五子坐在后头，他自己拉开了副驾驶座的门。

杜冬的个子太高，他钻进去的时候眉骨磕在了门框上，传出哐当一声响。司机听得皱眉，撇嘴，倒抽了一口气："嗬！疼吧？"

李荔连忙向前探着半个身子，伸手往他的脑门儿上揉："哎，你傻吧？你怎么不看着点儿呢？你这是要鸿运当头啊。"

"哎，得，得，得。"杜冬一只手捂着眼睛往后躲，另一只手来回摆："师傅，走，去利南市委医院，在南门的住院部那儿停。"

"成咧。"

杜冬想不明白乔奉天怎么突然就要把小五子接回去了，还不是往家送，而是往医院送。怎么？要跟小五子摊牌啊？难道他要领着小孩儿往病房的门口一站，指着病床上的乔梁说"哎，看见了吧？那是你爸，被车撞得不行啦，说不了话，动不了啦。你赶紧做个心理准备吧"。

他心里还有没有谱儿啊？！

杜冬一路噼里啪啦地按着手机给乔奉天发短信："你想干吗啊你？！"

乔奉天很快回了："快到了？"

"到什么到！你急什么？"

"我阿妈来了。"

"哎，你阿妈怎么在？你阿妈知道啦？你不是打算不跟她说吗不是怕你爸心脏不好受不了刺激吗怎么你想瞒这个想瞒那个的最后还都瞒不住啊！"

"能不能把标点符号老老实实地打上？我又没说，她自己知道的。"

"谁啊？张着一张大嘴一天净会乱说！"

"张峰，我没跟你提吗？"

"他是谁啊？你什么时候跟我说了？！这几天我给你打电话你接过吗你？你不是说'等会儿回'就是直接给挂了！你就光告诉了我一句你哥不用负刑事责任了，其他什么事也没说啊！"

乔奉天没有回消息，杜冬就继续发："峰不峰这个先不管！哎，她知道了，那你就更不能让小五子知道了啊！她要是带着小五子回郎溪，不让他在'利大附小'念了怎么办？你还让不让他继续上学了？还让不让他成才了？还让他跟你哥似的一辈子留在郎溪村？"

杜冬性急，往往话说出口了，才觉得欠妥。

乔奉天还是没有回消息。

杜冬咂了咂嘴，把手机翻面拍到大腿上。过了大约四五分钟，手机才又嗡嗡地振起来。

261

"这事不是我一个人想明白就成的,也不是我一个人说了就算的。来吧,在门口等你。"

林双玉在外人面前只怒过、闹过,从来没哭过。在她看来,悲伤的情绪是极为私人的,是一定得咬着牙忍住不能露给别人看的。她远远地看着杜冬牵着小五子一路顺着长廊走过来。

乔奉天立在一边的墙边,盯着小五子琢磨,想着他是不是又黑了、瘦了。

林双玉挺直的脊线和乔奉天的十分相似,就像是拿同一把尺比对着画出来的一般,只不过现下,一个是站着的,一个是坐着的。

"小五子啊……"林双玉将手放在裤子上攥了攥,局促似的起身,伸出一只手招了招,接着在小五子油亮的脑门儿上轻轻地摩挲抓挠,另一只手绕过他的肩,提了一下他背上的书包。

林双玉的表情像笑又不像笑,她极勉强地弯了弯眉毛:"哟,这小娃娃的书包也重得很哟。"

小五子太久没见到她,也牵挂着,伸手把她衣服的下摆牢牢地攥住,眨巴眨巴乌漆漆的眼睛:"奶奶怎么来了?"

林双玉只是看着他,抚着他,没回话。

乔奉天感到袖子一紧,一没留神就被杜冬和李荔连拉带拽地拖去了拐角处。

"人怎么样?"

"你说谁?"

"我说我呢!"杜冬翻了一个白眼,"这不废话吗?你哥啊!你哥现在人怎么样?"

乔奉天停了片刻没动,继而双手抱胸倚在墙上,低下了头:"牵引是做上了,左手暂时也没坏死的迹象,但指望着恢复成原来那样能拿东西、能写字是不可能了。现在他就是时醒时不醒,认不得人,说不了话,吃不了东西。"

杜冬瞪眼:"就这状况,你还把小五子和你妈都弄医院来,你这不是自己给自己挖坑埋雷呢吗?!我的哥!"

262

乔奉天听完烦躁地一把捋高刘海儿，偏过头。

李荔见了，在旁边扯了杜冬一把，压着嗓子侧头说道："你别老咋咋呼呼的行不行？人家一句话还没说完呢，您老一大堆话就出去了。你听奉天说完话行不？"

于是两个人一时谁也没开口，挨肩立着。

"张峰，"乔奉天搓了搓指头，撕去了指甲缝里的一条灰白的倒刺，"那个人是车主，主动联系我哥的，说给他一个赚钱的生意，问他做不做。我哥一根筋，想着不犯大错，就上路给张峰开黑车了。周六、周日全天开，平时他偶尔出个夜班，也不跟小五子说。"

倒刺要顺着撕才不疼，可顺着撕得不干净，逆着撕得干净，但逆着撕下来时往往又会牵连着一块不相干的血肉。

"他爸是我们在郎溪村家里的老邻居，出事了，怎么七传八传地也传到了……可能是他们无意中告诉她的吧。"

杜冬低头见他的指甲缝里冒血了，蹙眉伸手一抓："交警那边怎么处理的？哎，李荔这儿有纸，赶紧擦擦。"

李荔连忙掏出了一包纸："哎，给，创可贴我也带着呢。"

"那个不用。"乔奉天继续说道，"按例要扣车罚款，车是扣不了了，罚了三万。"

杜冬帮他拆开了包装袋，抽了一张面巾纸出来："怎么算？"

"他不要——罚款也不要我承担，车子也不要我赔。他说是他对不起我哥，说他没想到能变成现在这个情况，我现在手头上的现金也就四万，转他账上了。"乔奉天接过面巾纸。

杜冬霎时间一脸难以置信的表情，拿胳膊肘用力揉了乔奉天一记："你傻啊你！他不要你赔，你还给，你钱多没处花吗？你以为你以后花不到钱了是不是？你一下子赔了他四万块钱！你脑子进水了吧？！"

乔奉天抖了抖面巾纸，捏住一角往指尖上按，冷不丁笑了一下："我就是傻，就是脑子进水，就是欠不了别人的人情，行不行？你第一天认识我？"

杜冬张了张嘴巴，却无话可驳。

乔奉天眼下穷得叮当乱响，何前发出去的房屋急售消息还没有回响，如黑洞般深不见底的医药费用没有了确定的着落。缴费单一沓一沓地往下发，乔奉天攒了一票夹。

他倒庆幸没顺嘴告诉杜冬自己把房子也给卖了。真要提了，杜冬那个闲吃萝卜淡操心的人肯定能把自己毕生所学的所有脏字都搜刮来，结结实实地骂他个狗血淋头，再把自己没多少的家底三下五除二地一气全掏干净，说"钱不够就找我，别卖房"。

这人重情重义得过了头，总是不考虑着自己也有了个小家。

乔奉天看了一眼李荔，在心里合了一下眼皮。

林双玉抬头见乔奉天一路过来，停在小五子的脚边，弓腰蹲下了。

乔奉天的心里也很乱。要是能不说，他当然希望小五子永远不知道，希望乔梁在小五子的心里永远是高大的、温和的、威严的、充满生机的，像每一个普通的父亲一样。

乔梁也一定不愿意自己这么一副混沌不醒、苍白羸弱的样子被自己的儿子看去。

可连林双玉都知道了，乔奉天这所谓的坚持和隐瞒就显得毫无意义了。他既不想林双玉在小五子面前把事实夸大，也不想嘱咐林双玉同他一起对着孩子装聋作哑，干她这辈子都学不会的事。

何况一切都没有尘埃落定，他也真的没有多余的精力去给小五子编一个完美的童话了。

林双玉总说老天爷作孽不开眼，专和乔家过不去。乔奉天却觉得不是这样的。草生一秋，人生一世，老天爷谁都不认识，人要经历的种种都是无意中发生的，不是被成心安排的。

小五子如果注定就要经历这些事，挑起这些东西，乔奉天就有责任从一个长辈的角度去教他如何担，而不是如何躲。

如果小五子能学会接受，那他一定能和其他男孩儿不一样；如果他能学会坚强，那他还未展开的人生一定不可限量。

乔奉天自我催眠似的把一切往好了想，往光亮的地方想。他捉过小五子稳稳地搭在膝上的一双温热的手，仔仔细细地瞧着小五子的眉目。

小五子紧张得心都揪起来了，林双玉看见他正耸着肩，紧紧地并着腿。

"小叔……"

"小五子啊，你爸爸生病了，要过很长一段时间才能好，小叔这几天一直没跟你说，小叔怕你担心，你怪小叔不？"乔奉天尽量把语气放得和缓，把事情说得举重若轻。

小五子也不似旁的孩子一般喜怒形于色，只是脸色一僵，神容一滞。

杜冬在一边默默地听着，心里难受，转头不看，却听到一边的李荔发出极其不合时宜的一声压抑的干呕。

小五子反应沉着，在乔奉天的预料之内，可乔奉天抬头这么看着他，又觉得他沉着得过了头。林双玉攥紧了小五子的胳膊："伢儿。"

小五子正消化着乔奉天话里的意思。

他总觉得大人们只要在孩子面前蹲下，笑起来，做出示弱的姿态，就一定不是什么好的先兆。

他将头脑转得飞快，正努力地去思考关于"爸爸生病了"与"很长一段时间才能好"这两个线索之间的关系，无师自通地学会了一招——越过事实本身去看它可能会带来的影响与后果。

然而他想不到太复杂的东西，只能浅显地看到最直观的一面——爸爸以后可能会生活得更艰难而辛苦，小叔也会，奶奶也会，爷爷也会。

那么他要怎么做呢？怎么做才能替他们分担呢？小五子直直地盯着乔奉天倦怠的眼角，想不到办法。

"小叔。"

"嗯？"乔奉天听他终于说话了，说话的调子也四平八稳的，心稍稍地安了。

他微笑起来，又凑近小五子些："你说。"

"那我能看看阿爸不？"

"特别想吗？"乔奉天摸着他说。

小五子先摇了摇头，顿了顿，才又点点头。乔奉天沉默了一会儿，低头先在自己的颈子上摸了摸，揉了揉，才拍了一下膝，果断地说："走。"

林双玉"嗯哼"了一声，皱着眉头去拽乔奉天的手，意思大约是不赞同，怕刺激着孩子。杜冬也是这么个意思，往前迈了一步像是想说话。

乔奉天摆了摆手，把小五子从塑料椅上抱起来："没事，隔着门看，不进去。"

家属能待的走廊与病房隔了一个宽阔的电梯间。天花板上的声控灯听了脚步声才不紧不慢地亮起来，扩出一大团朦胧的白光，洒在头顶上像一层粉霜。

乔奉天给正在写病历的值班护士点头打了个招呼。小姑娘伸着胳膊拦了一下："哎，这个点不能进啊。"

"不好意思，就隔着门看一眼，一眼。"

小姑娘长长地"哦"了一声，手里的圆珠笔在指缝间转了一圈："那行，那可以。"

乔奉天见她用探视的目光在小五子的脸上流连了几回，转身往前走的时候，也分明听见她压低了嗓音，不无悲悯地冲一旁的另一个护士耳语："唉，真可怜。"

他抱着小五子像抱着一根空心的木料，直挺挺的，也轻，一点儿也不像其他小孩子的身子那么柔软。

站在乔梁的病房前，乔奉天把胳膊收紧了点儿，圈着小五子正弓起的膝盖。小五子用两只手扒着病房窗户的边框，也不嫌玻璃凉、脏，几乎快把整张脸都贴上去了。

乔梁的呼吸机还没有撤，淡绿的透明罩子时时刻刻地歪盖在脸上，脸上眼看着就消瘦了一大圈，眼窝深陷成了一洼枯潭，下巴上的胡楂像郎溪村田地里来不及割掉的一茬新韭。

乔奉天庆幸病房不让进，以及乔梁是睡着的。这样的话，就不用让小五子看着爸爸连自己都认不出。那种残酷的画面乔奉天想想都觉得难以承受，遑论小五子还是个刚上一年级的小孩子，连母亲也没有。

乔奉天一开腔才发现嗓子是哑的，像在排风口张嘴坐了两个小时。他侧头用力地咳了一下，咽了咽口水，动了动一直并着的腿，问："走吗？"

小五子将手扒在窗框上没有说话，还是一直安安静静地看着，舍不得收回视线。乔奉天也就不忍再出声催促了，垂眼看着小五子鼓起的胸膛贴着门微微地起伏。

"小叔，放我下来吧。"

"没事，你想看就再看看，你一点儿也不重。"

小五子紧接着沉默了很久，才说道："我阿爸那段时间晚上老出去，我一问他，他就让我不要多问，也让我一定不要跟你多说。"

乔奉天怔了怔。

"小叔，如果我当时没听阿爸的，跟你说了，阿爸是不是就没事了……"

乔奉天看他一动也不动，依旧贴着窗。

如果小五子真的跟他说了，他无论如何都不可能让乔梁继续做下去，自然也就不会发生这么不可预测的事。为了这么点儿外快做得累心累人，还不合法，得不偿失。

可这个又怎么能跟小五子承认呢？又怎么能让他从这个年纪就负担着一辈子的愧疚呢？

乔奉天不知道怎么回答为好。

他若说"是"，小五子会伤心；说"不是"，那这件事情的发生就变成注定的了，不可逆的了，完全没有可以回转的余地的了。那样会不会让小五子以为，生活真的就像林双玉说的那样，它该让你受苦的时候，一切就成了定局，怎么躲都躲不掉？

乔奉天这时候忽然想起了郑斯琦。真佩服像他那样的人，对什么样的事都有自己的逻辑，不因外界的变化而变化，无论问题经过怎样包装，他都能妥善合理地应答。对大人，对小孩子，他都能在对话中做到"你来我往"，既不会言语无味，也永远那么从容通达。

"怎么会？你不要这么想，这不是你的错，这事和你没关系，知道吗？"乔奉天思索半天，只说了这么一句听起来就很无力的话。

等他想再补充点儿什么的时候，他才感觉怀里的身子抽动了起来。

乔奉天伸手把小五子的脸扭过来捧着，看见两道泪痕亮晶晶地缀在他的脸颊上。小五子哭起来毫无声音，只知道一味地抬着袖子低头去擦泪水，越擦越多，擦得手背上都是水迹。

"怎么了？怎么了？"乔奉天把他的头往肩上一按，转身就往房门的反方向走，"别哭，嗯？不哭了好不好？"

"从来不哭的怎么也哭了，嗯？

"让你奶看见要心疼咯，快，忍忍。"

"没事的，真的，你阿爸没事的。

"要是把眼睛哭肿了，枣儿明儿见了要笑话你的哟。"

…………

乔奉天往小五子的背上轻轻地拍着，像哄一个耍赖不睡的小婴孩。他的动作生疏，也没节奏，倒像是自己也在慌乱着似的。

李荔的身子突然不大舒服起来，杜冬只能先打车带她回了家。临上车前，他冲着乔奉天比画了一个打电话的手势。

——有什么事及时联系我。

"嗯，路上小心，难受就去开点儿药。"

"哎，谁知道她怎么回事呢？"杜冬的下半身坐进车里，他用手撑着车门，"我说的你记住没？有事想着我！别老自作主张地藏心里，谁都不告诉。听见没？你这人就是——"

"哎，是，是，是，记着了，走吧你。"乔奉天打断他的话，冲他摆手笑了一下。

他看着出租车亮了一下通红的尾灯，驶向前去，在拐弯处的一排行道树里消失不见了，才转头去看林双玉和小五子。

两个人手牵着手立在医院门口，小五子在揉眼睛，林双玉在晚风中绾着飘起来的散乱的碎头发。他们和自己连成了一个尖尖的不等边的锐角。

医院边上的快餐店里灯火明亮，二十四小时不休息。

乔奉天差不多把价目牌上的小食挨个儿问了个遍，小五子都摇头说不吃。扎马尾的收银员等得指头在点餐机上吧嗒吧嗒地敲，乔奉天听不得这拐着弯的催促声，盖住价目牌，顺手往上一指："儿童套餐 A，再加两杯咖啡。"

乔奉天揭了咖啡杯的盖子，把奶精球和绵砂糖一一丢了进去，拿搅拌棒在杯子里转了两圈，推到林双玉的面前。

林双玉只抿了一口就皱起了眉，乔奉天见了，把自己的绵砂糖和奶精球一并添进了她的咖啡里，见她又喝一口，问："还苦吗？"

林双玉把杯子搁远了："跟药一样。"

"要不换个果汁吧？"

"不喝，还要花个十几块钱，净会想着法儿明抢。"

"……"

两个人这么心平气和地说话的机会少之又少，乔奉天也能借机多看看她不怒时的模样。

她不怒时皮肉便是松弛的，看着一派老相。店里的灯光自上而下地打过来，加深了明暗与光影，沟壑般的皱纹直白地显在了脸上。

他们乔家人都是瘦子，站出去就像五根棍子，瘦骨嶙峋的，看着一点儿福相都没有，不阔气。林双玉索性打着骂着不让弓腰驼背，要不显得更穷酸。

乔奉天把杯子垫在下巴底下，没说话。

林双玉将两只手交握在小腹间："这事没跟你阿爸说，他还不知道。"

"嗯，别跟他说。"

"你张叔要是不多一嘴告诉我，你就打算一直不告诉我了？"

乔奉天侧过头，脸冲着窗外，回答："您现在问我这个没有意义。"

"意义算个什么？！"

乔奉天自顾自地笑了笑，眯起眼睛："对，您看不上的，搁您那儿都不算什么。"

林双玉克制地往桌上拍了一掌。

就是这样，不怒起来，不吵起来，他们之间来回说话也说不过三句，沟通尤其艰难。乔奉天觉得林双玉根本就是在潜意识里排斥他，不认同他，他说什么、做什么，对她而言都是错的。

有的时候她打开了一道缝，他满心怀疑地走近了，看清了，是真的有光，于是忙不迭地拾起零碎东西企图能快步地挤进去。只是脚还没有迈进去，缝就合上了，他提前伸出的手指尖，也总被夹得比以往的每一次还痛。

反反复复得久了，乔奉天就视若无睹了。

说不通？那他干脆就不说。

"咱家拢共就三万多块钱，我带来了，我看光是付那瓶瓶罐罐的药片子都不够！"林双玉抿了抿嘴，"不行的话我找其他人借点儿，凑凑，实在不行，家里的那套破房子看有没有人愿要……"

"我不要，我——"

"是给你的吗？！那是给你哥看病的！你一句'不要'就完了？！医院要是要钱，你把脸伸出去给人打是吧？"

乔奉天皱眉握住咖啡杯："您听我把话说完不行吗？您什么时候能听进去我的一句话？"

林双玉看着他，暂时不说话了。

"你们的钱你们留着养老，老家的房子不能动，说不定什么时候郎溪村就被开发了、拆迁了，到时候那就是座金矿，那是要留给您和我阿爸养老的，您记着不能动。我哥这边我能应付，我把我这套房子卖了，钱够不够的再说，不够的话我会找你们要的。"

乔奉天顿了顿，继续说："您和我阿爸只要想着怎么好好地活着就行，其他的有我。我无所谓，我压不垮，我三十岁，您七十岁，我和您不一样。"

"不一样"三个字被他咬得格外重，像加了着重号，被念得抑扬顿挫。

Extra
## 春天

四月中旬利南气温莫名其妙，早晚都冷，正午却灿阳如夏，动辄来个断崖式降温，漫天柳絮飘得像雪。

小五子近来每天打四五十个喷嚏，连汤带水地灌；郑彧不是鼻子痒就是眼睛痒，恨不得把五官抠下来洗一洗。

这都还算小打小闹，就是没料到季节性流感紧随其后且来势汹汹。上完一节户外体育课，小五子想提醒郑彧洗洗手喝点儿水，扭头就看见她蜷在桌子上，露着一双湿漉漉的眼睛不想说话，直觉她身体不舒服，赶忙小跑着去找了班主任来量体温。

这个季节冷热不定，班里三十多个同学，动辄三两个请病假，先烧后咳没当回事，一不留神就耽误成了肺炎不得不留院挂水，所以量出郑彧是低烧，班主任也不敢轻易忽视。

郑斯琦接了电话就驱车赶来把发烧的郑彧接走。

小五子满眼担忧地看着郑彧恹恹地趴在郑斯琦肩上，她还不老实地冲自己嘻嘻笑着做鬼脸，他没说话，提着她的书包和水壶一路陪到了校门口。郑斯琦弯腰把人往后座抱时，小五子还上前支着手掌小心翼翼地护着她的头。

丝丝柳絮围着人飞，郑斯琦拆了个儿童口罩往小五子耳朵上挂，又抹掉他额头上冰凉的汗，说："回去吧，最近别贪凉，回去自己也量个体温。要是晚上枣儿好转了，我再跟你们说。"郑斯琦又钻进车里拿了个礼品袋，"上次出差带回来的巧克力，你和枣儿一人一半。"

小五子这些年的进步大概是懂得了更泰然地面对无条件的善待与爱护，比起无言地自我反省，如今心中更先释放的是本能的喜悦与感激。他照旧笑起来，露出一口白牙，腼腼腆腆："谢谢叔叔。"

郑斯琦读书时也曾早上起来就高烧到不得不告假缺勤，头晕目眩、感官迟钝，还热一阵冷一阵的，但就是别扭地不想说自己觉得痛，结果就真的只等来他姐一句"那下午还能坚持去学校吗"。

他当然理解郑斯仪彼时的苦心，也知道小孩儿生点儿小病、受点儿小伤只会更勇敢更健康，但起码郑彧的坚忍不是必要的，他希望她不想坚持的时候，就有决定躺下不起来的权利。

哪怕知道她天性自由散漫，在学业上大概也没什么妄图一骑绝尘的进取心，可透过后视镜看着她额发被风吹得乱飞，黄暖的春光从窗户缝隙斜漏进来，郑斯琦还是笑眯眯地说："好开心啊，枣儿。"

郑彧看了他几秒钟，随即挪了挪身子朝副驾驶椅背上一趴，手背托着那张红扑扑的脸，问："高兴什么呀？"

"高兴，"郑斯琦没忍住牵过她的小手亲了一口，"今天太阳都还没下山，爸爸就见到你了呀。"

郑彧路上还能跟他有说有笑，才一到家脱了鞋就像一颗被霜打过的菜，郑斯琦赶紧再量一次她的体温，不升反降。把女儿从只有手臂那么长养到如今满操场疯闹疯跑，郑斯琦再在家事上没天赋，伺候病号的流程也快刻进他的DNA了：铺被子、开窗、喂药、喂水、贴降温贴……

郑斯琦盘腿坐在床边把人哄到睡着，再拖着两条灌了铅似的腿进厨房，准备煮点儿好消化的东西。

把周末备好的牛肉碎用温水解冻，放到奶锅里炒到变色，再加水和米煮成粥，为了健康，再放一些切碎的菠菜，临出锅前又滴了一点儿核桃油，最后用郑或最喜欢的小碗装粥。没有仓促与忙乱，器具与食材一一被"驯服"，那种微小的成就感无法描述，甚至有时他已"胆敢"加点儿自己的创意进去。

其实事关炊事，他终究是那种被乔奉天越纵越废的半吊子，之前自我催眠不擅长就是不擅长，直到乔奉天搬去新居后，从前袖珍宇宙般有无穷奥妙的厨房又恢复成冷寂状态，锅碗灶台似乎再次被封印。

每晚订的餐准点送达，连餐具也备注好了双份，开盖即食，温温的，不见散逸的白色水汽、没有汤水煮沸与薄瓷相击的响动，除掉那些必要营养元素的摄取，再怎么荤素搭配着来，这样的晚餐也终究显得草率和将就。说得再天花乱坠也没用，郑或迟早会察觉到，这里面没有他足够诚意的情感施予。

郑斯琦还是耐着性子学了、练了、请教了，差点儿给乔奉天敬茶求他收下自己这个没有天分的蠢徒。几番实操下来，郑斯琦才发觉很多事情按既有步骤做下去，拿到及格以上的分数压根儿不需要禀赋。

切不成丝、雕不出花倒无所谓，反正嚼碎咽下去在胃里都是烂糊糊的一团，遇事不决开小火力就有了容错的余地，爱也许可以调味，所以就算没有绝顶的色香，那个人也一定能吃得很满足。

两个人的晚餐好几次效率不足，郑斯琦近七点才手忙脚乱地把菜备好，郑或即使饿了也不怎么催，自顾自地靠在厨房门边啃着小饼干，笑眯眯地看着他仿佛做实验般盯着备忘录，按部就班地处理食材，不多时端出几个热腾腾的碗与碟。

起初当然不能算好吃，可严格比照食谱拿捏着油盐与分秒，味道又能坏到哪里去呢？郑或那么小却好像什么都懂，低头吃完碗底最后的米饭，抬头改试卷似的道："也就 68.5 分吧。"

还挺低。

郑斯琦看着她，端着碗乐得不行："好严格啊，枣老师，怎么还有零有整的呢？"

郑彧狐狸似的滴溜转着眼珠子，暖黄的灯光在她的瞳仁中闪烁："因为我有自己的标准啊，爸爸你还有很大的进步空间。明天我可以点菜吗？"

知道她是在瞎说，可郑斯琦还是忽然懂得了乔奉天说过的那种快乐，随即点头："当然啊。安全起见，点简单些的，太复杂的你爸可能得费点儿劲。"

郑斯琦从厨房蹑步回郑彧的卧室，摸了摸她的额头，还是热，但不算烫，就没有特意叫醒她起来吃饭。

他想凑过去亲亲她红富士苹果似的脸蛋，腰低到一半又停住，觉得还是等她睡醒了征求了本人同意再说。

天色擦黑，乔奉天刚从学校把小五子接回家，还没来得及打电话来问一问郑斯琦那边的那一团火熄了没，另一团火就已暗自烧起来了。

小五子个性中的某些部分和乔奉天简直一模一样，即越忍耐压抑就越不自然，在亲近的人眼中就越满是破绽。乔奉天只瞥了书桌前坐得笔直的小五子几眼，就把手背贴上他的额头："嚯，烫得跟熨斗似的。"

小五子从来都体质强健，鲜少生病，这个时候反而让乔奉天有那么点儿手足无措。他怕电子温度计测得不准，又不清楚家里那几种退烧药哪种更安全有效。相反病患本人熟练得多，指着药盒说老师教了只吃这个就行，然后淡定地倒水服用，最后乖乖换上睡衣钻进被窝里侧蜷着，眨了眨眼睛，像是有话要说。

"怎么啦？难受是吧？"乔奉天把薄被褪到他的腋下掖好，"先乖乖睡，再觉得不舒服咱们就去医院挂号，别的都不用你管，晚点儿我给你班主任请假，休息一天无所谓的。还是，你想知道枣儿怎么样啦？"

乔奉天叽里呱啦自顾自地问了一堆，小五子舔了舔嘴唇："都不是……小叔，是我想吃白糖拌西红柿。"

"嗐。"乔奉天笑了，"就这呀？"

小五子咧嘴笑了："好久以前我发烧，奶奶就做这个给我吃。"

清明前后，林双玉又寄来了不少蔬菜，水芹、红苋、莴笋、茭白、芫荽、无心菜……大多离开土壤不久，还带着残泥，只掀开泡沫箱盖就扑面而来一股湿润的异香，有时菜叶上还趴着一只大青虫，能吓乔奉天好几跳。

乔奉天把菜分成好几包，一部分放进冰箱里，多出来的就送给郑斯琦，任他是清炒还是煮。事后，乔奉天告诉林双玉少寄点儿，搁烂了都得浪费，还不如拿去喂鹅，但没用，下次寄来的依旧是沉甸甸的一箱。唯独里面的西红柿不嫌多，怎样都能消耗掉。

用开水烫去西红柿的薄皮再切块，混着细沙的粉红色汁水溢出来，几团嫩籽像青黄渐变的果冻。他依稀记得自己小时候发烧，口干舌燥吃不下东西，身上每一寸和每一处缝隙都在痛，脑海更像塞了个忽地收缩又忽地胀大的气球，周遭一切都变得虚幻不真切。那时候，林双玉也是这样给他做最寻常的白糖拌西红柿，把西红柿腌到溢出半碗汁，林双玉强硬地把他拖起来，强硬地给他喂下糖和水，强硬地把他拽离飘忽不定的梦寐，强硬地戳破那个气球。

林双玉用勺子抵着他的嘴，不容他拒绝："全部吃掉。"

那种酸甜入心的味道和她干燥冰凉的手指，是彼时他不确定的世界里，唯一的确定。

把白糖拌西红柿拿去冷藏前，乔奉天没忍住自己先尝了一大勺，一样的酸甜生津，可咂巴了半天嘴又觉得不太是那个味道，难不成林双玉还藏了独门妙计？总之要是五一没事，他还是再回鹿耳一趟吧。有些事情他再不拥有可能真的就没有了，他不想那样。

本以为两个小孩儿是因为温差太大着了凉，没承想烧起来的是两团"三昧真火"。时近九点，这头乔奉天给小五子再量体温，不降反升；那头郑或喊疼喊晕，郑斯琦一摸脑门儿还是烫，想着八成是病毒性的感冒发烧。

两位监护人一秒都不敢耽搁，迅速准备好衣服和口罩，一块儿驱车去儿童医院。各自取号上了三楼，进科室直接吓了一跳，候诊厅里不说人山人海，也得是人满为患。

耳边充斥着各色孩童的哭闹声，还掺杂着父母们焦心的斥骂声。郑斯琦把不安分的郑或背在背上来回踱着轻轻地晃，乔奉天让小五子趴在自己腿上稍微睡得舒服点儿。他们一坐一立，相顾无言，满脸倦容，但还是忍不住笑了。

等叫号等了一个小时，看诊时只花了五分钟，科室里净是甲流引起的高热病号，郑或跟小五子也不例外。

郑或和小五子一人挨一记屁股针，医生又配了特效药，也不知是心理作用还是别的，嗅过那股淡淡的森冷的药水味后，不适感似乎就能抵消掉大半了。回去的路上，两个小孩儿已经可以叽叽喳喳地笑闹了，片刻后就在后座上相偎着睡着了。

乔奉天斜靠在椅背上，忽然说：“今晚去你家吧，累死了，忽然就想喝点儿。”

把病号们安置好睡下，两个饥肠辘辘的人一起窝在厨房里弄吃的。郑斯琦洗了毛豆和带壳花生放进锅里慢慢地用盐煮，但炸点儿什么还得"老师傅"上，将半锅油预热，乔奉天只用在锅上方虚虚地放一下手掌就掐得准油温。稍微腌过的肉和撕碎的平菇挂上薄面糊，贴边滑入，激起一圈白金碎浪，初炸出颜色和形状，复炸出焦脆壳衣，趁热抹一圈胡椒盐就很香了。

郑斯琦在一旁打下手，边学边说好听的话。他擦净水槽和案台，从冰箱里拿出一罐冰啤酒，分开倒了两杯。

蜷在沙滩椅里的乔奉天喝了一口酒，说：“明天咱们都请假吧？”

郑斯琦回道："行。"

"要不去逛逛公园吧？冬瓜说城南湖边开了海棠花。"

"行。"

"中午就在外面吃得了。"

"没问题，"郑斯琦举杯，"来，碰一个。"

乔奉天侧过头看他："干碰啊？想个由头啊。"

郑斯琦沉吟片刻，没什么所图了，没什么求不得了。

"那就……春天快乐吧。"

"哈哈，好文雅。"乔奉天弯起眼睛和他碰杯，"春天快乐，郑老师。"

阳台上的绿叶扶疏，在春夜晚风中轻轻摇曳，没晒干的衬衫、西裤飘着淡淡的芬芳。

### 图书在版编目（CIP）数据

草茉莉 / Ashitaka 著 . -- 武汉：长江出版社，
2024. 9. -- ISBN 978-7-5492-9601-9
Ⅰ. I247.5
中国国家版本馆 CIP 数据核字第 202429780C 号

草茉莉 / Ashitaka 著
CAOMOLI

| 出　　版 | 长江出版社 |
|---|---|
|  | （武汉市解放大道 1863 号 邮政编码：430010） |
| 市场发行 | 长江出版社发行部 |
| 网　　址 | http://www.cjpress.cn |
| 责任编辑 | 罗紫晨 |
| 特约策划 | 梨　玖 |
| 特约编辑 | 梨　玖　橙　一 |
| 封面设计 | 小茜设计 |
| 印　　刷 | 大厂回族自治县德诚印务有限公司 |
| 版　　次 | 2024 年 9 月第 1 版 |
| 印　　次 | 2024 年 9 月第 1 次印刷 |
| 开　　本 | 710mm×1000mm　1/16 |
| 印　　张 | 17.5 |
| 字　　数 | 257 千字 |
| 书　　号 | ISBN 978-7-5492-9601-9 |
| 定　　价 | 52.80 元 |

版权所有，侵权必究。如有质量问题，请与本社联系退换。
电话：027-82926557（总编室）　027-82926806（市场营销部）